O PRIMEIRO DIA DA PRIMAVERA

Nancy Tucker

O PRIMEIRO DIA DA PRIMAVERA

Tradução
Alexandre Boide

1ª edição
Rio de Janeiro-RJ / São Paulo-SP, 2022

Copidesque
Sílvia Leitão

Revisão
Pedro Siqueira

Diagramação
Abreu's System

Título original
The First Day of Spring

ISBN: 978-65-5924-068-5

Copyright © Nancy Tucker, 2021
Todos os direitos reservados.

Tradução © Verus Editora, 2022

Direitos reservados em língua portuguesa, no Brasil, por Verus Editora. Nenhuma parte desta obra pode ser reproduzida ou transmitida por qualquer forma e/ou quaisquer meios (eletrônico ou mecânico, incluindo fotocópia e gravação) ou arquivada em qualquer sistema ou banco de dados sem permissão escrita da editora.

Verus Editora Ltda.
Rua Argentina, 171, São Cristóvão, Rio de Janeiro/RJ, 20921-380
www.veruseditora.com.br

CIP-BRASIL. CATALOGAÇÃO NA PUBLICAÇÃO
SINDICATO NACIONAL DOS EDITORES DE LIVROS, RJ

T826p

Tucker, Nancy
    O primeiro dia da primavera / Nancy Tucker; [tradução Alexandre Boide]. – 1. ed. – Rio de Janeiro: Verus, 2022.

    Tradução de: The first day of spring
    ISBN 978-65-5924-068-5

    1. Ficção inglesa. I. Boide, Alexandre. II. Título.

22-76789
    CDD: 823
    CDU: 82-3(410.1)

Meri Gleice Rodrigues de Souza – Bibliotecária – CRB-7/6439

Revisado conforme o novo acordo ortográfico.

Seja um leitor preferencial Record.
Cadastre-se no site www.record.com.br e receba informações sobre nossos lançamentos e nossas promoções.

Atendimento e venda direta ao leitor:
sac@record.com.br

Para minha mãe

CHRISSIE

Eu matei um menininho hoje. Coloquei as mãos em volta do pescoço dele, senti o sangue pulsar com força embaixo dos meus polegares. Ele se debateu e esperneou e me acertou uma joelhada na barriga, um golpe forte de dor. Soltei um rugido. Apertei mais. Ficou tudo escorregadio na minha pele e na dele por causa do suor, mas não larguei, fiz mais e mais força, até minhas unhas ficarem brancas. Foi mais fácil do que eu pensava. Não demorou muito para ele parar de chutar. Quando o rosto dele ficou com cor de coalhada, sentei em cima dos meus calcanhares e sacudi as mãos. Estavam travadas. Depois coloquei elas no meu pescoço, um pouco para cima de onde tem os dois ossinhos. O sangue pulsava forte nos meus polegares. *Eu estou aqui, eu estou aqui, eu estou aqui.*

Fui chamar Linda em seguida, porque estava chegando a hora do jantar. Subimos até o alto da ladeira e plantamos bananeira apoiadas no muro, sujando as mãos com bitucas de cigarro e cacos de vidro. Nossos vestidos caíram por cima do rosto. O vento nas nossas pernas era frio. Uma mulher passou correndo por nós, a mãe da Donna, correndo com os peitos grandes balançando. Linda se afastou da parede para ficar de pé do meu lado, e juntas nós vimos a mãe da Donna disparar pela rua. Ela estava fazendo uns barulhos que pareciam uivos de gato, que cortavam o silêncio da tarde.

— Por que ela está chorando? — Linda perguntou.

— Sei lá — respondi. Eu sabia.

A mãe da Donna desapareceu na esquina no fim da rua e ouvimos os soluços se afastando. Quando ela voltou de lá tinha um monte de mães ao redor, todas correndo, os sapatos marrons batendo na calçada numa sucessão de tump-tump-tump. Michael estava com elas, mas não conseguia acompanhar o ritmo. Quando passaram por nós, ele estava bem para trás, ofegando e estremecendo, e a mãe dele puxou sua mão e ele caiu. Nós vimos o sangue cor de framboesa escorrer, ouvimos o berro cortar o ar. A mãe levantou ele e o pegou no colo, apoiado na cintura. Ela continuou correndo, correndo, correndo.

Quando as mães acabaram de passar, ficamos olhando para aquele monte de cardigãs e traseiros grandes balançando, então puxei Linda pelo braço e fomos atrás. No fim da rua vimos Richard sair da loja de doces com um caramelo em uma das mãos e Paula na outra. Ele viu que estávamos correndo com as mães e veio atrás. Paula não estava gostando de ser levada por Richard e começou a choramingar, então Linda pegou ela e encaixou na cintura. As pernas dela estavam marcadas nas dobrinhas de gordura. A fralda inchada ia descendo mais e mais a cada passo.

Ouvimos a multidão antes de ver: um paredão barulhento de suspiros e palavrões, atravessados por choros de mulheres. Choros de meninas. Choros de bebês. Viramos a esquina e lá estava, uma nuvem de gente em volta da casa azul. Linda não estava mais perto de mim porque a fralda da Paula tinha caído no fim da Copley Street e ela precisou parar para tentar pôr de volta. Eu não esperei. Continuei correndo, para longe do bando de mães escandalosas, até a nuvem. Quando cheguei lá no meio tive que abaixar e ir passando entre os corpos quentes, e depois que não tinha mais nenhum corpo na minha frente eu vi. O homem grandão parado na porta, o menininho morto nos braços dele.

Veio um barulho de trás da aglomeração e eu olhei para o chão procurando uma raposa, porque era o barulho que uma raposa faz quando entra um espinho na pata dela, ou o barulho do estômago de alguém saindo pela boca. Aí a nuvem começou a se abrir, se desintegrar, com as pessoas esbarrando umas nas outras. Me empurraram, e eu vi pelo meio daquelas pernas a mãe do Steven ir até o homem na porta. O estômago dela saiu pela boca com um uivo. Ela pegou Steven dos braços dele e no lugar do uivo vieram palavras:

— Meu menino, meu menino, meu menino.

Aí ela sentou no chão, nem ligando que a saia tinha ido parar no meio da barriga e todo mundo via a calcinha dela. Estava esmagando Steven, e achei bom ele já estar morto, porque se não estivesse ia ser sufocado no meio daqueles peitos e daquela barriga. Não dava para ver a cara dele por baixo dos peitos. Não importava. Eu já sabia como estava — cinza feito bife de fígado estragado, e com olhos de bolinhas de gude. Ele tinha parado de piscar. Percebi isso quando acabei de matar ele. Era estranho ver alguém ficar sem piscar por tanto tempo. Quando tentei fazer o mesmo, meus olhos começaram a arder. A mãe passava a mão no cabelo dele e uivava, e a mãe da Donna abriu caminho no meio da aglomeração para ajoelhar do lado dela, e a mãe do Richard e a mãe do Michael e todas as outras mães se juntaram lá e choraram. Eu não sabia por que elas estavam chorando. Os filhos delas não estavam mortos.

Linda e Paula demoraram um tempão para alcançar a gente. Quando chegaram na rua da casa azul, Linda estava com a fralda molhada da Paula na mão.

— Você sabe como pôr de volta nela? — Linda perguntou, estendendo a fralda para mim. Eu não respondi, só me inclinei para o lado para continuar vendo o bando de mães chorando. — O que está acontecendo? — ela quis saber.

— O Steven está lá — falei.

— Era ele lá na casa azul? — ela perguntou.

— Ele estava morto na casa azul. Agora está com a mãe dele, mas continua morto.
— Como foi que ele morreu?
— Sei lá — falei. Eu sabia.

Paula sentou no chão do meu lado, com o bumbum descoberto se aninhando na sujeira. Ela ficou mexendo as mãos gorduchas até achar uma pedrinha, que engoliu com o maior cuidado. Linda sentou do meu outro lado e ficou vendo as mães. Paula engoliu mais três pedrinhas. As pessoas resmungavam e cochichavam e choravam e a mãe do Steven continuava escondida embaixo de um manto de peitos e cardigãs cor-de-rosa. Susan estava lá. A irmã do Steven. Estava longe das mães, longe da aglomeração. Parecia que ninguém estava olhando para ela a não ser eu. Era como se ela fosse um fantasma.

Quando o sol começou a baixar, a mãe da Paula apareceu, pegou a filha, tirou uma pedrinha da boca dela e levou a menina para casa. Linda também tinha que ir, porque falou que a mãe dela ia pôr o jantar na mesa. Ela perguntou se eu ia, mas falei que não. Fiquei lá, até que um carro chegou rangendo e dois policiais, altos e elegantes com botões brilhantes nas roupas saíram dele. Um deles agachou e falou com a mãe do Steven umas palavras que não consegui ouvir, apesar de ter fechado os olhos e apertado os dentes, o que normalmente me ajudava a escutar coisas que os adultos queriam manter em segredo. O outro policial entrou na casa azul. Fiquei vendo ele espiar os cômodos do térreo e pensei em gritar: "Eu matei ele *lá em cima*. Você precisa ir ver *lá em cima*". Mordi os lábios. Não podia entregar o jogo.

Queria continuar vendo, pelo menos até o policial ir olhar no lugar certo, mas o sr. Higgs do número 35 me disse para ir embora. Quando levantei estava marcada com as linhas e os buracos do chão. De pé, dava para ver Steven melhor. As pernas dele estavam moles no colo da mãe, e um dos sapatos tinha saído, e os joelhos estavam sujos de lama. Susan era a única menina que ainda estava por lá, porque não tinha ninguém esperando por ela em casa. Estava com os braços cruzados na frente do peito e as mãos agarrando os ombros, como se estivesse abraçando ela mesma, ou segurando tudo no lugar. Ela era magrinha e brilhosa. Quando afastou o cabelo do rosto e me viu, eu ia dar um tchau, mas o sr. Higgs me pegou pelo ombro.

— Vamos lá, mocinha. Está na hora de ir.

Eu me soltei da mão dele. Pensei que fosse só me tirar de lá, mas ele foi me acompanhando pelas ruas, logo atrás de mim o tempo todo. Dava para ouvir a respiração dele: pesada e ofegante. Parecia que tinha lesmas deixando uma gosma na minha pele.

— Veja só esse céu — ele falou, apontando para cima.

Eu olhei. Estava azulzinho.

— Pois é — falei.

— O primeiro dia da primavera.

— Pois é.

— O primeiro dia da primavera e um rapazinho morto daquele jeito — ele disse. Depois fez um barulho estalando a língua no céu da boca.

— Pois é. Morto.

— Você não está com medo, não é, mocinha? — ele perguntou. Subi na mureta do jardim do sr. Warren. — A polícia vai resolver tudo, sabe. Não precisa ficar com medo.

— Não tenho medo de *nada* — falei.

Quando cheguei no final da mureta, pulei e corri até a minha casa. Peguei o atalho, me encolhendo para passar na abertura que tinha na grade do estacionamento. Eu não podia pegar o atalho quando estava com Linda, porque ela não passava na abertura, mas para mim era fácil. As pessoas sempre diziam que eu era miudinha para uma menina de oito anos.

Não tinha nenhuma luz acesa em casa. Fechei a porta da frente quando entrei e acendi o interruptor, mas não aconteceu nada. Estava sem luz. Eu detestava quando ficava sem luz. A TV não funcionava e a casa ficava escura-escura-escura e não tinha jeito de clarear, e eu ficava com medo das coisas que não conseguia ver. Fiquei parada um pouco no corredor, tentando ouvir a mamãe. Duvidava que o papai estava em casa, mas tentei ouvir ele também, espichando os ouvidos, como se desse para ouvir os barulhos deles num passe de mágica se eu fizesse bastante esforço. Estava tudo em silêncio. A bolsa da mamãe estava no chão perto da escada e encontrei um pacote de biscoito lá dentro. Era o meu favorito — cor de areia, pintadinho de uvas-passas, que pareciam moscas mortas —, e comi deitada na cama, lembrando de mastigar com o lado da boca que não era o do dente podre. Quando acabou, levantei bem as mãos e estiquei os dedos como se fossem estrelas-do-mar. Esperei até o sangue todo descer, então abaixei as mãos e passei os dedos no rosto. Estavam tão dormentes que pareciam de outra pessoa, e era estranha a sensação de alguém passando a mão no meu rosto. Quando eles voltaram ao normal, coloquei a palma das mãos no rosto e olhei por entre os dedos, como se estivesse espiando no esconde-esconde.

Aposto que você não me vê, aposto que você não me encontra, aposto que você não me pega.

Nessa noite eu acordei quando tudo ainda estava dormindo. Fiquei deitada sem me mexer. A mamãe devia ter batido a porta da frente, porque geralmente era isso que me acordava à noite, ou às vezes eu acordava quando fazia xixi na cama, mas o lençol estava seco e não ouvi ninguém lá embaixo. Eu não estava com aquela dor nas pernas do crescimento. Coloquei a mão na barriga, no peito, na garganta. Parei na garganta. A lembrança era como manteiga na frigideira quente. Espumando e chiando.

Eu matei um menininho hoje. Levei ele para o beco e apertei as mãos em volta da garganta dele na casa azul. Continuei apertando até a pele de nós dois ficar escorregadia de suor. Ele morreu debaixo de mim e um milhão de pessoas foram ver um homem alto e forte entregar ele para a mãe.

Veio o friozinho borbulhante na barriga que eu sempre sentia quando lembrava de um segredo delicioso, como aquele pozinho doce que fica estourando na boca e no estômago quando a gente come. Por trás disso tinha um outro gosto, mais duro e mais parecido com metal. Eu ignorei. Fiquei me concentrando no friozinho borbulhante. Estourando e se agitando dentro de mim.

Quando lembrei que tinha matado Steven fiquei empolgada demais para voltar a dormir, então saí da cama na ponta dos pés e fui até o corredor. Parei na frente do quarto da mamãe e prendi a respiração, mas a porta estava fechada e não dava para ouvir nada lá dentro. As tábuas do chão estavam geladas na sola dos meus pés, e eu me sentia vazia e pálida. Parecia que fazia um tempão que os biscoitos tinham acabado. Nunca tinha comida na cozinha, mas fui olhar assim mesmo. Subi na bancada e abri todos os armários, e no que ficava perto do fogão achei um saco de papel com açúcar. Enfiei debaixo do braço.

Quando virei a maçaneta da porta da frente precisei tomar muito, muito cuidado, porque fazia um clique alto se você virasse muito rápido, e se a mamãe estivesse dormindo lá no quarto eu não queria que ela acordasse. Arrastei o capacho para a frente da entrada e empurrei a porta com força por cima dele, para ficar paradinha, mas não fechada. Era isso que a mamãe fazia para eu não precisar bater quando chegava da escola. O ar lá fora me fez ficar arrepiada por baixo da camisola, com o vento assobiando para dentro de mim. Fiquei parada na frente do portão por um bom tempo, olhando de um lado para o outro da rua vazia, me sentindo a única pessoa no mundo todo.

Antes, lá na frente da casa azul, eu ouvi uma das mães dizer que as ruas nunca mais iam ser as mesmas. Ela estava com a cabeça apoiada no ombro de outra mãe, deixando uma mancha molhada de lágrimas no cardigã dela.

— Nunca mais vai ser como antes — ela falou. — Não depois disso. Não depois de alguém ter feito uma maldade dessas. Como é que eu vou me sentir segura sabendo que tem tanta crueldade nas ruas? Como acreditar que as crianças estão seguras se o diabo está por perto? Se o diabo está entre nós?

Lembrar disso me deixou radiante. As ruas nunca mais iam ser as mesmas. Eram seguras e agora não mais, e tudo por causa de uma pessoa, uma manhã, um momento. Tudo por minha causa.

A calçada era áspera e arranhava os meus pés, mas eu não liguei. Decidi ir até a igreja, porque a igreja ficava no alto da ladeira e da frente dela dava para ver o formato quadradinho de todas as ruas. Fui andando com os olhos voltados para a torre: espetando o céu como uma árvore no inverno. Quando cheguei lá em cima, subi no muro perto da estátua do anjo e olhei para as fileiras de casinhas caixa de fósforo. Senti um aperto na barriga e lambi o dedo e enfiei no saco de açúcar e chupei até ficar limpinho. Fiz isso um monte de vezes, até o meu dente podre latejar, até os cristaizinhos ficarem grudados no lado de dentro da minha boca. Eu me sentia como um fantasma ou um anjo, em cima do muro de camisola branca, comendo açúcar de um saco de papel. Ninguém me via, mas eu estava lá. Era praticamente Deus.

Então era só isso que precisava, pensei. *Era só isso que precisava acontecer para eu sentir que tinha todo o poder do mundo. Uma manhã, um instante, um menino de cabelo amarelo. Não era muita coisa, no fim das contas.*

O vento levantou a minha camisola, e eu senti que teria me levado para o céu se não tivesse algo pesado me puxando para baixo.

Em pouco tempo não vou mais me sentir assim, pensei. Era isso que estava me deixando presa no chão. *Em pouco tempo tudo vai voltar para o normal. Eu vou esquecer como é ter mãos fortes o suficiente para arrancar toda a vida de dentro de alguém. Vou esquecer como é ser Deus.*

O pensamento que veio depois apareceu como uma voz que falava dentro da minha cabeça.

Eu preciso sentir isso de novo. Eu preciso fazer isso de novo.

O primeiro dia da primavera

O tempo entre fazer e fazer de novo de repente parecia marcado no mostrador de um relógio, com os ponteiros contando cada segundo. Eu conseguia ver, ouvir e sentir cada tique e cada taque. O relógio era um segredo especial, só meu. As pessoas iam sentar perto de mim na sala de aula e passar por mim na rua e brincar comigo no parquinho sem saber quem eu era de verdade, mas eu sim, porque ia ter o meu tique-taque para me lembrar. E quando o relógio desse a volta completa, quando os ponteiros se juntassem no número doze, ia acontecer. Eu ia fazer aquilo de novo.

Os meus dedos dos pés e das mãos estavam duros de frio, então peguei o caminho de volta para casa. Estava me sentindo mais leve do que quando saí, e sabia que não era só porque estava descendo em vez de subir. Era porque eu tinha um plano. A porta da frente ainda estava presa no capacho, e eu fechei ela com um clique bem baixinho quando entrei. Guardei o açúcar de volta na cozinha e subi a escada. Ainda estava tudo em silêncio. Ainda estava tudo escuro. Enfiei os joelhos dentro da camisola e as mãos embaixo dos sovacos. Eu estava com frio, mas me sentindo muito real. Muito viva. Cada parte do meu corpo tinha sua própria pulsação, seu próprio reloginho.

Tique. Taque. Tique. Taque.

JULIA

— Hoje é o primeiro dia da primavera — Molly falou, raspando a junta dos dedos na mureta alta da praia.
— Não faz isso — eu disse.
Ela levantou a mão e começou a lamber o pó de cimento. Puxei a manga da blusa dela.
— Não. É sujo.
Na nossa frente uma mulher pegou um menininho pela cintura e levantou com um grunhido baixo. Ele foi andando em cima da mureta, com os braços estendidos dos dois lados do corpo e o rosto levantado para cima para sentir o sal no ar.
— Mamãe! — ele chamou. — Olha pra mim!
— Que incrível, querido — ela falou, olhando dentro da bolsa. Nós continuamos olhando para o menino. Vimos quando ele chegou ao fim da mureta, parou e pulou nos braços da mulher. Ela deu um beijo no rosto dele e o colocou no chão.
— Ele não caiu — Molly falou.
— Não. Não caiu.
Eu não tinha visto ela subir na mureta na sexta-feira — estava olhando para outra-mãe e outra-criança. Elas estavam andando com os dedos entrelaçados, balançando os braços tranquilamente, e fiquei me perguntando como seria sentir os dedos da Molly entrelaçados

com os meus. Os dedos da Molly eram pequenos e finos, como palitos de fósforo com pele. Fiquei me perguntando como iam ocupar o espaço entre os meus.

— Olha! — ela gritou nesse dia. Quando virei eu vi que ela estava equilibrada no alto da mureta. — Olha! — ela gritou de novo. Mas não estava pedindo para eu olhar. Estava pedindo para eu tomar uma atitude.

— Desce daí — falei. Fui até a mureta e estendi os braços. — Você não pode subir aí. É perigoso. Já falei.

— Eu consigo.

— Desce daí, Molly.

Ela não respondeu, não se soltou nas minhas mãos, então puxei. Não foi um puxão forte. Eu ia pegar ela. Ela deu um berro quando caiu para a frente, e eu agarrei o casaco dela, e o pedaço que estava na minha mão escorregou quando ela despencou para o chão. O som foi de um estalo forte. Ela olhou para mim, com a boca em formato de O, e parecia que tinham jogado um balde de água gelada em mim. Ouvi um grito de silêncio antes da Molly chorar, e quando começou foi um gemido baixinho de surpresa. O braço dela estava troncho na manga do casaco.

Senti alguém atrás de mim e quando virei vi a mulher e a menina com os dedos entrelaçados. A mulher não perguntou o que tinha acontecido nem se eu precisava de ajuda; ajoelhou do lado da Molly, pôs uma das mãos no pulso dela e a outra nas costas e perguntou:

— É aqui que está doendo, querida?

Quando mexi a língua dentro da boca, fez um barulho que parecia o de passos numa calçada molhada. Senti gosto de carpete. Eu queria puxar a mulher pelo cangote e perguntar como ela sabia o que fazer quando uma criança caía de uma mureta alta, mas não conseguia falar. Minha garganta estava travada por uma barreira formada pelos gritos presos.

— Eu vou bater em alguma casa para usar o telefone — a mulher falou, apontando para uma fileira de sobradinhos de frente para o mar. Ela saiu correndo antes que eu pudesse perguntar se ia chamar uma ambulância ou a polícia.

Ajoelhei ao lado da Molly, coloquei uma das mãos nas costas dela e a outra no braço. O pulso dela estava branco, parecendo feito de cera, e eu me peguei desejando que estivesse saindo sangue. O sangue era bem direto — a trilha gordurosa escorrendo na pele, o cheiro de metal e açougue. O braço da Molly estava vivo por fora e morto por dentro, e eu desci mais a manga da blusa dela para poder fingir que estava sangrando em vez disso. Quando a mulher estava ajoelhada ao lado dela, percebi que murmurou algumas palavras, mas eu não ouvi, então não tinha como imitar, não sabia o que dizer. Fiquei ouvindo as gaivotas gritarem no céu e tentei não escutar Molly gritando ao meu lado.

Finalmente a mulher voltou correndo, com um saco de ervilhas congeladas enrolado em um pano de prato. Dava para ver que ela estava se achando o máximo.

— Pronto. — Ela me lançou um olhar de quem diz: "Já estou de volta. Agora sai da frente". Eu saí da frente. — Foi aquela senhora simpática da primeira casa — ela falou. — A ambulância já está vindo. Eles disseram que podíamos levar a menina nós mesmas, mas eu não tenho carro. Vamos colocar o pulso aqui, querida.

Ela ajeitou o saco de ervilhas como se fosse uma almofada e pôs a mão da Molly em cima. Não perguntei o que fez ela pensar que eu também não tinha carro, porque só dá para se irritar com as pessoas por fazerem suposições se as suposições delas estiverem erradas.

Quando a ambulância chegou berrando no fim da rua, a mulher prendeu uma mecha do cabelo da Molly atrás da orelha e falou:

— Prontinho, querida, eles estão aqui para ajudar você.

Fiquei vendo a van branca parar e cuspir dois paramédicos sorridentes, que vieram andando sem a menor pressa. Eram pesadões e tão animados que dava até raiva. Quando perceberam que a mulher não era mãe da Molly, que eu era a mãe da Molly, que a mãe era eu apesar de estar ali parada feito um espantalho enquanto outra mulher cuidava dela, eles nos levaram para a ambulância. A mulher acenou quando subimos os degraus de metal.

— Boa sorte! — ela gritou. Não respondi, porque não podia dizer a única coisa que passou pela minha cabeça: *O que foi que você viu?*

Os paramédicos me sentaram ao lado da Molly e disseram:

— Prontinho, agora sua mãe pode segurar sua mão boa enquanto levamos você para o hospital para ver o que aconteceu com a que está doendo, certo?

A ambulância demorou quinze minutos para chegar no hospital. Eu demorei catorze minutos para estender o braço, colocar a mão sobre a da Molly e bater de levinho, duas vezes. Ela tinha parado de chorar. O catarro seco estava grudado no lábio dela, formando uma trilha granulada.

O hospital era uma confusão de cubículos e camas e homens de pijama azul. Um deles me mostrou o raio X do pulso da Molly, e eu vi o osso quebrado cercado por um espaço preto vazio. Tive vontade de perguntar: "Isso é normal? O raio X de outra criança ia sair assim também? As pessoas não devem ser assim — não devem ter todo esse espaço vazio. É porque ela é minha filha?" Mas não falei nada. Um barulho de estática zumbia nos meus ouvidos, como se as ondas do mar estivessem quebrando na lateral do meu crânio. Depois que o médico explicou sobre a fratura, nos deixou sozinhas no cubículo por um tempão. Dei para Molly os chocolates em forma de botão do saquinho roxo que eu deixava na bolsa para emergências. Ela parecia feliz deitada na maca e me deixou colocar os chocolates em sua boca, um depois do outro, e assim eu podia continuar enfiando os doces sem precisar fazer pausas que uma das duas pudesse achar que precisava preencher com palavras.

Quando eu estava começando a achar que tinham nos esquecido lá, ou nos deixado mofando naquele cubículo por causa do que eu tinha feito, outro médico apareceu com uma enfermeira. Ele sentou na minha frente com uma prancheta enquanto ela engessava o pulso da Molly.

— Muito bem, você pode explicar de novo exatamente como isso aconteceu? — ele perguntou.

— Ela estava andando em cima da mureta — falei. — E não pode. Ela sabe que não pode. E subiu quando eu não estava olhando. Mas normalmente eu estou olhando.

— Entendi. — Em seguida ele escreveu alguma coisa na prancheta, que estava de pé, por isso eu não conseguia ver. — Ela estava andando na mureta. E depois?

— Ela tropeçou. Eu mandei ela descer, e aí ela tropeçou. Tentei segurar, mas não consegui.

— Ok.

— Acho que ela esticou a mão para tentar se segurar.

— Certo.

— Ela não pode subir na mureta — falei. — E sabe disso. Ela nunca tinha subido antes. Acho que foi porque acabou de começar na escola, uns meses atrás. As outras crianças fazem essas coisas que não pode e ela imita. Ela nunca se machucou antes.

— Claro — ele disse, só que tinha parado de escrever. Em vez disso, estava me encarando de um jeito estranho, com os olhos estreitos. E os olhos dele continuaram assim quando ele falou: — Molly? Foi assim mesmo, como a sua mãe contou? Que você machucou o pulso?

— Quê? — ela falou. A enfermeira tinha dado uma coisa para Molly brincar, um relógio em um estojo de joaninha com asas que abriam e fechavam, e ela estava entretida demais para ouvir o que eu tinha falado. De repente reparei que ela estava com catarro seco na boca, e os cabelos quase todos para fora das tranças, e uma mancha na gola da blusa da escola.

— Como foi que você machucou o pulso? — o médico perguntou, chegando mais perto dela, deslizando a cadeira de rodinhas.

— Eu acabei de contar — falei.

Um gosto metálico borbulhou na minha garganta. Ele virou para mim como se estivesse com torcicolo e muito bravo comigo por ter que fazer aquele movimento.

— Eu sei. Só quero ouvir da boca dela também. Para ter certeza.

— Eu estava andando na mureta — ela respondeu. — Aí eu caí.

— E o que fez você cair?

— Eu só caí mesmo. Despenquei de lá de cima.

Ele fez uma anotação na prancheta. Estava decepcionado. Dava para ver. Não sei se eu ficava aliviada por Molly ter mentido ou horrorizada por ela saber que precisava fazer isso. Olhei para as minhas mãos, entrelaçadas no colo, e fingi que uma era a dela.

Ficamos no cubículo até o gesso estar pronto e apertadinho no peito dela com uma tipoia. A enfermeira me falou para manter tudo seco e não praticar esportes e procurar um médico se os dedos começassem a inchar, e eu fiz que sim com a cabeça, fechando o zíper do casaco e fingindo que aquilo não existia.

Quando nos dispensaram já eram quase oito. O mundo lá fora estava escuro. Eu não tinha olhado para o relógio desde que peguei Molly na escola, e provavelmente foi o maior tempo que fiquei sem olhar para o relógio desde que ela nasceu. Não voltamos para casa às três e quarenta e cinco, não fizemos um lanche às quatro, não lemos o livro da escola às quatro e meia, não vimos *Blue Peter* na TV às cinco nem jantamos às cinco e meia. Nossa rotina frágil como uma casquinha de açúcar estava fraturada, assim como Molly. Era isso o que acontecia quando eu parava de me concentrar.

— Sabe como eu sei que é o primeiro dia da primavera? — Molly perguntou. — Porque a srta. King falou. Foi por isso que a gente fez as coroas de flores.

— Ah, sim.

Ela tinha vindo da escola no dia anterior com um aro grudento feito de cartolina e bolas de algodão, que escorregou da cabeça dela enquanto nós duas andávamos e ficou pendurado no pescoço como se fosse um cachecol feio que não servia para nada. Não me arrisquei a perguntar o que era. Ela já tinha demorado um tempão para me desculpar por eu ter achado que a árvore de Natal de papel machê que trouxe para casa era um vulcão.

— Era uma coroa de flores muito boa.

— A srta. King falou que foi a melhor da classe. Ela é tão boazinha, né?

— Um anjo — respondi.

Era difícil imaginar uma coroa de flores pior que aquela na prateleira do quarto da Molly. Só se alguma criança tivesse colado a cartolina direto na cara.

— Se é o primeiro dia da primavera, então agora o tempo vai esquentar? — ela perguntou.

— Sei lá.

O vento que vinha do mar era tão cortante que eu não conseguia nem imaginar que algum dia o tempo fosse esquentar de novo. Molly arrastou a sola dos sapatos no chão e suspirou.

— Vou perguntar para a srta. King. Ela vai saber. Ela sabe tudo. Ela é tão inteligente, né?

— Genial — falei.

Pressionei as pálpebras com os dedos. Pareciam pétalas de flores: macias, com uma penugem fina, um pouco inchadas. A dor tinha começado enquanto nós duas víamos a outra-criança andando na mureta, se derramando pelo meu rosto como se fosse óleo quente, e não estava aliviando. Aguda, latejante. Fiquei comprimindo as maçãs do rosto até não sentir mais nada além da pressão.

— A gente pode ir no fliperama depois da escola? — Molly perguntou. Ela não estava olhando para mim nem para os carrinhos de lanche, e sim para o parque de diversões fechado. O barulho dos caça-níqueis chegava até nós, o som do dinheiro sendo sugado.

— Podemos ir *ao* fliperama.

— Foi isso que eu perguntei — ela falou. — A gente pode? Eu tenho moedas.

Ela tirou quatro moedinhas de um centavo e uma ficha de jogo de tabuleiro do bolso e sacudiu para eu ver.

— Não — respondi. — Anda logo. Vamos chegar atrasadas.

Não íamos chegar atrasadas. Nunca chegávamos atrasadas. Saíamos de casa às oito da manhã e estávamos na escola às oito e quinze, quando a maioria das crianças ainda estava terminando o café da manhã. Se chegássemos mais tarde, corríamos o risco de ver as outras-mães no caminho, reclamando e ralhando e deixando as outras-crianças andarem nas muretas. Eu não tinha como nos proteger de tudo, mas disso eu podia.

Às oito e vinte estávamos na entrada da escola, debaixo da placa de BEM-VINDO. Enquanto esperávamos, uma recepcionista nada acolhedora foi batendo os saltos até o portão lateral, destrancou e entrou.

— Chegamos bem cedo hoje — falei, alto o bastante para ela ouvir. — Muito mais cedo que o normal — quase gritei.

Molly me olhou com uma cara meio de pena, depois colou o rosto na grade, que deixou a testa dela toda marcada.

— É o grupo do café da manhã. — Ela apontou para o refeitório, de onde vinha o tilintar das colheres e a tagarelice das crianças.

— Você já tomou café da manhã — observei. A recepcionista já tinha desaparecido lá dentro, mas falei alto mesmo assim. — Você tomou café da manhã antes de sair.

— Eu podia tomar de novo.

— Ainda está com fome? Precisa comer mais alguma coisa?

— Na verdade não.

Quando a zeladora apareceu para abrir os portões, já tinha um exército de outras-mães e outras-crianças lá fora, e lembrei por que eu tentava evitar aquilo. Elas se juntavam em grupinhos, falando rápido como matracas e dando gargalhadas que faziam os meus ouvidos zumbirem. Eu sempre tinha a mesma sensação quando estava cercada delas: eu era um membro de outra espécie e estava ali disfarçada. O jeito como elas rodeavam umas às outras e arrulhavam me fazia lembrar das pombas, e era isso que elas viravam — um bando de pássaros —, e eu era só uma pessoa com penas coladas nas roupas. Elas me olhavam e eu virava para o outro lado, com vergonha de me destacar tanto por ser tão diferente. Quando Abigail chegou, Molly foi correndo falar com ela e eu me senti exposta sem o meu pequeno escudo. Abigail tinha cabelos cor de tijolo e brinquinhos de ouro nas orelhas. Fiquei olhando as duas juntas, bem pertinho uma da outra, respirando o mesmo ar. A proximidade delas era dolorosa para mim, mas eu não sabia o motivo da dor — se era porque queria Molly só para mim ou uma amiga para poder ficar bem pertinho também.

Às nove horas o parquinho já tinha virado um mar de meias soquetes e poliéster. Ao nosso redor, as outras-mães começaram a cobrir as outras-crianças de beijos e gritos estridentes.

— Tenha um *ótimo* dia, docinho!

— Vou *morrer* de saudade de você, meu amor!

— Eu te amo *muito*, meu anjo!

Quando o sinal tocou, as outras-crianças fizeram fila e as outras--mães voltaram para casa para cuidar das roupas sujas. Esperei até que a srta. King me visse, depois chamei Molly. Entreguei para ela a mochila com os livros, o uniforme de educação física, o pote plástico com a maçã-descascada-e-picada, e ela correu na direção da srta. King como um pedaço de ferro atraído por um ímã. Não virou nem para me dar um sorriso ou um aceno. Do outro lado do parquinho, uma outra-criança tinha se agarrado na cintura de uma outra-mãe e não queria soltar. Fiquei com pena dele: era o que eu queria que

Molly fizesse toda manhã antes de ir com a srta. King. Queria ela agarrada comigo, e quando a professora tentasse nos separar eu queria dizer: "Mas nós somos feitas uma para a outra. Somos duas partes do mesmo todo. Ela cresceu dentro de mim, como um dos meus órgãos, sabia?" Parecia uma crueldade absurda não existir um sistema biológico para manter Molly sempre comigo, para eu poder carregar ela comigo em uma bolsa em cima do ventre, como um filhote de canguru.

O telefone de casa começou a tocar enquanto eu pegava as chaves do lado de fora. Atrás de mim eu ouvia as pessoas apressadas e os ônibus passando, lotados de bafos quentes e rostos entediados. Ninguém parecia se incomodar com o barulho, mas aquilo me dava vontade de afundar no chão. Eu queria agachar, depois ajoelhar, depois apoiar a testa no cimento. Uma dor de cabeça seca pulsava entre os meus olhos, e a calçada parecia capaz de me esfriar.

Eu não sabia como era o toque do telefone até sábado de manhã. O som estridente rompeu o ar enquanto eu estava olhando o fogão, o forno, os tubos do aquecedor. Tinha sentido cheiro de fumaça. Molly levantou do sofá sem tirar os olhos da TV e estendeu a mão para o telefone na parede. Eu associei a cena ao som lentamente, pesadamente, e essa associação perfurou a minha cabeça como um saca-rolhas avançando sobre a superfície macia de uma rolha.

— Não — falei, atravessando o cômodo. — Não atende. — E afastei a mão dela.

Ficamos olhando uma para a outra até o barulho parar.

— Por que você não atendeu? — ela perguntou, passando a mão no gesso do pulso.

— Eu não quis.

— Por quê?

— Termina de ver os seus programas. São dez horas. Vamos para o parque daqui a pouco.

Quando ela não estava olhando, tirei o fone do gancho e deixei pendurado, desligado. No domingo tocou de novo, quando Molly estava na cama. Saí do quarto dela e fui até lá.

Eu nunca vou atender, então é melhor desistir, pensei. *Pode ligar quanto quiser, eu nunca vou atender.*

Eu me olhei no espelho perto do gancho dos casacos. Os meus olhos tinham círculos da cor de hematomas em volta, e as partes brancas estavam marcadas por veias vermelhas. Cravei as unhas no braço e senti as meias-luas viscosas brotarem onde a pele se rompeu. Quando o telefone parou de tocar, o silêncio foi como uma água fria subindo pelo meu corpo até encobrir a cabeça. Eu me forcei a contar a respiração, como me ensinaram quando eu estava prestes a ter um ataque de raiva, mas o barulho começou de novo antes que eu chegasse ao dez. Parecia ainda mais alto, ainda mais insistente. Apertei a barriga com os dedos e senti o contorno duro de um órgão, e deixei uma das mãos ali — no fígado ou no baço ou no que mais existisse dentro daquele pântano escuro — quando atendi o telefone. A voz do outro lado era áspera, como o som de uma lata sendo aberta com o abridor.

— Alô? — falaram. Ouvi uma respiração pesada. Imaginei que dava para sentir aquele hálito pelo telefone, o odor cor de mostarda de dentes não escovados. — Chrissie?

Apertei o botão de desligar a chamada com a unha. O som do pulso do telefone era como um grito monótono.

Certo, pensei. *Então é isso.*

CHRISSIE

Segunda-feira na escola, fizeram todo mundo sentar em fileiras no auditório, como nas atividades em grupo de sexta-feira, só que não era sexta, era segunda. O auditório estava com cheiro de carne moída e apontador de lápis, e o sol iluminava a poeira no ar, que dançava em colunas reluzentes. A minha classe entrou quando o sexto ano já tinha sentado, e fiquei procurando Susan nas fileiras. Sempre dava para reconhecer Susan porque o cabelo dela era mais comprido que o de qualquer outra menina da escola. Chegava até lá embaixo no bumbum. No verão ela sentava em uma almofada no jardim da frente da casa, e a mãe dela sentava em um banquinho atrás e conversava com a mãe da Karen no jardim ao lado enquanto penteava o cabelo da filha, e Steven ficava correndo pelo jardim e toda vez que ia até a mãe ganhava um beijo dela. Às vezes eu encostava na mureta para olhar. Quando o cabelo dela acabava de ser penteado, já tinha secado ao sol como um lençol amarelado, e a mãe da Susan passava os dedos pelos fios como se fossem areia quente. Então ela guardava o pente no bolso e fazia um carinho na cabeça da filha. Susan normalmente não ia ficar com a gente lá fora, nem quando era uma brincadeira muito divertida, que nem quando entrávamos na casa da sra. Rowley pela porta dos fundos, que estava quebrada, e pegávamos as coisas dela, ou sardinhas. Na maior parte do tempo ela ficava no parquinho com as outras meninas do sexto ano, que se revezavam penteando o cabelo dela.

Só lembro da Susan ter falado comigo uma vez, quando eu estava no segundo ano e ela no quarto. Eu estava sozinha no parquinho, tentando dar a volta inteira com os pés apoiados na barra mais baixa da cerca, e ela passou pela rua com uma mulher que não era a mãe dela.

— Chrissie! — ela gritou quando me viu.

Fiquei me sentindo bem especial, porque o pessoal do quarto ano normalmente não falava com as crianças do segundo. Quando ela chegou mais perto, se apoiou na cerca e ficou na ponta dos pés.

— Adivinha só!

A não-mãe dela veio logo atrás.

— A Susie tem uma grande notícia para dar — a mulher falou. — Vá em frente. Conte para a sua amiga, coelhinha.

— Eu ganhei um irmãozinho.

Susan falou isso levantando os ombros até as orelhas e com os olhos brilhando. Eu não achava aquilo uma grande notícia coisa nenhuma. As pessoas ganhavam irmãozinhos e irmãzinhas o tempo todo. Fiquei bem irritada com ela, porque me fez pensar que alguma coisa muito interessante tinha acontecido. Como o vigário ter morrido ou algo do tipo.

— Ele é uma graça, não é, coelhinha? — a não-mãe dela falou.

— Ela é uma menina, na verdade — corrigi. — Não uma coelhinha.

— Ele chama Steven — Susan falou. — A mamãe e o papai pensaram em dois nomes, Stewart e Steven, e me deixaram escolher. Eu escolhi Steven.

— Quem é essa mulher? — perguntei.

A não-mãe dela deu risada.

— Sou Joan, tia da Susie. Vim ajudar a mamãe e o papai dela enquanto eles se acostumam com o bebê. Qual é o seu nome, pequena?

— Chrissie.

— Que nome bonito. Bom, nós estamos indo fazer compras, então é melhor irmos logo.

— Tchau, Chrissie! — Susan gritou enquanto elas iam embora. — Precisamos ir comprar coisas para a mamãe e o papai e o Steven agora!

— Prazer em conhecer, coelhinha! — gritou a tia Joan.

— Eu sou uma menina! — respondi, mas acho que elas não me ouviram.

Fiquei olhando para as duas até só conseguir ver as tranças compridas da Susan descendo pelas costas como se fossem duas cordas. Quando elas sumiram eu passei um tempão pensando em como tudo podia ser diferente se eu tivesse um cabelo como o dela — ia ser muito rica, porque ia fazer as pessoas pagarem para mexer no meu cabelo, e todo mundo ia gostar de mim. Provavelmente até a mamãe.

Conheci Steven duas semanas depois, em uma sexta-feira. Quando saí da sala tinha um monte de mães no parquinho, gesticulando e tagarelando, balançando as barrigas moles e os cardigãs macios. Corri para ver o motivo de tanta agitação.

— Ele é lindo!

— Dá até vontade de ter outro...

— Você está tão bem!

— Ele está mamando direitinho?

Quando cheguei no meio da aglomeração, vi a mãe do Steven segurando a alça de empurrar o carrinho. O rosto dela parecia mais largo e brilhante que o normal, como se ela tivesse engolido um pedaço do sol, e ela estava abrindo um sorrisão tão grande que parecia que a boca ia estourar. Olhei dentro do carrinho para ver o motivo de tanta felicidade. Um bebê esticou a cabeça para fora do cobertor, de cara fechada, parecendo irritado. Foi uma decepção. Eu esperava que fosse algo interessante de verdade, como um texugo.

Susan abriu caminho na aglomeração até o outro lado do carrinho, enfiou a mão lá dentro e passou o dedo na bochecha do bebê.

— Olá, irmãozinho. Olá, pequeno Steven. Eu estava com saudade, muita saudade mesmo.

Eu queria saber como era a pele dele, então estendi a mão para passar na outra bochecha. Era só pele mesmo, como a minha pele ou a da Susan ou qualquer outra pele. Mais uma decepção. Realmente não entendi por que tanto barulho por causa dele. Susan e a mãe dela estavam babando em cima dele, babando de amor. Era barulho demais por causa de alguém tão pequeno que nem era um texugo ou algum outro animal interessante.

Ele se agitou e esfregou as mãos no rosto. Passei a mão na cabeça dele e encontrei uma parte esquisita e molenga. Estava vendo até onde conseguia apertar quando a mãe dele me puxou para trás.

— Cuidado, Chrissie. Ele é muito delicado. Assim machuca.

Susan não estava na fileira do sexto ano naquela segunda-feira, o que queria dizer que nem na escola ela tinha ido. Quando todas as classes estavam sentadas em fileiras, o sr. Michaels contou que ficou sabendo de uma coisa triste que aconteceu no fim de semana, que um menininho que morava ali perto sofreu um acidente enquanto brincava e acabou morrendo. Eu estava do lado da Donna, de quem eu não gostava porque era certinha demais e também era gorda. Fiquei contando as covinhas dela nos joelhos moles como pudim enquanto o sr. Michaels falava, e queria enfiar o dedo em uma, só para ver como era, mas ela empurrou a minha mão quando eu tentei.

— Para com isso — ela sussurrou.

Fiz uma concha com as mãos e encostei na orelha dela.

— Eu estava lá — cochichei. — Quando encontraram ele. Eu estava lá.

Ela virou a cabeça para me olhar. A minha boca ficou tão perto da dela que dava até para beijar, mas claro que eu não ia fazer isso, porque ela era gorda e certinha demais. O bafo dela tinha cheiro de geleia.

— Como é que ele estava?

— Tinha um monte de sangue em tudo que era lugar — cochichei. — Estava espirrando em tudo que era lugar. Até caiu um pouco em mim. — Mostrei uma mancha redonda marrom-avermelhada na barra do meu vestido. — Viu? É um pouco de sangue.

— Uau — ela falou quando passou o dedo na mancha de ketchup.

Nessa hora a srta. White cutucou nosso ombro e falou para nós duas prestarmos atenção no sr. Michaels. No caminho de volta para a sala, Donna foi na frente, conversando com Betty.

— Sério? — Betty falou e virou para mim. Isso me fez sentir um quentinho lá embaixo na minha barriga.

A semana toda ficou um pouco estranha. Susan não foi na escola nem na terça nem na quarta nem em dia nenhum. Na hora de ir para casa, as mães estavam esperando no parquinho, e quando as crianças saíam elas pegavam e apertavam contra seus peitos moles. O pessoal não podia brincar de um jeito normal. De tarde eu andava pelas ruas com um galho comprido, que arrastava nos muros de tijolos e nas grades fazendo *rec-rec-clang*. Às vezes parava e via TV por uma janela grande. Quando eu batia na porta as mães diziam que as crianças não iam sair, e que eu também não devia.

— Mas eu *já* saí — eu respondia.

Elas bufavam e me mandavam embora. Na maior parte dos dias acabei ficando sentada na frente da casa da sra. Whitworth, encostada na parede, vendo as mães entrarem e saírem da casa do Steven com bolos e caçarolas de ensopado. Achei que ter um filho morto não era tão ruim, na verdade. A pessoa ganhava um monte de bolos e ensopados.

Sempre que eu olhava para a janela do andar de cima, via Susan. Ela estava sempre lá, sempre com as mãos coladas no vidro. Não como se estivesse tentando sair, mas como se quisesse sentir o frio na pele. Eu nunca via o rosto dela direito, mas dava para ver o cabelo claro descendo até o meio do bumbum. Percebi que Steven não devia ter voltado vivo, porque vigiei a casa um tempão e nunca vi ele.

Na escola, na quinta-feira, começamos a fazer chapéus de Páscoa e cestos de Páscoa e a aprender músicas de Páscoa, porque já estava chegando a Páscoa. Era para todo mundo levar uma caixa de cereais, mas eu não levei.

— Onde está sua caixa de cereais, Chrissie? — a srta. White perguntou.

— Num tenho — respondi.

— *Não* tem — ela falou.

— Pois é. Num tenho.

Ela cruzou os braços.

— Por que não? Eu lembrei você antes de ir para casa ontem.

— Num tinha cereal lá — falei.

— Não seja ridícula, Chrissie. Todo mundo tem cereal em casa.

— Eu num tenho.

Ela me deu um pedaço de papelão ondulado, que era o tipo errado de papelão para um chapéu de Páscoa, e ela devia saber disso, mas tudo indicava que eu era a única pessoa naquela escola que sabia de alguma coisa. Minha tesoura não conseguia cortar aquilo, só fazia umas marcas do tipo que um bebê deixa numa torrada quando tenta comer. Eu desisti e cortei a ponta da trança da Donna em vez disso. Ela chorou. A srta. White me mandou para o sr. Michaels, mas eu não liguei. O cabelo fez um barulho bem legal quando a tesoura atravessou os fios, e eu repeti o som de novo e de novo na minha cabeça até me mandarem parar.

Depois da escola fui até a casa da Linda. Ela tinha ganhado uma revista *Mirabelle* novinha da prima, e ficamos deitadas na cama dela lendo. A maioria das páginas tinha coisas do tipo "Como sobreviver a um amor e continuar sorrindo". A *Mirabelle* claramente não era uma revista muito boa, porque a prima da Linda já lia fazia um tempão e eu nunca tinha visto ela sorrir.

Quando fiquei tão entediada que pensei que o meu cérebro fosse escorrer pelo nariz que nem catarro, desci da cama e tirei o vestido de dentro da calcinha.

— Linda — falei. — Já deu.
— Deu o quê?
— Já deu. Já deu e pronto.
— Isso não quer dizer nada.
— Quer, sim. Quer dizer que agora vamos sair para brincar.

Ela deitou de barriga para cima e esticou as pernas no ar como uma mosca.

— Não vamos, não. Não é seguro. Nós vamos morrer, como aconteceu com o Steven.
— Não vamos, não.
— Pode acontecer.
— Bom, se não sairmos para brincar nós vamos morrer de tédio. E eu prefiro morrer brincando lá fora do que morrer de tédio. Então eu vou. Você pode fazer o que quiser.
— Shh. A mamãe vai ouvir você.

Quando eu estava na casa da Linda, passava um tempão tomando cuidado para a mãe dela não me ouvir. A mãe da Linda não era uma mãe muito carinhosa. Era o tipo de mãe que tinha cheiro de igreja e de ferro de passar, e às vezes passava meses sem falar nada que não fosse "Tome cuidado" e "Pare com isso" e "Está na hora do jantar". Se você caísse na frente da mãe da Linda, ela te levantava do chão e esfregava seus joelhos como se estivesse espanando pó, resmungando: "Não foi nada, não foi nada". A não ser quando era eu que caía. Aí ela não me pegava do chão nem esfregava os arranhões. Eu sabia por que ela não gostava de mim: porque quando tinha sete anos falei que ela tinha mais cabelo branco que as outras mães (o que era verdade) e que então devia ser mais velha que as outras mães (o que também era verdade). Por isso que, sempre que abria a porta e era eu que estava lá, ela cruzava os braços com força na frente do peito, como se precisasse me impedir de passar pelo meio dela.

Desci a escada e saí pela porta da frente, pisando leve para não fazer quase nenhum barulho. Nem precisava olhar para trás para saber se Linda estava vindo. Ela sempre vinha. Com Linda era assim. Eu disse para nós duas irmos chamar Donna, apesar de não gostar dela, porque ela era a única pessoa que eu achava que ia poder sair. Ela tinha tantos irmãos que a mãe dela nem percebia se estava faltando alguém. Eu tinha muitos motivos para não gostar da Donna, além de ser gorda e certinha demais, mas o principal era que na época do Natal ela me mordeu no braço só porque falei que a cara dela parecia uma batata (o que era verdade). Fiquei com uma marca roxa de dentada por uma semana. Então ela era gorda, certinha demais e *ainda* parecia uma batata, mas não dava para escolher muito com quem brincar quando ninguém podia sair. Quando tocamos a campainha da casa da Donna, a mãe dela tentou mandar a gente embora, mas aí um dos outros filhos vomitou no chão da cozinha e ela mudou de ideia. Ela falou que Donna podia sair, mas só se William também fosse, porque ele tinha doze anos e era um menino grande e forte e podia cuidar da irmã se acontecesse alguma coisa. Falando bem a verdade, William era um menino magricelo que não ia poder fazer nada se acontecesse alguma coisa, a não ser que essa coisa fosse aparecer um bebezinho bem pequeno ou um ratinho, e mesmo assim ele não ia servir para nada, porque tinha medo de bichos com rabo. Tive que morder os lábios para me segurar e não falar nada disso. Donna tinha uma bicicleta rosa com manoplas azuis. Se ela saísse eu ia poder dar uma voltinha.

— Para onde vamos? — William perguntou quando passamos direto pelo parquinho.

— Até o beco — falei.

— Nada disso. Não pode. Nossa mãe não deixa — Donna falou.

— Sua mãe não está aqui — respondi.

— Mas se estivesse não deixaria.

— Bom, mas ela não está.

— Bom, eu é que não vou.

— Eu nem queria que você fosse mesmo.

— Então *tá*. Eu vou.

Antes pessoas moravam no beco, assim como nas casas das ruas. As famílias mais pobres viviam lá, em uns lugares apertados com mofo nas paredes. As crianças do beco ficavam com o peito todo congestionado por respirar aquele ar, e com feridas na barriga por causa das mordidas de percevejo, e com manchas vermelhas em volta da boca porque o frio secava toda a saliva. Agora as casas do beco estavam sendo derrubadas, e as famílias mais pobres não tinham para onde ir. Quando as casas não estivessem mais lá, iam construir uns prédios altos e reluzentes feitos de caixas empilhadas uma em cima da outra, e as pessoas iam morar nessas caixas, mas as famílias do beco não, porque morar nesses prédios ia ser caro. Teve uma reunião para falar sobre isso no salão da igreja. Os adultos levantavam um de cada vez e falavam coisas como: "É trágico viver em uma comunidade que não faz nada para ajudar os mais necessitados". Eu e Linda estávamos comendo biscoitos da mesa montada em cima de uns cavaletes lá no fundo, só que aí o vigário mandou a gente embora.

As pessoas começaram a amarrar fitas brancas nas grades da cerca da casa do beco, para todo mundo lembrar onde Steven tinha morrido. Eu peguei uma e amarrei no meu cabelo. Tinha cones do lado de fora da casa azul e a polícia passou uma fita entre eles, mas não tinha policial nenhum lá e era fácil passar por baixo. William encontrou uma janela que ainda não estava quebrada e começou a jogar pedras, e assim podíamos tirar o vidro e pular. Dava para entrar pela porta, mas se você é tão sem graça assim não devia nem estar no beco para começo de conversa. Eu estava quase pulando para dentro quando fiquei sem equilíbrio e me segurei na armação da janela para não cair. Senti uma dor na palma da mão e quando desci percebi que tinha um líquido quente escorrendo pelos meus dedos. Vermelho e grosso e gorduroso. Limpei no vestido. Não chorei. Eu nunca chorava. Mais uma mancha para fingir que era sangue do Steven.

Todo mundo queria ver onde ele tinha morrido, então levei eles para o quarto lá de cima. Percebi coisas que não tinha notado quando estava lá com Steven, como as almofadas de sofá empilhadas perto da lareira e o lixo acumulado nos cantos. O papel de parede estava descascando, e onde a parede se juntava com o chão tinha bolhas que espumavam igual refrigerante. Nos cantos, as casas do beco eram quase líquidas.

— Como você sabe que foi aqui? — Donna perguntou.

— Ela estava aqui quando o homem levou ele para fora da casa — Linda falou. — Correu na frente enquanto eu estava pondo a fralda da Paula. Ela viu pela janela. Viu o homem pegar ele no chão do quarto e levar lá para baixo, para a mãe dele.

Não era exatamente verdade, mas eu gostei de como me senti importante ouvindo aquilo. Quando Donna olhou para mim, deu para ver que estava fingindo não estar com inveja, e por um momento me deu vontade de contar que fui eu que matei ele, para ela ter motivo de verdade para sentir inveja. Precisei morder os lábios de novo. Eu estava precisando morder os lábios toda hora desde que Steven tinha morrido.

— Isso é verdade mesmo? — Donna perguntou.

— É — falei. — Eu vi tudo.

Fui até o lugar que ficava embaixo do buraco no telhado, por onde o sol entrava e jogava uma luz amarela nas tábuas do piso.

— Foi aqui que ele morreu — apontei. — Foi exatamente aqui que ele morreu.

Os outros vieram e fizeram uma rodinha. Tinha espaço suficiente no meio para o corpo de um menininho.

— Como foi que ele morreu? — William perguntou.

— Simplesmente morreu — respondi, cuspindo no dedo e esfregando no meu corte.

— Não é assim que acontece — Donna falou. — As pessoas não morrem assim, do nada.

— Às vezes morrem, sim — Linda falou. — Meu vô foi lá em casa para comer peixe quando eu tinha cinco anos e morreu assim, do nada. Estava sentado na cadeira com um bolinho de peixe no colo. Aí ele morreu.

Ela olhou ao redor como se achasse que algum de nós fosse gritar ou desmaiar.

— Mas o seu vô devia ter uns cem anos — Donna falou. — O Steven era só um bebê. Não é a mesma coisa.

— É a mesma coisa, sim — Linda falou.

— Não é não — Donna repetiu. — Não seja burra.

O pescoço da Linda ficou todo vermelho, depois o rosto, e ela mordeu o lábio, então a boca dela ficou toda torta. Falando bem a verdade, Linda era burra, *sim*. Era por isso que muita gente não queria ser amiga dela. Era burra para ler e escrever e para ver as horas e para amarrar os sapatos, e às vezes falava cada burrice que você não entendia nem como ela ainda estava viva e andando por aí, porque dava para duvidar que alguém tão burra podia aprender a andar. E como era burra acreditava em tudo que você contava para ela, o que às vezes era divertido. No terceiro ano, ela engoliu um dente quando estava com a boca cheia de biscoitos no recreio e eu falei que ia crescer uma boca extra na barriga dela, e que a boca nova ia ficar com toda a comida, e que ela ia ficar cada vez mais magra até morrer, e que depois de engolir o dente não tinha como fazer mais nada para impedir isso. Ela chorou muito, e as lágrimas se misturaram com o sangue vermelho que escorria pelo queixo, e a sra. Oakfield mandou ela para a enfermaria. A sra. Oakfield perguntou se eu sabia por que ela estava chateada, mas não falei nada. Estava ocupada terminando os biscoitos dela.

Linda detestava ser chamada de burra porque no fundo sabia que era verdade, e eu não queria que chamassem ela assim porque ela detestava. Dei um empurrão bem no peito da Donna.

— Cala essa boca, cara de batata — falei. — Ele simplesmente morreu. Igual o vô dela. Igualzinho.

— Aposto que não foi *igualzinho* — William falou.

— É. Aposto que não foi — Donna falou.

— Olha só, pessoal — Linda falou. — Vocês precisam ouvir o que a Chrissie está falando. Ela é a mais inteligente aqui. Ela sabe de tudo.

O rosto dela ficou vermelho, porque Linda não estava acostumada a falar coisas como "Olha só, pessoal", principalmente para Donna. Linda chegou mais perto, e eu segurei a mão dela.

— Pois é — falei. — Vocês precisam me ouvir e parar de tratar a Linda assim, porque ela é a minha melhor amiga e se tratarem ela assim vão se ver comigo. Mas vocês precisam me ouvir principalmente porque eu sou a mais inteligente e sei de tudo. E *com certeza* eu sei o que aconteceu com o Steven.

Aquilo era especial não só porque era eu quem sabia o que tinha acontecido com Steven. Era especial porque eu era a *única* que sabia o que tinha acontecido com ele, contando todas as crianças e os adultos e até os policiais. Na escola disseram que ele sofreu um acidente enquanto estava brincando no beco, um tombo que fez ele atravessar o piso quando as tábuas podres cederam, e perdeu a vida como a água que escorre de um copo tombado.

— É por isso que vocês nunca devem ir brincar no beco — disseram. — Entenderam?

Mesmo que não tivesse matado ele, eu ia saber que isso não era verdade. Encontraram o corpo dele no quarto de cima, então ele não podia ter morrido por causa de um tombo a não ser que estivesse brincando no telhado, e ninguém brincava no telhado do beco, nem mesmo eu, e todo mundo sabia que eu era a melhor escaladora. Ele também não podia ter morrido porque se cortou em um caco de vidro, porque não tinha sangue quando encontraram ele, apesar do que eu falei para Donna. Ele morreu porque eu coloquei as mãos em volta da garganta dele e apertei até não ter mais nada para espremer.

Como Steven tinha morrido lá, os carros de polícia estavam aparecendo pelas ruas quase todo dia. Na quinta-feira um deles estacionou na frente do portão da escola e dois policiais foram conversar com a turma dos pequenos. Pedi para ir no banheiro para poder me esconder perto da classe das crianças e tentar ouvir o que eles falavam, mas a porta estava fechada e a sra. Goddard me viu tentando abrir uma fresta.

— Pare de tentar ficar escrutinando tudo, Chrissie — ela falou. — Você sabe que não pode ficar aqui. Volte para a sua sala, por favor.

— Escutando, você quis dizer — falei.

— O quê?

— Escutando — repeti. — Você quis dizer: "Pare de tentar ficar escutando tudo, Chrissie". Não existe essa palavra, "escutrinar".

— Volte logo para a sua sala, Chrissie. — Ela não gostou nem um pouco de ser corrigida por mim.

Os policiais não falaram com as crianças maiores nesse dia, o que era injusto, porque eu queria ver eles de perto e não queria fazer a tarefa. Depois da aula, vi o carro deles parado na frente da casa do Steven de novo, e fiquei sentada na frente da casa da sra. Whitworth, encostada na parede, esperando eles saírem. Quando chegaram no portão, um deles percebeu que eu estava olhando.

— Melhor você ir para casa, mocinha — ele falou. — Sua mãe deve estar preocupada.

— Não está, não.

— Então vá para casa assistir TV.

— Não tem luz.

— Vá embora daqui mesmo assim — ele falou, abrindo a porta do carro. — Não é seguro para as crianças andarem sozinhas pelas ruas.

Ele sentou no banco do motorista e saiu dirigindo. Fiquei olhando para o carro até desaparecer depois de virar a esquina. A polícia estava gastando um tempão tentando descobrir o que tinha acontecido com Steven. Saber disso fez parecer que aquele pozinho doce estava estourando na ponta dos meus dedos, a mesma sensação picante que eu senti na língua quando Betty me desafiou a chupar uma pilha por dez segundos.

Quando ficamos sem ter o que fazer na casa azul, voltamos para a rua. Enquanto andávamos pelo beco as mães tinham pendurado as roupas lavadas entre os telhados das casinhas caixa de fósforo, e os lençóis e as mangas das camisas acenavam para nós. Eu pedi a Donna para dar uma volta na bicicleta e ela não deixou, então bati nela e ela voltou pedalando para casa para me dedurar. William tinha moedas nos bolsos, e quando Linda foi para casa jantar ele foi até o mercado comprar uma torta de carne. Ficamos no parquinho, sentados no balanço enquanto ele comia.

— Quanto tempo você acha que o Steven vai continuar morto? — perguntei.

A boca dele estava cheia demais para responder. Uma gota de molho escorreu pelo queixo. Dava para sentir o cheiro — um cheiro marrom e salgado — e as minhas tripas se comprimiram. Ele mastigou por um bom tempo, depois deu outra mordida e mastigou mais. Dei um chute na canela dele para que prestasse atenção em mim.

— Quanto tempo você acha que o Steven vai continuar morto? — repeti.

— Não me chuta!

— Se quiser eu chuto.

Ele deu com o punho fechado no meio dos meus olhos e me fez bater a cabeça no poste do balanço. O barulho de metal ressoou nos meus ouvidos. Eu não chorei. Nunca chorava. Tentei dar outro chute, mas ele tirou a perna da frente.

— Ele vai continuar morto para sempre — William falou.

— Vai nada.

Eu sabia que isso não era verdade. Ele já estava morto fazia tempo, e para sempre era ainda mais tampo. Pensei que ele ia voltar a viver perto da Páscoa. A Páscoa era uma boa época para voltar a viver. Ele com certeza não ia continuar morto para sempre.

— Ah, sim — William falou. — Vai, sim.

— Vai *nada*. — Coloquei as mãos nos ouvidos para não escutar mais o que ele estava dizendo. As minhas tripas continuaram se comprimindo até parecer que tinha alguém espremendo a minha barriga por dentro. — Dá um pedaço dessa torta.

Ele fez que não com a cabeça sem nem levantar os olhos. Sua boca estava tão cheia que as bochechas ficaram inchadas.

— Se me der um pedaço da sua torta, eu deixo você enfiar a mão dentro da minha calcinha — falei.

Ele engoliu e suspirou.

— Tudo bem então. Mas só uma mordida.

Ficamos de pé. Levantei a frente do vestido, peguei a mão dele e puxei para o meio das minhas pernas. Os dedos dele estavam quentes e parados, e ele estava bem perto de mim, perto o suficiente para contar as sardas nas bochechas dele. Ele tinha um bafo quente e com cheiro de molho. Ficamos assim um tempinho. Os dedos dele continuaram parados. Abaixei a bainha do vestido e larguei os braços ao lado do corpo. Fingi que era uma marionete. Foi bem entediante, na verdade.

Quando ele tirou a mão, enfiou direto no bolso e empurrou o resto da torta para mim, para poder pôr a outra mão dentro do bolso também. Eu comi depressa. Tinha gosto de sal e banha de porco, com uma carne borrachuda que guinchava entre os meus dentes. Eu estava com tanta fome que esqueci de mastigar do lado que não tinha o dente podre, e a dor desceu até o meu pescoço. Quando terminei nós começamos a balançar, mas não dava para subir tão alto como sempre por causa das mãos engorduradas. William falou que ia para casa, e eu disse que se ele fosse embora ia levar um beliscão que ia arder como nunca na vida, e ele chorou. Não sei se foi por causa da ameaça do beliscão ou porque tinha colocado a mão dentro da minha calcinha. Acho que nenhuma das duas coisas era motivo para chorar.

JULIA

Quando cheguei lá em cima, o telefone tinha parado de tocar. Lavei o resto de leite da tigela de cereais da Molly e voltei para a porta. Fiquei parada em vez de abrir. Meus pensamentos estavam voltados para o telefone, e, quando os meus pensamentos estavam longe, eu ainda esquecia que podia abrir as portas sozinha. Pensei que quando tivesse trinta anos talvez já tivesse desaprendido esse instinto de esperar um adulto aparecer com uma chave. Com trinta anos eu ia ter vivido mais tempo fora de Haverleigh do que dentro.

    Haverleigh era um Lar, mas do tipo que começa com letra maiúscula e tem uma grade em volta, um lugar para crianças que não servem para lares com letra minúscula. Eles me levaram para lá da prisão, em um carro com vidros escuros. Antes de sair da minha cela, comi o prato de comida que o guarda tinha trazido do refeitório: linguiças com a pele marrom rasgada, e uma rodela de chouriço escura como a terra no fundo de um vaso. Comi depressa, usando os dedos, engolindo uns pedações e sentindo eles caírem como pedras na minha barriga. Eu não sabia se ia voltar a comer na vida. Quando terminei, me colocaram no carro com dois policiais e andamos durante horas, por estradas cheias de curvas que fizeram o café da manhã embolar no meu estômago. Uma camada fina de gordura ainda estava grudada na minha gengiva, na língua e nos buracos dos dentes que eu tinha perdido. Um gosto de carne e alguma coisa amarga, tipo gasolina, subia pela minha garganta.

— Estou passando meio mal — falei.

— Respira fundo — ordenou a policial mulher.

— Posso abrir a janela? — perguntei.

— Não. — Em seguida ela abriu o porta-luvas e me passou um saco de papel. — Tome. Pode vomitar aqui dentro.

Passei o restante do caminho tentando fazer o vômito subir pela garganta, porque queria sujar todo o banco de trás. Eles iam me deixar abrir a janela se eu fizesse isso. Mas acabou não subindo antes que o carro parasse na frente de Haverleigh e a policial viesse abrir a minha porta. O ar frio me atingiu bem no meio da cara. Eu me inclinei para fora e vomitei nos sapatos dela.

— Ai, meu Deus — ela falou.

— Eu avisei que estava passando mal. — Limpei a boca com a mão e a mão no banco do carro. Ela me puxou pelo cotovelo e eu vi um monte de predinhos baixos e quadrados. Não parecia nem um pouco uma prisão. Fiquei decepcionada. Tinha imaginado um lugar com arame farpado e grades nas janelas. Eu sabia que Donna teria ficado impressionada com isso quando viesse me visitar.

As pessoas que vigiavam os corredores de Haverleigh estavam mais para cuidadores de zoológico que para pais. Me acordavam no mesmo horário todo dia, me levavam para o banheiro, me viam tomar banho, me levavam de volta para o quarto, me viam colocar a roupa, me levavam para o refeitório, me viam comer, me levavam para a escola, me viam rasgar as folhas do caderno e esconder debaixo da carteira. A maioria era legal. Me chamavam de coisas como "amiga" e "colega" e "garota" e me ensinavam jeitos de me controlar quando estava quase tendo um ataque de raiva — respirando, contando, escutando os sons ao meu redor. Durante o dia, ficavam comigo o tempo todo, o que me fazia pensar que estavam lá porque gostavam de mim, mas no fim da tarde começavam a olhar o relógio e perguntar: "O pessoal da noite já chegou?" Aí eu lembrava que aquelas pessoas não gostavam de mim coisa nenhuma. Só eram pagas para ficar comigo. Era aí que eu jogava o tabuleiro longe, ou rasgava o meu caderno de lição de casa, ou batia a cabeça de outra criança na parede. Quando você fazia coisas assim, os cuidadores vinham em bando, um segurando em cada lugar, e com tanta força que não dava nem para se mexer. Eu fiz um monte de coisas erradas. Era bom ser segurada assim. Eu gostava de ficar paradinha e ouvir os cuidadores dizerem: "Pronto. Parabéns por se acalmar. Você é uma boa menina, Chrissie. Uma boa menina". Até que não era tão ruim no fim das contas.

Haverleigh tinha seus próprios ritmos e ruídos — alarmes que berravam nos corredores, crianças que berravam nos quartos —, mas principalmente o som das chaves que os cuidadores levavam aos montes presas no cinto, batendo umas nas outras. Quando comecei a vida nova, eu ficava perto de toda porta fechada que encontrava, esperando um cuidador abrir para me deixar passar. Toda vez que eu percebia que podia abrir sozinha, sentia vontade de gritar. As pessoas falavam que não era justo eu ser solta quando fizesse dezoito anos, que eu tinha que ficar trancafiada para sempre. Eu concordava: não era justo. Os que mandavam em tudo me deixaram escondida um tempão, e aí me jogaram em uma vida que eu não esperava viver, em um mundo que eu não esperava ter que entender. Eu sentia falta dos cliques e claques dos corredores de Haverleigh, das fechaduras enormes nas portas.

"Aquele era o meu lar, o meu lar com letra minúscula", eu tinha vontade de dizer. "Não era justo me obrigarem a ir embora."

O tempo frio atraiu um monte de trabalhadores para a lanchonete, e eu passei o dia colocando punhados de batatas fritas em sacos plásticos e cuidando do caixa. Na hora do jantar, peguei uma torta de frango com cogumelo na estufa e fui comer num canto da cozinha. O recheio estava seco, empelotado, cinzento e salgado. Lambi os farelos da massa entre os dentes do garfo de metal e fiquei com uma leve sensação de perda quando acabaram.

Às três horas, a sra. G. saiu do escritório e me cutucou no ombro.

— Tem uma mulher no telefone para você. Sasha não sei das quantas. Disse que tentou ligar no telefone lá de cima. E que é do conselho tutelar. Mas não disse o que quer. Você vai atender?

A minha língua virou um pedaço de carne crua e quente dentro da boca. Olhei para Arun e com os olhos falei: "Por favor, não me deixa ir. Diz que eu preciso limpar o chão ou fritar mais peixe ou atender os clientes". Arun fez um gesto com a mão.

— Sim, sim, pode ir, Julie — falou.

Fui atrás da sra. G., me sentindo como uma criança colocada para fora da sala de aula. No escritório, ela deu um tapinha no meu ombro, foi para o sofá e pegou seu tricô. Pensei que fosse voltar para a cozinha, mas ela pegou duas balas com papel rosa no pote da mesinha de centro e sentou.

— Não ligue para mim, querida. Pode atender seu telefonema. Eu vou ficar só escutando o rádio.

A sra. G. era muito boazinha e muito enxerida. Ela não ia escutar o rádio coisa nenhuma. Ia ficar me ouvindo. Peguei o telefone com a ponta dos dedos.

— Alô.

— Ah, Julia, oi. — Sasha era uma das poucas pessoas no mundo que sabiam quem eu realmente era. Fingia que não me odiava, mas não tinha jeito. Dava para perceber na voz dela, por baixo daquele verniz de simpatia. O ódio. — Como vai?

— Bem.

— Que bom. Que bom. Então, eu recebi uma ligação do hospital — ela falou. Senti como se um anzol tivesse sido enfiado pela minha goela abaixo, agarrando as minhas amídalas e me virando do avesso.

— Como está a Molly? Já se adaptou ao gesso?

Molly estava absurdamente orgulhosa do gesso. Só precisou usar a tipoia no fim de semana, e fiquei feliz por poder vestir os dois braços dela no casaco na segunda-feira de manhã. Quando ela usou o casaco com a tipoia, a manga vazia ficou balançando de um jeito sinistro. Na segunda eu vesti por cima do gesso, assim só a ponta branca aparecia, mas ela puxou a manga para cima, porque queria que o gesso fosse a primeira coisa que vissem quando olhassem para ela. Ela foi até a escola com o braço levantado, como se fosse um troféu, e voltou com desenhos de canetinha que iam do cotovelo até a palma da mão. Passou um tempão mostrando os vários desenhos e me contando quem fez, e quando voltamos para casa me pediu para fazer um. Eu não fiz.

— Ela está bem — respondi.

— Que bom. Isso é ótimo. Enfim, achei que seria uma boa ideia você dar uma passadinha aqui para me ver. Só uma conversinha rápida. Pensei em amanhã de manhã. Pode ser?

— Amanhã? — falei.

— De manhã. Às dez? Você pode vir às dez?

— Mas ela está bem.

— Que tal deixarmos para conversar amanhã?

Eu não queria conversar amanhã. Queria falar para Sasha que dizer que era "só uma conversinha" não deixava as coisas menos ameaçadoras para mim, e queria perguntar quem tinha me dedurado. O meu palpite era o médico que ficou estreitando os olhos para mim, achando que eu tinha machucado Molly de propósito. A sra. G. começou a cantarolar a música do rádio, e o relógio na parede me dizia que eu precisava ir buscar Molly na escola, e a minha garganta parecia estreita como um canudinho.

— Amanhã. Tudo bem. Tchau.

Desliguei o telefone. Engolir a saliva doía. Respirar doía. Eu queria aliviar o aperto entre os meus ombros, mas não tinha jeito.

O primeiro dia da primavera

Se a sra. G. não estivesse estalando as agulhas de tricô atrás de mim, eu ia perguntar para Sasha se o motivo da conversa era dizer que iam tirar Molly de mim, e aí ela ia fazer uns barulhos estridentes de indignação e mudar de assunto. Ainda bem que essa encenação não aconteceu. Esse pessoal queria tirar Molly de mim fazia anos, mas não tinham encontrado um motivo, e agora lá estava, bem grande e visível e coberto de rabiscos de canetinha. Pensei na voz de abridor de latas que tinha ouvido no telefone. *Chrissie.* Alguém tinha conseguido me encontrar de alguma forma. Devia ter conversado com alguém que me conhecia, que me odiava. Sasha me conhecia. Sasha me odiava.

A dor era como uma faixa apertada em torno dos meus ombros, e se espalhava a partir da base do meu crânio. Arqueei as costas. Era a mesma dor que eu sentia todo ano, que brotava na primavera e ia embora com o verão. Às vezes, quando eu sentia que ela estava se espalhando dos ombros para minha cabeça, a imagem que me vinha era de sangue caindo na água. Manchas vermelhas entrando no fluido transparente. Esfreguei os calombos da espinha que atravessavam a minha nuca.

— Está com torcicolo? — a sra. G. perguntou.

— Estou bem — respondi, mas ela já estava atrás de mim, uma cabeça mais baixa que eu e duas vezes mais larga. Afastou as minhas mãos, e eu senti seus dedos grossos em mim. A pele na ponta dos dedos tinha ficado dura, depois de passar tantos anos tricotando. Senti cheiro de tempero e serragem, e de repente, do nada, me deu vontade de chorar. O toque da pele dela na minha fez eu me sentir como uma criança frágil. Cerrei os dentes. Eu nunca chorava.

— Você está com muita tensão nesse pescoço, querida — ela falou, movendo sem parar os polegares em círculos perto do meu cabelo. — E nos ombros também. É de ficar curvada em cima daquela fritadeira. Vou falar com Arun sobre isso. Você precisa deitar no chão todos os dias por vinte minutos. Usar uns livros para apoiar a cabeça e deitar bem esticada no chão. E ficar paradinha. Entendeu?

Concordei com a cabeça, mas não falei nada. Tirei o avental, vesti o casaco e saí para a tarde fria.

Tinha sido tudo para nada. Meses de enjoo e engorda, anos limpando e trabalhando e me preocupando. Eu tinha comprado para Molly uns tênis com luzinhas no calcanhar e levado ela na igreja na véspera do Natal, e ensinado ela a olhar para os dois lados antes de atravessar a rua, mas teria dado no mesmo se tivesse largado seu corpinho de bebê numa esquina, deixado ela chorar até morrer. As duas versões iam terminar do mesmo jeito: comigo sozinha de novo.

Na semana antes de cair da mureta, ela parou de mastigar no meio do jantar e me encarou com os olhos arregalados e os dedos na boca.

— Meu dente, meu dente — ela gritou.

— Está doendo?

— Está esquisito.

— Tipo dolorido?

— Está estranho.

Esta era a pior parte — o fato de Sasha ser cruel e perversa, mas ter razão por querer tirar ela de mim. Porque qualquer criança que ficasse comigo ia virar uma espécie de quebra-cabeça com peças estragadas e faltando. Se Molly ficasse comigo, ia virar Chrissie quando crescesse.

No meio da rua principal entrei em um beco e encostei na parede. Desci o zíper e abri o casaco, deixando o vento esfriar o suor debaixo dos meus braços. Imaginei que eles tinham congelado e iam estalar quando eu me mexesse. Meu coração parecia pequeno e metálico dentro do peito, como uma sineta na coleira de um gato. O cheiro de xixi estava forte, e ficou pior ainda quando agachei no chão. E pior ainda quando caí de joelhos. E pior ainda quando encostei a testa no chão. E pior ainda quando abri a boca para gritar.

CHRISSIE

Mamãe estava de pé na frente do meu guarda-roupa quando acordei na manhã seguinte.

— Você não vai à escola hoje — ela falou.

Apalpei o meu queixo.

— Estou com caxumba? — perguntei. Um monte de gente andava faltando na escola por causa de caxumba.

— Não. — Ela pegou o meu vestido de igreja do guarda-roupa e enfiou debaixo do braço. Depois espirrou no tecido o perfume floral de um frasco bonito de vidro. Eu não sabia por que ela estava pegando o meu vestido de igreja em uma sexta-feira. Limpei a remela do canto do olho.

— Nós vamos na igreja? — perguntei.

— Não. Claro que não. É sexta-feira. Se troca.

— Você já pediu para ligar a luz?

— Se troca — ela repetiu.

Mamãe saiu, mas eu não levantei na mesma hora. Fiquei deitada na cama, passando a junta dos dedos no xilofone de costelas que ficava debaixo dos meus mamilos.

Eu não gostava de ir para a escola mesmo, porque não gostava da srta. White e não gostava de fazer lição e não gostava de sentar perto do Richard, mas gostava de ser a monitora do leite. Quando você era a monitora do leite podia sair da classe no recreio, trazer o engradado com as garrafas de leite do parquinho e pôr uma garrafa e um canudo na mesa de cada um. Depois que o leite era distribuído, a srta. White vinha com a lata de biscoito e punha um do lado de cada garrafa. Fazia um tempão que eu estava tentando convencer a srta. White a me deixar ser a monitora do biscoito, porque isso ia ser ainda melhor do que ser a monitora do leite, mas ela sempre dizia que não.

— A monitora do biscoito precisa ser uma pessoa adulta — ela falava.

— Por quê?

— Porque é trabalho de adulto.

— Acho que pode ser de criança — eu falava. — Acho que devia ser eu.

— Chrissie. Você como monitora do biscoito seria o que nós chamamos de receita para o desastre.

Eu não fazia ideia do que ela queria dizer com isso.

Dava para saber se ia ser um dia de leite bom ou de leite ruim só de olhar para as garrafas no engradado. Era melhor quando tinha uma camada molhada em volta, como gotinhas de suor, porque isso queria dizer que o leite estava fresquinho e gelado. Não era tão bom quando tinha gelo em volta, porque isso queria dizer que o leite estava congelado e ia ter que ficar em cima do aquecedor para descongelar, o que demorava um tempão. E era pior ainda quando de manhã fazia sol forte e o branco dentro das garrafas ficava com cor de manteiga. Isso queria dizer que o leite estava quente como água de banho, todo grosso e pastoso.

A melhor parte de ser a monitora do leite era que, depois de distribuir as garrafas, você levava o engradado de volta para o parquinho, e podia beber o que sobrasse. Quase sempre sobrava, porque sempre faltava alguém. Em um dia bom podia ter cinco ou seis garrafinhas. Depois de colocar o engradado no chão embaixo da janela eu agachava e empurrava as tampas com o polegar. Era mais divertido enfiar o canudinho no papel-alumínio — porque fazia um som de estouro bem gostoso —, mas era preciso agir bem rápido-rápido-rápido na hora de beber o leite que sobrava, e os canudos eram lentos-lentos--lentos. Eu fui a monitora do leite a primavera toda, e aprendi bem depressa. Garrafa, polegar, vira, acabou. Eu conseguia beber uma garrafa em um gole só. Falando bem a verdade, eu não gostava tanto de leite, mas depois de beber ficava mais fácil não me aborrecer por não ter o que comer depois da escola. Quando o recreio terminava eu precisava ficar paradinha na carteira, porque a minha barriga estava tão cheia que eu sabia que ia passar mal se me mexesse rápido demais. Eu achava que era por isso que a srta. White me deixou ser a monitora do leite por tanto tempo — porque assim eu ficava quieta depois do recreio.

A mamãe me falou para andar logo, e eu saí de baixo do cobertor pensando que sem ir na escola eu ia ficar sem leite, e sem o almoço de lá também. Ia ser um dia bem vazio, mas a vida era assim mesmo às vezes. Você precisava aprender a aguentar firme.

Quando saí da cama, olhei para o lençol, que tinha um monte de manchas amarelas. Eram parecidas com as manchas que surgiam nos meus braços quando os fungos estavam me comendo por dentro: mais escuras nas bordas e de vários tamanhos diferentes. No meio da cama o lençol estava molhado, e por baixo da minha camisola estava tudo gelado e grudento. A mamãe deixou o vidro de perfume na janela, e eu joguei um pouco nas manchas mais feias da cama. O cheiro não ficou muito melhor. Na verdade ficou até um pouco pior. Eu cobri o lençol com o cobertor e fiquei torcendo para que estivesse tudo seco à noite.

Na cozinha, a mamãe prendeu o meu cabelo em tranças apertadas. Os dedos dela eram ásperos e puxavam com tanta força que parecia que a pele da minha cabeça ia arrebentar, mas eu não reclamei porque sabia que assim ela só ia puxar mais forte. Quando terminamos, ela pôs a mão na minha cabeça e cochichou:

— Pai, me protege. Deus, zela por mim.

A mão dela estava fria, e nós duas tínhamos o mesmo cheiro: de flores por cima e sujeira por baixo. Depois de rezar, ela limpou a palma da mão na cintura, como se estivesse se limpando de mim.

Saímos de casa e fomos andando juntas pela rua. Os sapatos dela faziam um som de *clop-clop-clop* de casco de pônei, e os dedos deixaram marcas no meu pulso de tanto me apertarem. Passamos por uns meninos na esquina que estavam brincando com um pneu velho de bicicleta, mas a maioria das pessoas estava na escola. Fiquei decepcionada. Queria que me vissem com a mamãe, andando pela rua com as nossas roupas de igreja, quase de mãos dadas. Perto da cidade, os sapatos de igreja já estavam mastigando os meus calcanhares, mas quando diminuí o passo, a mamãe me puxou pelo braço e me obrigou a andar mais depressa. Chegamos na rua principal e passamos pela quitanda e pelo açougue e pela loja de departamentos. Perguntei para a mamãe para onde estávamos indo, mas ela não ouviu, ou pelo menos fingiu que não, e quando estávamos quase no fim da rua ela me empurrou pela porta de uma loja tão depressa que não deu tempo de ler o que estava escrito na placa.

Lá dentro, eu vi que a loja não era uma loja coisa nenhuma. Era uma sala de espera, igual à do médico e à do dentista. Eu já tinha visto essas salas de espera nos vídeos que passavam para os alunos na escola. Um deles chamava "Dia de médico" e o outro chamava "Dia de dentista". Tudo naquela sala de espera tinha uma cor fraca e desbotada, e as fotos nas paredes eram de famílias com sorrisos largos e branquinhos, então talvez fosse o dentista, e talvez a mamãe tivesse me trazido para arrumar o meu dente podre. Ela me empurrou até uma mesa onde uma mulher estava falando no telefone. Quando a mulher viu a gente, desligou o telefone e abriu o mesmo sorriso das pessoas nas paredes, só que os dentes dela pareciam as pedras quebradas e amareladas do calçamento, aglomeradas umas contra as outras. Para mim, gente com dentes assim não devia poder trabalhar no consultório do dentista. Para mim, gente com dentes assim não devia poder nem sair de casa.

— Essa é a minha filha — a mamãe falou. — O nome dela é Christine. Eu preciso que ela seja adotada.

— Hum — a mulher atrás da mesa resmungou.

— Adotada — a mamãe repetiu.

— Hã.

— Eu preciso que a Christine seja adotada.

— Você já disse isso um monte de vezes — falei.

— Cala a boca — ela mandou.

Desenhei um padrão no carpete com a ponta do meu sapato de igreja. O meu rosto ficou vermelho. A mamãe não sabia o que adotar queria dizer. Adotar era pegar uma criança que não era dela, que nem a mãe da Michelle, que adotou ela de um pessoal de Londres que não prestava e ficou com ela apesar de não ser sua filha de verdade. Eu era filha da mamãe, para começo de conversa. Ela podia ficar comigo sem precisar que eu fosse adotada. Eu detestava quando a mamãe fazia bobagens como essa. O meu rosto ficava todo vermelho. Quando levantei a cabeça, vi a mulher atrás da mesa lambendo os lábios e achei que ela ia explicar para a mamãe o que era adotar, mas em vez disso ela virou para mim.

— Olá, pequena. Christine é um nome bonito. O meu é Ann. Por que você não vai se sentar um pouco enquanto eu converso com a sua mãe? Posso ir buscar um suco de laranja para você, se quiser.

Eu sentei em uma cadeira azul e áspera perto da janela, e Ann me trouxe o suco em um copo plástico. Estava tão fraco que podia ser só a água que ela usou para enxaguar o copo onde tinha o suco de verdade. Eu molhei o dedo nele e desenhei formas no braço da cadeira. A mamãe não olhou para mim. Ficou sentada bem reta, com um braço em cima da barriga e uma das mãos segurando a lateral do casaco. Os dedos dela estavam até pálidos.

Ann voltou para a mesa e começou a falar com a mamãe com uma voz de quem não queria que eu ouvisse, mas então uma porta abriu no corredor e todo mundo ouviu que tinha alguém chorando. Era um choro abafado e fungado, como o de quem está com um lenço na frente da boca, e depois de um tempo uma mulher apareceu no corredor com um lenço na frente da boca. Acho que devia ser ela que estava chorando. O lenço branco estava cinza e molhado demais para segurar as lágrimas, só que a mulher continuava despejando mais e mais. Quando chegou no fim do corredor e viu a mamãe na sala de espera, parou de andar e ficou cambaleando sem sair do lugar. Ela dobrou o lenço no meio e assoou o nariz, depois dobrou ele de novo e limpou os olhos. Em seguida, piscou várias vezes.

Ela era bonita. Estava com o rosto todo manchado por causa do choro e a maquiagem borrada em volta dos olhos, mas mesmo assim era bonita. Tinha cabelo amarelo e pó de arroz nas bochechas. Olhei para as pernas dela, que estavam cobertas por uma meia cor da pele, e por isso pareciam lisinhas como as de uma boneca. As pernas da mamãe eram cheias de picadas e descascados de pele ressecada, assim como as minhas. A mamãe era feia, assim como eu. Aquela mulher não era feia. Parecia um anjo.

Quando conseguiu parar de chorar, ela foi até a mesa e falou para Ann:

— Deu tudo errado. Vão deixar a mãe ficar com ele. Depois de tudo o que aconteceu. Isso não é certo. Eles não podem fazer isso com as pessoas.

Ann franziu a testa e começou a falar:

— Ah, eu sinto mu...

— Você quer adotar uma criança? — a mamãe interrompeu. A mulher bonita fez que sim com a cabeça enquanto pegava lencinhos limpos da mesa da Ann. A mamãe veio andando bem depressa e me puxou com tanta força pelo cotovelo que eu derramei todo o suco aguado em cima de mim. Ela me empurrou para a frente, para perto da mulher bonita, e falou: — Essa é a Chrissie. Ela é minha. Mas está sendo adotada. Pode ficar com ela.

Ann falou coisas como "mas" e "espere" e "não", e a mulher bonita falou coisas como "mas" e "eu" e "ah". A mamãe pôs a mão nas minhas costas e tirou logo em seguida, como se tivesse encostado em algo muito quente, ou muito afiado, ou muito horrível. Como se tivesse colocado a mão em alguém feito de cacos de vidro. Depois foi embora. A sala de espera ficou em silêncio. A voz da mamãe ficou nos meus ouvidos, dizendo "Ela é minha". A mamãe nunca tinha falado assim de mim antes.

Olhei para o meu vestido de igreja, todo molhado e com suco escorrendo pela bainha. Fiquei me perguntando se a mulher bonita ia me comprar um vestido bonito quando me levasse para a casa dela. Michelle era só uma bebê gorducha quando foi adotada de um pessoal de Londres que não prestava, mas mesmo assim ganhou vestidos e brinquedos e sapatinhos de sola macia. Fiquei torcendo para que a mulher bonita quisesse fazer isso para mim.

— Eu queria um vestido novo — falei, porque ela podia estar com vergonha de oferecer. — Nós podemos comprar no caminho da sua casa.

Ela lambeu o lábio meio que como um lagarto, depois virou e encostou na mesa para falar com Ann. Ouvi coisas como "vá atrás dela" e "claramente não está bem" e "acho que não tenho como ajudar" e "queria um bebê" e "muito grande, pois é, grande *demais*". Quando ela virou de novo eu já tinha ido sentar. Ela veio até mim, parou, piscou os olhos e lambeu os lábios.

— Eu... — ela falou, mas então deu uma risadinha e fez um tchauzinho ridículo e saiu correndo pela porta no meio de uma nuvem de pó de arroz e cabelos amarelos.

Ann vestiu o casaco e pegou a bolsa e começou a tagarelar do jeito que os adultos fazem quando acham que vão conseguir impedir você de chorar, entupindo os seus ouvidos de barulho. Senti vontade de falar que ela não precisava fazer isso porque eu nunca chorava, mas estava com uma bola entalada atrás do nariz e na garganta, e assim ficava difícil falar. Achei que estava ficando resfriada, talvez. Ann tentou segurar a minha mão, mas eu enfiei elas no bolso do casaco com tanta força que atravessou o forro. Fiquei atrás dela enquanto andávamos pela rua, raspando a ponta dos meus sapatos de igreja na calçada. Estava chovendo, e as pessoas andavam com o corpo curvado. Ann parava toda hora e me mandava ir logo, mas isso só me fazia andar mais devagar. Uma velha estava praticamente se arrastando atrás de mim, e, na quarta vez que Ann parou para reclamar, ela falou:

— Você trate de acompanhar a sua mãe. Já chega dessa bobagem, hein?

Eu mostrei a língua para ela.

— Ora, mas que falta de educação, hein, mocinha?

— Eu *não* sou educada — falei. — E *não* sou uma mocinha.

— Unf. Ora. Não mesmo.

Quando chegamos mais longe da cidade precisei mostrar o caminho das ruas, porque Ann não sabia onde eu morava. Era uma idiotice ela estar lá, andando atrás de mim com aqueles dentes tortos idiotas. Passamos pelo beco e ela olhou para a casa azul e eu sabia o que ela estava pensando.

— Eu estava lá quando ele morreu, sabia? — falei.

Ela levantou as sobrancelhas e fez uma careta idiota.

— Quando ele morreu?

— Bom. Eu estava lá quando acharam ele, que é quase a mesma coisa. Vi o homem encontrar ele na casa e levar para a mãe. Ele estava coberto de sangue. Saía da boca e das orelhas e de todo lugar. A mãe dele estava chorando assim.

Fiz um uivo e comecei a arfar como uma raposa que estava morrendo para mostrar como era o barulho que a mãe do Steven fez. O rosto dela ficou meio pálido.

— Deve ser muito assustador para você pensar no que aconteceu com aquele menininho — ela falou em um tom de voz meloso e idiota. — É terrível uma maldade assim acontecer com uma criança. Mas você sabe que está segura, não é? A polícia vai pegar quem fez isso com ele, e não vão deixar acontecer com nenhuma outra criança.

A sensação do pozinho doce estourando na minha barriga começou de novo.

— Podem deixar, sim — falei.

— O quê?

— Podem deixar acontecer com outras crianças. O que fizeram com o Steven. Pode acontecer com mais gente.

— Não pode, não.

Ann tentou dar um tapinha no meu ombro, mas eu saí de perto, então ela deu um tapinha no vazio.

— Isso não vai acontecer com nenhuma outra criança. Eu prometo.

As pessoas viviam prometendo coisas, como se *prometo* fosse algo além de uma palavra idiota.

— Você não tem como prometer isso — falei. — Não tem como não deixar isso acontecer. Nem você, nem ninguém.

Ela soltou o colarinho do casaco idiota dela em torno do pescoço. Gotas de suor tinham começado a brotar em cima da pele do nariz dela, apesar de estar frio.

— Ora. Eu acho que a polícia vai garantir a segurança das crianças. Então é isso o que importa. O que importa é que você está segura.

— Eu não disse que não estava.

Tive vontade de contar que, depois que matei Steven, eu me senti mais segura que antes, porque era comigo que precisavam tomar cuidado, e ser a pessoa com que os outros precisavam tomar cuidado era a condição mais segura de todas. Mas achei que ela não era a pessoa certa para eu contar isso. Ela era idiota demais.

Quando chegamos em casa ela foi me seguindo até a entrada. Eu parei e me virei, bloqueando a porta.

— Eu só vou entrar um pouquinho para ter uma palavrinha com a sua mãe, Christine — ela falou.

— Não vai não.

— Não precisa se preocupar. — Ela tentou passar por mim. — Eu só quero falar rapidinho com ela. Só para saber se está tudo bem com vocês duas.

— Está tudo bem, *sim*, com nós duas. Mas ela não pode conversar agora. Está ocupada. Está trabalhando.

— Em casa?

— É.

— Qual é o trabalho da sua mãe?

Uma janela do andar de cima estava aberta, e o som do choro da mamãe saía por lá. Ann olhou lá para cima, depois de novo para mim, e então para a janela outra vez.

— Ela é pintora — falei. A mamãe soltou um gemido choroso e escandaloso. Ann levantou as sobrancelhas. — Às vezes as pinturas não saem como ela queria.

Pensei que Ann fosse me deixar em paz, mas ela avançou e enfiou o dedo idiota na campainha. Precisou apertar três vezes antes da mamãe aparecer na porta, usando um vestido que mostrava demais as pernas. Eu não queria mais ouvir a conversa idiota da Ann nem o choro idiota da mamãe, então entrei na frente delas e subi a escada, atravessei o corredor e entrei no meu quarto. Ainda estava fedendo a xixi e perfume. Arranquei o lençol da cama e enfiei no guarda-roupa. O colchão por baixo também estava manchado e estragado, mas estiquei o cobertor por cima e fingi que estava limpo. Alguns minutos depois a porta da frente fechou, e ouvi a mamãe subir de volta a escada e entrar no quarto. Ela não começou a chorar de novo. Ficou cada uma no seu quarto, uma escutando a outra escutar a outra.

Quando percebi que a mamãe não ia aparecer para me ver nem gritar comigo, fui até a janela e vi a chuva caindo lá fora. A hora do almoço tinha passado, mas eu não podia ir até a casa de ninguém porque estava todo mundo na escola. O vidro de perfume da mamãe ainda estava no meu quarto, no parapeito da janela, e eu soltei o trinco, abri a janela e despejei tudo na chuva. Quando o vidro ficou vazio eu deixei ele cair. Queria que espatifasse em um milhão de caquinhos brilhantes que iam cortar os pés da mamãe da próxima vez que ela saísse descalça, mas o vidro caiu com um estalo baixo e quicou para a grama.

    A fome começou a me corroer por dentro, mas nos armários da cozinha não tinha nada além de açúcar e traças. Eu abri e fechei todos, pensando nas garrafas de leite do engradado da escola. Estava frio naquele dia, e era sexta-feira, o que queria dizer que o leite estava fresco e no almoço da escola ia ter peixe com batata frita. Meu prato favorito. Chutei com força a base de metal do fogão, e um pacote de pó de fazer pudim caiu lá de trás. O pó virou uma massa grossa na minha língua. Lá em cima, a mamãe começou a chorar de novo: um choro meio parecido com um miado de gato. Tentei não ouvir, mas aquilo entrou na minha cabeça e começou a se espalhar dentro de mim como as trepadeiras que cresciam nas grades dos portões. Quando voltei lá para cima, fui olhando para baixo, vendo os cabelos e as cinzas e a sujeira grudada no chão, mas na frente do quarto da mamãe acabei levantando a cabeça sem querer. A porta estava aberta. Não estava assim quando eu fui para a cozinha, o que queria dizer que a mamãe me ouviu descer, foi até a porta, abriu e voltou. Ela estava sentada na cama, encostada na cabeceira, gemendo. Procurei pelas lágrimas que vinham com o barulho de choro, mas não vi nenhuma. O rosto dela estava seco. Ela estava forçando aquele barulho, e toda hora virava para o lado para ver se eu estava olhando.

    — Está chorando por quê? — perguntei. — Porque eu voltei?

    Ela não respondeu. Eu fechei a porta, porque parecia que só estava piorando as coisas, e não melhorando. Ouvi um berro, depois o som de uma coisa dura e pesada sendo jogada na parede.

— Você não entende — ela berrou. — Você nem liga. Você nem *liga*, Chrissie.

Ela parou de chorar logo depois, provavelmente porque eu não estava vendo mais e ela percebeu que eu não ia entrar para dizer que ligava, sim. Se ela não ia conseguir nada de mim chorando, então não tinha nada a ganhar com isso, a não ser ficar com os olhos inchados e a garganta ardendo.

Apertei os músculos da minha barriga, me curvei e vomitei o pó de fazer pudim no chão. A pasta entrou pelas frestas nas tábuas do piso. A mamãe que desse um jeito naquilo. Limpei a boca com a mão, passei por cima da poça cor de creme e fui para o meu quarto. Fechei a porta. Mergulhei de cara na cama. Disse para mim mesma que na manhã seguinte eu ia machucar alguém, qualquer um, quantos eu quisesse. Enfiei um pedaço do travesseiro na boca e soltei um rugido.

JULIA

Nos seis meses desde que Molly começou na escola, eu nunca atrasei na hora de buscar ela. O máximo que cheguei perto disso foi no dia que começou o recesso de Natal, quando peguei uma fila grande na loja de brinquedos. Paguei, voltei correndo para casa e escondi no guarda-roupa o jogo que comprei, perto de uma caixa de meias que estava guardando desde agosto. Apareci no portão da escola às três e meia, bem na hora que a srta. King liberou a fila de crianças de quatro e cinco anos. Molly apareceu com uma arvorezinha pintada no rosto e um Papai Noel de chocolate na mão.

— Teve festa e tinha um *vinco* pendurado, e a gente beija as pessoas debaixo dele, mas eu e a Abigail não beijamos, só esfregamos o nariz uma na outra. Posso comer isso agora?

Eu estava tão cega nessa época, e tive tanta sorte. Nem cheguei atrasada, na verdade. Dessa vez os portões estavam escancarados e a correnteza de outras-mães e outras-crianças estava indo no sentido contrário do meu. Fiquei parada, esperando elas passarem. Estava me sentindo só uma casca, sem nada por dentro. Se as pessoas esbarrassem em mim eu ia me desfazer inteira.

Molly estava perto dos bebedouros com a srta. King, que me viu e empurrou ela na minha direção.

— Você tá atrasada — Molly falou quando chegou até mim.

— Eu estava no telefone — falei.

Chegamos à praia e ela apontou para a silhueta do parque de diversões, que estava aberto mas vazio, com brinquedos congelados e homens fumando cigarros enrolados à mão nas cabines de controle.

— A gente pode ir lá? — ela perguntou.
— Não.
— Por que não?
— Porque é só um dia normal. O parque não é para dias normais.
— É para que dias?
— Dias especiais.
— Como o primeiro dia da primavera?
— Não. Nada disso.

Apertei a pele ao redor dos meus olhos de novo, mas não conseguia aliviar a dor acumulada nas órbitas. Molly chutou uma pedrinha para a grama e fez um ruído que era meio um grunhido e meio um choramingo.

— Você nunca me deixa fazer nada divertido.
— Desculpa — falei.

Uma mulher e uma menininha apareceram na nossa frente. A menina estava usando um vestido com babados e sapatilhas que saíam dos pés quando ela andava. Antes que eu pudesse fazer alguma coisa, a máquina de calcular dentro da minha cabeça começou a funcionar.

Está frio. Ela devia estar de meia-calça. Molly está de meia-calça. As pernas da Molly não estão geladas. Um ponto.

Essas sapatilhas estão grandes demais, não dão nenhuma sustentação. Os pés dela não vão crescer direito. Os sapatos da Molly são os certos para pés em crescimento. A mulher da loja me falou. Dois pontos.

Esse não é um vestido confortável. Ela não vai poder correr vestida assim. Vai ter que se preocupar em não se sujar. A mãe dela não deveria usar a filha como boneca. As roupas da Molly são feitas para usar, não para mostrar. Três pontos.

A mulher se curvou, pegou a menina no colo e apoiou no quadril. A menina enlaçou a cintura dela com as pernas e deitou a cabeça no ombro dela.

Ela tem uma mãe de verdade. Molly não tem. Em pouco tempo, Molly não vai ter mãe. Você perdeu pontos. Perdeu todos os pontos que tinha ganhado.

Olhei para Molly, pulando as rachaduras do calçamento. O vento tinha deixado as bochechas dela vermelhas, e assim ela ficou mais bonita, porque estava menos parecida comigo. Era aí que estavam as melhores partes da Molly — onde ela se distanciava de Chrissie, na boca macia e nos olhos claros. Às vezes eu sentia que existia uma criança padrão, uma garotinha de pele clara e cabelos escuros, e Molly e Chrissie serviam para mostrar o que acontecia quando ela era alimentada ou ficava faminta, quando estava limpinha ou imunda. Desde que eu estava no mundo real, me lavava todos os dias e me alimentava direito, e ficava contente de saber quanto Molly parecia comigo. Isso me fazia parar de pensar nos genes que não eram meus.

O homem que me deu Molly era mais um menino que um homem, e mais um aglomerado de carne e ossos e bravatas que um menino. O nome dele era Nathan; era o que estava escrito no crachá. O meu crachá dizia Lucy, porque esse foi o primeiro nome que me deram quando me soltaram, na primeira nova vida em que entrei. Nathan e Lucy abasteciam prateleiras na loja de ferragens onde Jan, a agente de condicional, me arrumou um emprego. Jan sempre falava que era bom eu estar no mundo real, porque o mundo real era muito melhor que a prisão. Na entrevista na loja de ferragens, separaram alguns parafusos e porcas e maçanetas e pediram para escolher com quais objetos éramos mais parecidos e depois "apresentar" para o grupo. As pessoas se aglomeraram ao redor da mesa até só sobrar um punhado de pregos. Apertei um contra a ponta do dedo enquanto esperava a minha vez de dizer como eu era forte e afiada, e fiquei pensando em

Haverleigh. Era meio que uma prisão. E não era tão ruim quanto aquilo, nem de longe.

Nathan gostava de me dizer a qual pub tinha ido no fim de semana, com quem andou, que jogo de futebol viu. Ele gaguejava, mas só nas palavras que começavam com T. O pub que ele frequentava era o Tavern, o time de futebol dele era o Tottenham, e parecia que todos os amigos dele chamavam Tom ou Tony. Uma das meninas do caixa disse que ele gostava de mim, e eu dei risada, porque ninguém gostava de mim. Mas não dei risada quando ele me chamou para beber. Eu falei "Ok".

Fomos ao pub perto da estação de trem. Eu não sabia o que ia dizer se ele perguntasse sobre a minha vida antes da loja de ferragens. Por sorte ele não perguntou. Não parecia interessado em parte nenhuma da minha vida, mas perguntou se eu queria ir até o apartamento dele. Eu falei "Ok".

Eu estava usando a camisa polo do trabalho: azul, com o logo da loja no peito. Ele tirou ela por cima da minha cabeça sem abrir os botões, e isso deixou minhas orelhas ardendo. Ele usava um crucifixo em uma corrente de prata em torno do pescoço, e enquanto acontecia fiquei contando quantas vezes o pingente batia na minha cabeça. Quando perdi a conta virei a cabeça para o lado e li os títulos dos vídeos empilhados do lado da televisão. Parecia que eu estava sendo empurrada com muita força, como se ele estivesse tentando demolir uma parede sólida dentro de mim. Pensei em como era assustador ficar esmagada embaixo de alguém maior e mais forte, com outro corpo bloqueando a luz e arrancando o ar de dentro de você. Era horrível aquele medo. Seria melhor se doesse mais.

— Tudo ok? — ele perguntou de cima de mim, várias e várias vezes.

— Ok — respondi de baixo, várias e várias vezes.

Eu estava deitada no chão, com o peso dele em cima de mim, o meu corpo estalando e pingando feito uma casca de ferida arrancada. Eu estava me sentindo de vários jeitos. "Ok" não era um deles.

— Ah — falei quando a dor passou de um incômodo para uma pontada. Ele fez um grunhido com a garganta. — Ah — falei de novo. Ele grunhiu de novo. Era um grunhido feliz. Isso me fez pensar que ele gostava de mim. Fiquei me perguntando como ia saber se aquilo já tinha acabado, se ia continuar por um tempo indefinido, se ele ia saber quando parar, se ia me contar quando tivesse acabado. Depois de um tempão ele ficou parado, ofegante, e saiu de mim, e fiquei aliviada porque o fim, pelo menos, era uma coisa bem clara: um vazio e um ardor. Nós nos afastamos um do outro. Levantei a calça e colei os joelhos no peito. Estava me sentindo aberta e gosmenta, como uma ferida.

Certo, pensei. *Então é isso.*

Fizemos mais cinco vezes em três semanas. Não doeu mais depois da primeira, era como se eu estivesse sendo esticada, feito uma luva cheia de óleo quente. Ele gostava, e eu gostava da sensação de ver que ele gostava. Era quase a mesma coisa que gostar de mim. Eu não sabia se gostava ou não — da coisa em si, dos cheiros e dos barulhos e daquela proximidade pesada —, mas tinha uma certa paz ali, uma sensação de ocupação, e eu gostava disso. Não sentia muita coisa por ele, que também não me deu nenhum motivo para pensar que sentia muita coisa por mim. Nunca conversávamos quando estávamos fazendo. Cada um olhava para um lado enquanto acontecia. Às vezes eu sentia que era um segredo que tentávamos esconder um do outro.

Um mês depois da primeira vez, eu estava colocando as latas de tinta na prateleira quando a menina no caixa cutucou as minhas costas.

— Você pode me cobrir uns minutinhos? Preciso dar uma corridinha até a farmácia.

— Ok — falei.

— Obrigada. — Ela chegou mais perto. — Pílula do dia seguinte, sabe como é.

— Ok — concordei, de repente não me sentindo nada ok, e sim toda quente e enjoada. Comprei um teste em vez de alguma coisa para almoçar e fui até o banheiro do quarto andar que ninguém usava porque a janela não fechava e a torneira de água fria estava quebrada. Tinha um anúncio de lâmpadas halógenas na porta, que eu li do início ao fim enquanto esperava, com a calça e a calcinha abaixadas até os tornozelos. Aprendi bastante coisa. As duas linhas apareceram como dois dedos do meio levantados.

Certo, pensei. *Então é isso.*

Segurei Molly pela manga enquanto atravessávamos a rua na frente da lanchonete. Lá dentro, Arun estava enchendo o pote de ovos em conserva. Globos oculares em um vinagre marrom e turvo. Dava para sentir o cheiro da calçada, e eu senti enjoo, como se fosse uma aranha subindo com suas perninhas peludas pela base da minha língua. Enquanto eu procurava a chave de casa, Molly começou a andar mais devagar na frente da porta, querendo atenção.

— Oi, Arun — ela gritou quando não conseguiu nenhuma reação imediata.

— Olá, srta. Molly — ele falou, limpando as mãos no avental e bebendo um gole de uma lata de Coca-Cola. — Como está hoje? E esse braço sofrido?

— Tudo bem. Quantas batatas você preparou hoje?

— Ah, hoje está meio devagar. Só preparamos quinze mil.

— Ontem foram vinte.

— Pois é. E anteontem vinte e cinco. Fazer o quê?

— Sei lá.

— Hoje não vendemos nem as que preparamos. Um pesadelo. Sobrou muita comida. E andei pensando... será que eu conheço alguma menina faminta? Pensando bem, não, não conheço ninguém... ninguém mesmo...

— Ela não é uma menina faminta — murmurei. Encontrei a chave e enfiei na fechadura, mas Molly já estava dentro da lanchonete. Ouvi o metal arrastando na lajota quando ela passou pelos banquinhos na frente do espelho.

— Você conhece *eu*, Arun — ela falou.

— Molly, você pode entrar, por favor? — gritei.

Ela não apareceu e eu fui olhar pela porta. Molly estava no balcão, com a cara colada na estufa, vendo Arun colocar batatas fritas em uma folha de papel branco.

— Não, Arun, sério mesmo — falei. — Nós temos comida em casa. Não precisa.

— Não é nada, não custa nada, Julie — ele falou, embrulhando as batatas e entregando para Molly, que segurou o pacotinho como se fosse um recém-nascido.

Quando subimos para casa, ela colocou o pacote na mesa e foi abrindo as camadas de papel. Comecei a respirar pela boca. Na lanchonete o cheiro de óleo ricocheteava nos azulejos, mas o apartamento tinha carpete e cortinas, que sugavam o fedor de gordura. Abri a janela.

Enquanto via Molly comer, senti um pânico pesado e incômodo. Eram quatro horas. Não era a hora do jantar. Era a hora do lanchinho, depois vinha o horário de leitura das quatro e meia e depois o programa de TV das cinco. Se Molly jantasse às quatro, teríamos um horário sem nada o que fazer às cinco e meia — meia hora de um tempo que eu não ia saber como preencher —, e ela ia ficar com fome de novo na hora de ir para a cama, e eu não ia saber se dava alguma coisa para ela comer ou não, nem o que dar, nem se ela ia precisar escovar os dentes de novo, ou quanto tempo ela ia ter que esperar para ir dormir depois de ter comido.

O telefone começou a tocar, e eu coloquei a cabeça para fora da janela. O ar estava frio e ligeiramente agradável, e eu o suguei por entre os dentes cerrados. Do lado de fora, um homem estava tentando entrar na casa ao lado da loja de suvenires. Ele bateu na porta com a mão aberta, e forçou com o ombro. Era como ver uma massa de pão sendo arremessada na parede: pesada, inchada, ineficiente. Ele se abaixou até o chão, tentou beber de uma garrafa de vidro, errou a boca. Começou a chorar. A estridência do telefone aumentava a cada toque — mais alto, mais insistente —, e eu imaginei a jornalista do outro lado da linha. Senti o perfume dela, ouvi o *tip-tap* das unhas dela na máquina de escrever.

— Por que você abriu a janela? — Molly gritou. — Está frio.

— Só estou tomando um ar.

O telefone parou de tocar, e eu me encolhi de volta para dentro para apoiar a testa no vidro. A explicação se solidificou na minha mente no caminho de volta da escola: o médico tinha ligado para Sasha, e Sasha tinha ligado para os jornais. Procurei dentro de mim por sinais de pânico ou traição, mas não tinha nada. Sasha tinha recebido um bom dinheiro para dar meu telefone, mais do que ganhava em um ano de trabalho. Era horrível ser pobre. Eu estava me sentindo entorpecida.

— Eu preciso muito de um vestido de festa, sabe — Molly falou.

— Quê?

— Eu preciso de um vestido de festa. Para a festa da Alice.

Encostei a mão na testa: fria e esponjosa, como a pele de uma pessoa morta. Fui ao banheiro e desenrolei o tapetinho no chão. Molly continuou resmungando sobre o vestido, o que se misturou com o ruído da água caindo na banheira. Me dei conta de que não fazia mais diferença se eu continuava mantendo ela limpa, porque isso só fazia diferença se ela fosse ficar comigo, e não ia. Me dei conta de que sem o banho ia sobrar mais tempo sem ter o que fazer antes que ela fosse dormir. As torneiras continuavam abertas. Tentei não imaginar ela com um vestido de mangas bufantes e um cintinho. Ajoelhei do lado da banheira, apoiei a cabeça na borda e fiquei vendo a água subir.

Quando Molly estava crescendo dentro de mim, passei a maior parte do tempo vendo banheiros de lado. Passei mal de um jeito que nunca tinha acontecido antes, de um jeito que eu tinha certeza de que nunca tinha acontecido com ninguém antes. À noite acordava com dedos cortantes apertando o meu estômago, e rastejava para apoiar o rosto na borda gelada da banheira. Meu suor era tão salgado que parecia que tinha uns grãozinhos saindo da minha pele, cristais moídos descendo pelo meu pescoço. Minha barriga se contraía e então vinha um vômito que me fazia engasgar com a cabeça na privada, tão violento que eu achava que fosse expelir o bebê com um jato de bile.

Desde que me deixaram sair, eu vinha fazendo de tudo para desaparecer, mas Molly me fez virar um letreiro de neon. Mulheres desconhecidas sorriam para mim, perguntavam se era menino ou menina, perguntavam quando ia nascer, perguntavam se eu estava cansada, tentavam me dar o lugar delas no ônibus. Eu me sentia como uma vigarista. Se elas soubessem quem eu era, teriam me chutado para baixo das rodas do ônibus. Enquanto eu ficava gorda — comicamente gorda, desnecessariamente gorda, gorda como ninguém nunca ficou, com certeza —, saía cada vez menos de casa. Olhava para aquela protuberância que não fazia parte de mim grudada na frente do meu corpo e pensava: *Por favor sai, por favor sai, por favor alguém tira isso de mim.* E então vinha a noite, e eu voltava para o chão do banheiro. Segurava a barriga com as mãos, sentindo um joelho e um cotovelo através da pele. Ela não parecia uma estranha. Parecia uma amiga. Antes eu era tão sozinha.

Em Haverleigh nós plantávamos sementes de girassol, e falei para os cuidadores que as minhas iam encruar, porque eu era uma semente podre e toda semente que plantasse também não ia prestar. Minha flor cresceu e ficou bem amarela e forte. Nem dava para saber que tinha vindo de uma semente. Era nisso que eu pensava quando ajoelhava no chão do banheiro à noite: nas pétalas brilhantes e macias. Bebês crescem de sementes. A governanta tinha me falado. Cerrei os dentes e fiz uma prece. *Por favor fique aqui dentro. Por favor fique aqui dentro. Por favor, seja você quem for, fique dentro de mim.*

CHRISSIE

Quando Steven já estava morto fazia um tempinho, a maioria das mães parou de deixar os filhos em casa depois da escola, porque o tempo estava mais quente e elas estavam cansadas de ficar com as crianças em casa depois da escola. A mamãe também estava cansada de mim, mas não tentou me mandar embora de novo. Geralmente ela estava fora quando eu chegava da escola ou da rua, ou então no quarto com a porta fechada e a luz apagada. Nós ainda íamos na igreja aos domingos. A mamãe gostava de Deus, apesar de não gostar de mim. Nós chegávamos mais tarde e saíamos mais cedo porque a mamãe não gostava das outras pessoas, e se chegássemos mais tarde e saíssemos mais cedo as outras pessoas mal percebiam que estávamos lá. Na igreja era a única hora que a mamãe ficava feliz de verdade — quando estava cantando "Senhor da dança" e "A manhã raiou" e "Pão do céu" com os olhos fechados e a cabeça virada para cima. O jeito de cantar dela não combinava com o resto. Era alto e bonito. Eu gostava da igreja, porque às vezes podia roubar umas moedas das bandejas de coleta lá no fundo, e gostava que o vigário encostava na minha cabeça quando eu ia lá para a frente receber a bênção. Quando voltávamos para casa, a mamãe desabava em cima do capacho da porta. Eu tentava puxar ela para a sala, mas ela não se mexia, e era pesada demais para eu conseguir carregar. No fim eu acabava deitando do lado dela no corredor, pegava uma mecha do cabelo dela com os dedos e ficava passando ao redor da boca. Parecia uma pluma. Eu não sabia por que ela ficava tão triste depois da igreja, mas achava que devia ser porque ela sabia que não ia cantar mais nenhum hino naquela semana.

A única pessoa que ainda não estava saindo para brincar era Susan. Ela não ia nem na escola. Eu só via ela no fim da tarde, quando ela ficava na janela do quarto com as mãos no vidro. Nunca soube se ela me via. Depois que passou duas semanas e ela não voltou, fui até uma menina do sexto ano no recreio e perguntei onde ela estava.

— Susan? — ela falou. — Aquela do irmão morto?
— É.
— Sei lá. Deve estar em casa.

Aí ela saiu correndo, porque as meninas do sexto ano não falavam com as meninas do quarto. Fiquei pensando no que ela falou: "Susan, aquela do irmão morto". Antes era "Susan, aquela do cabelo comprido".

Betty também não estava indo na escola, mas por causa da caxumba, não do irmão morto. A srta. White falou que todo mundo precisava contar na mesma hora se achasse que estava com caxumba. Eu fazia isso todo dia, e várias vezes, mas ela só falava:

— Deixe de bobagem e vá fazer a lição, Chrissie.

Uma tarde fui até o fundo da sala e quebrei todos os lápis de cor da caixa. Crec-crec-crec-crec. Odeio-a-senhorita-White.

Na terça-feira fui pegar garrafas com Linda depois da escola. Um monte de gente jogava garrafas de vidro no lixo como se não valessem nada, mas a gente pegava elas das lixeiras e trocava por doces. Às vezes as garrafas tinham umas gotas escuras de Coca-Cola no fundo, e eu sacudia na minha língua. Linda dizia que isso era nojento. As gotas de Coca-Cola estragada eram mesmo nojentas, tinham um gosto podre, mas as boas eram como xarope de açúcar. O risco valia a pena. Na segunda-feira levamos os primos da Linda também, mas eles não ajudaram em nada com as garrafas. Eram só um bando de meninos bobos. Não foi um bom dia para conseguir garrafas, porque as lixeiras tinham acabado de ser esvaziadas e ninguém tinha bebido Coca-Cola de novo ainda. Eu sempre perguntava para a srta. White se podia ficar com os engradados de garrafas de leite vazias da escola, mas ela sempre dizia não, como era típico dela. Se eu pudesse ficar com as garrafas de leite provavelmente ia ser milionária aos nove anos. Encontrei duas garrafas de refrigerante na sarjeta, mas uma delas estava quebrada no meio. Levei mesmo assim. Linda encontrou uma e os meninos só ficavam imitando a sirene do caminhão de bombeiros.

— Que porcaria — Linda falou quando entramos na loja de doces.
— Nós nunca conseguimos tão poucas garrafas.
— Bom, a culpa não é minha — respondi.
— Então a culpa é de quem?
— Sei lá. Deve ser do primeiro-ministro.
— Por que a culpa é dele?
— Linda — falei. — Tudo é culpa dele.

Às vezes era cansativo ter uma melhor amiga tão burra.

Quando chegamos na loja de doces, a sra. Bunty disse que só ia dar cem gramas de balas para a gente, o que não chegava nem perto de ser justo, mas isso era típico dela. A sra. Bunty era mesquinha, mesquinha, mesquinha. Sempre que pesava os doces, ela jogava um por um na bandeja prateada da balança, até o ponteiro apontar certinho o peso combinado, depois fechava bem a tampa do pote. Quando o joelho ruim da sra. Bunty estava ruim demais, a sra. Harold tomava conta da loja, e dava para ver que ela não era mesquinha, porque colocava os doces na balança até o ponteiro passar bastante do peso combinado, e aí dizia:

— Ah, ora essa, uns docinhos a mais não fazem mal a ninguém.

A sra. Bunty nunca fazia isso. Mesquinha, mesquinha, mesquinha, mesquinha.

Linda e eu passamos um tempão discutindo qual doce íamos querer. No fim escolhemos balinhas sortidas de alcaçuz porque era o que eu queria e eu tinha encontrado duas garrafas (incluindo a quebrada, que aliás a sra. Bunty não quis). E porque, no fim das contas, nós quase sempre fazíamos o que eu queria. A sra. Bunty pesou as balas e despejou em um saquinho de papel branco.

— Não tem quase *nada* — falei.

Ela torceu as pontas do saquinho.

— Se for mal-agradecida vai ficar sem, Chrissie Banks. Francamente. Vocês não sabem em que mundo vivem, não é? Antigamente as coisas não eram tão fáceis assim, sabiam? Não quando eu era criança. Tinha uma guerra acontecendo.

— Aff. Por que ninguém nunca fala de outra coisa que não seja essa *guerra* idiota?

Fomos para o parquinho depois de sair da loja. Eu e Linda sentamos no gira-gira, e os meninos ficaram correndo por lá. Toda hora eles vinham até mim com as mãos estendidas pedindo doces e eu partia um no meio com o dente e dividia com eles. Um dos meninos era pequeno, então só precisava de um pedacinho.

Eu estava deitada de barriga para cima quando Linda me deu um soco no braço e falou:

— Olha.

Ela estava apontando para o portão. Sentei e vi a mãe do Steven entrando. No começo pensei que estava tudo bem, porque ela estava usando um vestido normal e um cardigã, mas aí vi que estava descalça. Ela não olhou para nós duas, só para os meninos. Eles tinham parado de correr e estavam tentando subir nos balanços. Ela deu um sorriso meio sonhador e foi até eles. Quando chegou mais perto, ajoelhou e estendeu os braços.

— Venha cá, Stevie — nós ouvimos ela falar. — Eu sabia que ia encontrar você.

Os meninos fugiram gritando, e nós saímos correndo também, do parquinho para a rua. Antes de virar a esquina, olhei por cima do ombro. A mãe do Steven estava sentada no chão no meio dos balanços. Estava fazendo aquele barulho de raposa com um espinho na pata, o mesmo que fez quando o homem levou Steven para fora da casa azul. Tentei ver se a minha barriga estava borbulhando, mas não. A lembrança era como uma dor aguda e retorcida, como se alguém estivesse dando um beliscão por dentro do meu estômago.

— Ela é louca — Linda falou quando cheguei onde ela estava. Linda ficava olhando para trás para ver se a mãe do Steven estava seguindo a gente, mas eu sabia que não. — Quem você acha que matou o Steven? — ela perguntou.

— Sei lá. Não faz diferença, na verdade. Ele logo vai voltar. Que nem o meu pai.

— Seu pai não volta faz um tempão.

— Um tempão nada.

— Acho que o Steven não vai voltar — ela falou. — Meu vô nunca voltou.

Eu não estava com vontade de explicar para Linda que as pessoas morrem e depois voltam, então enfiei o resto das balas sortidas de alcaçuz na boca para os meus dentes grudarem bastante e eu não conseguir falar. Ela me deu um empurrão.

— Ah! Sua porca — falou, enquanto uma baba marrom escorria pelo meu queixo.

Quando Linda entrou em casa eu cuspi as balas na sarjeta. Passei a língua na boca para ver se tinha cuspido o dente podre também, mas ele ainda estava lá, rangendo na gengiva.

Na quarta-feira esqueci de tentar ser dispensada da escola por causa da caxumba, porque a polícia apareceu de novo, e dessa vez falaram com todos os alunos, não só com os pequenos. Eu vi eles pela janelinha da porta, com os sapatos engraxados e os botões brilhantes na roupa. Fiquei com uma sensação na barriga que era como se um elástico estivesse sendo esticado até quase arrebentar, ou como se um punhado de pozinho doce que estoura fosse jogado em um copo de Coca-Cola. A srta. White deixou eles entrarem e falou para todo mundo ouvir com muita atenção, então eu me virei para a frente. Richard me deu um chute, e eu dei um tapão na perna dele. A srta. White falou para nós dois sossegarmos e pararmos de ser bobos, e um dos policiais olhou para mim e sorriu só com metade da boca. O elástico arrebentou. O pozinho espumou. Eu me senti como Deus outra vez.

Os policiais disseram as mesmas coisas que o sr. Michaels logo depois que Steven morreu: que nós devíamos saber que uma coisa muito triste tinha acontecido com um menininho que morava ali perto e que nós não podíamos mais ir brincar no beco e que talvez algum de nós conhecesse o menininho e que se algum de nós tivesse visto ele no dia em que morreu era para ir falar com eles. Levantei a mão assim que eles terminaram de dizer isso, e a srta. White falou:

— Chrissie, os policiais são muito ocupados e ainda precisam conversar com o quinto e o sexto ano. Não temos tempo para bobagens.

— Eu vi ele — falei, olhando bem nos olhos dela.

— Ah, viu? — ela falou, olhando bem nos meus olhos.

— Vi.

— Você viu o menino naquele dia? — perguntou um dos policiais.

— Vi.

— Muito bem — ele falou. — Você poderia vir até aqui um minutinho, mocinha?

Levantei e fui andando até lá na frente. Senti os olhos de todo mundo nas minhas costas, e o poder de atrair todos os olhares me fez borbulhar. O policial pôs a mão no meu ombro e fomos sentar nas cadeiras do cantinho dos livros. De longe eu conseguia escutar os cochichos e a srta. White mandando todo mundo terminar a lição, só que mais do que tudo eu conseguia ouvir o fervilhado e os estouros e a agitação dentro de mim. Quando a mãe do Steven apareceu no parquinho o meu borbulhado podia ter sumido de vez, porque eu me senti toda fria e parada por dentro, mas agora estava de volta e melhor do que nunca. Ninguém estava terminando a lição. Estava todo mundo me olhando.

— Qual é o seu nome, mocinha? — perguntou um dos policiais quando sentamos. Eles eram grandes demais para as cadeirinhas do cantinho dos livros. Metade do corpo deles ficava para fora.

— Chrissie Banks — falei.

O outro policial anotou o meu nome em um caderninho.

— Olá, Chrissie. Eu sou o OP Scott e esse é o OP Woods. Então, você acha que viu Steven no dia em que ele se foi?

— O que significa OP? — perguntei. — É *omem* da polícia?

— Quase isso. Oficial de polícia. Então você acha que viu Steven?

— Eu sei que vi.

Percebi que a minha cabeça estava completamente vazia, sem a menor ideia do que eu ia falar depois. Os policiais estavam me encarando, e deu para perceber que queriam que eu continuasse, mas só fiquei devolvendo a encarada mesmo.

— Você pode contar um pouco mais a respeito? — perguntou o policial Scott.

— Eu vi ele de manhã — falei.

— Certo — ele falou, e o policial Woods anotou outra coisa no caderninho. Achei que devia ter sido: "Ela viu ele de manhã".

— Onde foi que você o viu? — perguntou o policial Scott.

— Na loja de doces.

— Na loja no fim da Madeley Street? — ele perguntou. — Onde vendem jornais?

— Não sei de jornal nenhum. Nós só vamos lá por causa dos doces.

Ele contorceu a boca do jeito que as pessoas fazem quando estão tentando não rir.

— Certo. E ele estava com alguém?

Eles ficaram esperando eu continuar, mas não continuei, porque não sabia o que falar depois.

— Com quem ele estava? — ele perguntou.

— Com o pai dele — falei.

Pelo jeito que eles se olharam e levantaram as sobrancelhas, fiquei achando que tinha falado uma coisa muito inteligente.

— A que horas foi isso? — perguntou o policial Scott.

— Sei lá.

— Em que momento do dia? No começo da manhã, no fim da manhã...

— De tarde — falei.

— À tarde? Tem certeza? Você disse que foi de manhã.

— Não, na verdade acho que não foi, não. Acho que foi de tarde. Perto da hora da janta.

Eles olharam um para o outro de novo, e o policial Woods escreveu alguma coisa no canto do caderninho e mostrou para o policial Scott. Eles estavam todos desajeitados naquelas cadeirinhas do cantinho dos livros. Como se fossem bonecos de tamanho real com quem eu estava brincando.

— Chrissie, em que dia você viu Steven? — perguntou o policial Scott.

— No dia que ele morreu — falei.

— Sim, mas que dia foi esse? Você lembra?

— Domingo.

— Ah. Tem certeza de que era domingo?

— Tenho. Eu não estava na escola, e de manhã teve igreja.

— Ah — ele repetiu.

Ele murchou como uma bola de futebol furada. Eu sabia por quê. Steven tinha morrido no sábado, não no domingo. Ninguém viu Steven no domingo, porque no domingo ele já estava enterrado debaixo da terra. Eu fiz os policiais ficarem curiosos e empolgados por nada, e tudo isso sem contar o maior segredo de todos. O maior segredo de todos era que *eu* era o maior segredo de todos. Fiquei me sentindo mais parecida com Deus do que nunca.

— Certo, muito obrigado pela sua ajuda, mocinha — disse o policial Scott.

— Ah, de nada — falei.

Ele ficou de pé, e o policial Woods fez o mesmo. Eu não sabia se o policial Woods era mesmo um policial de verdade. Parecia mais um secretário.

— Vocês vão pegar quem matou ele? — perguntei.

O policial Scott tossiu, e eu olhei para os outros alunos, e estavam todos olhando para ele.

— Vamos descobrir exatamente o que aconteceu — ele falou bem alto. — Não se preocupe.

— Não estou preocupada.

Voltei para o meu lugar. Richard espetou o meu braço com o lápis.

— Sobre o que vocês conversaram? — ele cochichou.

Fiquei vendo os policiais conversarem com a srta. White. Não deu para ver o que eles estavam falando, mas vi o policial Woods jogar no lixo do lado da mesa dela a página do caderninho em que estava escrevendo.

— Shh — falei.

Richard estava equilibrado só nas pernas laterais da cadeira, com o braço encostado no meu e o rosto quase grudado em mim. Ele fungou três vezes.

— Você está cheirando a xixi.

Afastei a minha mesa da cadeira, então ele caiu no meu colo, e antes que conseguisse levantar bati com a mão fechada na orelha dele, como se o meu punho fosse um martelo e a cabeça dele um prego. Eu estava com o lápis na mão. A ponta entrou no buraco da orelha dele. Ele gritou. A srta. White se despediu dos policiais parecendo toda aflita, e os policiais se despediram da srta. White parecendo bem contentes por serem homens, não mulheres, porque isso queria dizer que eles podiam ser policiais, não professores. Quando a srta. White veio ver o que estava acontecendo, Richard estava chorando tanto que não conseguiu contar.

— Ele caiu, srta. White — falei. — Acho que a cadeira dele quebrou. Vai ver foi porque ele é muito gordo.

— Christine Banks. Aqui nós não fazemos esse tipo de comentário pessoal.

— Não é um comentário pessoal. É só a verdade.

Quando Richard parou de gritar, a srta. White falou que podíamos pintar até a hora do recreio, porque estava todo mundo agitado demais e ninguém estava terminando a lição, mas aí ela disse que não ia dar para pintar, porque alguém tinha quebrado todos os lápis de cor da bandeja dos lápis de cor. Ela perguntou quem tinha feito aquilo. Eu sabia que ela sabia que fui eu, e ela sabia que eu sabia que fui eu, e nós duas sabíamos que ninguém tinha como provar que fui eu. No fim acabou sendo um dia excelente.

Quando saímos para brincar, todo mundo se juntou em uma rodinha para falar sobre o que achavam que tinha acontecido com Steven. Roddy achava que uns bandidos estavam atirando uns nos outros no beco e que uma bala acertou Steven sem querer. Eve achava que tinha sido um ataque do coração que fez Steven cair morto antes de descobrirem que ele estava doente. Algumas pessoas tinham ideias tão legais que eu cheguei a pensar que deviam estar certas. A verdade era que nem sempre eu lembrava que tinha matado ele. Isso escorregava para fora da minha cabeça como sabão, e quando eu ia procurar não tinha nada lá. No fim sempre escorregava de volta para dentro, e eu sentia uma coisa diferente a cada vez que isso acontecia. Podia ser como fogos de artifício explodindo ou como um bloco de chumbo caindo ou como um banho de água gelada. Podia ser como uma pontada de dor de dente, que nem quando eu estava vendo a mãe do Steven no parquinho, ou como manteiga derretendo na frigideira, que nem na noite em que eu fui até a igreja de camisola. Mas na maior parte do tempo simplesmente não estava lá. Eu gostava que fosse assim. Quer dizer, eu era uma assassina, mas também tinha dias em que não era uma assassina, porque ser assassina era uma coisa bem cansativa.

Nós fizemos a fila para voltar para a classe e eu vi os policiais pelas grades. Estavam voltando para o carro e conversando. Senti uma explosão de tristeza tão forte que até me dobrei no meio. Enquanto eles iam embora o poder borbulhante que eu tinha sentido quando estava indo para o cantinho dos livros foi ficando cada vez mais fraco. Eu queria aquilo de volta. Era o mesmo poder que eu senti quando estava com as mãos no pescoço do Steven, ouvindo aquele som gorgolejante e ofegante, vendo os olhos dele saltarem. A sensação de que o meu corpo parecia feito de eletricidade.

Eu preciso disso de volta, pensei. *Preciso disso de novo. Preciso fazer mais, mais, mais.*

A fila na minha frente começou a entrar na classe, e Catherine me empurrou para ir logo, e eu empurrei de volta e ela caiu, por isso todo mundo atrás dela na fila caiu também. Como peças de dominó. Ela chorou e a srta. White me deu uma bronca, mas não consegui ouvir por causa do barulho do relógio que pulsava dentro de mim.

Tique. Taque. Tique. Taque. Tique. Taque.

Eu queria ver os policiais de novo depois da escola, mas o carro deles não estava estacionado no lugar de sempre e eu não sabia onde procurar. Fiquei rondando a casa do Steven um tempão e a polícia não apareceu, então resolvi ir até o parquinho. Estava quase lá quando vi Donna vindo na minha direção, puxando uma menininha pela mão. Não parecia com as outras menininhas que eu já tinha visto na vida real. Estava usando um vestido azul bufante com sapatos azuis combinando, e até um laço azul no cabelo. Era um cabelo comprido, e cor de laranja, como pelo de tigre. Ela não estava com os joelhos sujos de lama. Não tinha lama nem nas meias. Nem parecia que estava andando nas ruas.

A verdade sobre as ruas era que todo mundo que morava lá era pobre. Algumas pessoas eram um pouco menos pobres, e sempre dava para saber quem eram pelas coisas que elas chamavam de "comuns". Betty não era tão pobre, e a mãe dela chamava de comuns coisas como roupas cor-de-rosa, enfeites de Natal, meias até os joelhos, falar "pois não" em vez de "o quê", fruta enlatada, shorts, molho cremoso de salada, não tirar os sapatos dentro de casa, tulipas, falar "toalete" em vez de "privada", caneta de ponta de feltro, pasta de dente listrada, música alta, desenhos e cobertura de bolo. Além disso, na mesinha do corredor na entrada da casa da Betty tinha um pote grande de vidro onde a mãe dela colocava as moedas mais miudinhas, para não ficarem pesando no bolso. Esse era outro jeito de saber que uma pessoa não era tão pobre — achar que as moedinhas não eram dinheiro de verdade; achar que eram a mesma coisa que pedrinhas ou tampinhas de garrafa. Uma vez perguntei para Betty o que ela fazia com todas aquelas moedas depois que o pote ficava cheio.

— Acho que a mamãe leva para a igreja, para a bandeja de doação — ela falou. — Mas não fica cheio faz um tempão. Não acontece mais desde que você começou a vir na minha casa.

— Acho melhor a gente conversar sobre outra coisa — falei.

Então eu sabia que Betty era mais rica que eu, e sabia que era mais rica que as crianças do beco, mas, em geral, todo mundo era pobre. Era por isso que aquela menininha parecia tão diferente, e foi por isso que fiquei olhando. Ela não parecia ser pobre.

— Oi — Donna falou. Ela colocou a mão nos ombros da menininha do mesmo jeito que as mães fazem quando querem exibir os filhos. — Essa é a Ruthie. Estou tomando conta dela.

— Por que ela está usando essa roupa? — perguntei.

— A mãe dela gosta de vestir ela bem. Me mostrou todas as roupas do guarda-roupa dela. São todas assim.

— Ela é rica?
— Não. Eles moram num apartamento. É bem pequeno. Estão tentando conseguir uma casa.
— Por que ela parece rica, então?
— A mãe dela gasta todo o dinheiro que tem em coisas para ela. Todo o dinheiro que tem. Ela gasta tudo com a Ruthie.
— Parece um vestido de boneca.
— Parece mesmo. O meu vestido é bonito também, né? É novo. Minha avó fez para mim. — Ela segurou a saia do vestido, que parecia feito com um pano de cortina com babadinhos na ponta. — Acho que esse vestido é bonito igual ao da Ruthie. Você não acha?
— Não. Você está parecendo um abajur. Onde fica o apartamento dela?
— Perto da rua principal. Mas a mãe dela me deixa vir com ela aqui, apesar de ser longe. Ela disse que eu pareço ser uma garota dispensável.
— O que isso quer dizer?
— Crescida e boazinha. Sério que eu estou parecendo um abajur?
— Sério.
Ruthie estava ficando entediada e se soltou da Donna. Donna abaixou perto da menina até o rosto das duas quase se tocarem e falou com uma voz melosa:
— Quer ir no parquinho com a Donna, Ruthie? Quer que a Donna empurre você no balanço?
Ruthie deu um passo para trás e torceu o nariz, como se Donna estivesse com bafo. Isso me fez gostar um pouco mais dela. Quando chegamos no parquinho ela correu até o único balanço para crianças pequenas que ainda tinha lá e tentou subir sozinha, mas era alto demais. Ela empurrou Donna nas três vezes que ela tentou ajudar, então Donna veio ficar perto do gira-gira comigo. Na quinta vez que tentou subir e caiu, Ruthie gritou para irmos levantar ela. Nós duas precisamos ajudar para ela conseguir subir e sentar. Quando

tentei empurrar ela gritou e bateu na minha mão, então eu bati de volta. Foi um tapa forte — deixou uma marca cor-de-rosa naquele bracinho macio —, mas ela não chorou. Pareceu meio irritada e meio impressionada. Donna tentou empurrar e ela gritou ainda mais alto, então fomos sentar no gira-gira e deixamos ela balançar sozinha.

— Ela tem um monte de brinquedos em casa — Donna falou.

— Quantos? — perguntei.

— Mais do que você já viu na sua vida inteira. A mãe dela compra tudo o que ela quer.

— Por quê?

— Porque sim. Mas a minha mãe diz que não é bom as crianças terem tudo o que querem.

Eu não achava que não ia ser bom ter tudo o que eu quisesse. Fiquei olhando enquanto Ruthie se sacudia no balanço, amarrotando o vestido. Ruthie não me parecia ser uma pessoa muito boa. Se eu tivesse um vestido bonito assim, ia ficar sentadinha o dia inteiro para não amassar nem sujar. Eu não conhecia Ruthie direito e nunca tinha visto o apartamento dela, nem os brinquedos dela, nem a mãe dela, mas mesmo assim sabia que ela não merecia. Não merecia nada daquilo.

Quando Ruthie cansou do balanço Donna falou que ia levar ela para casa, porque eu não era uma garota dispensável e a mãe da Ruthie só deixava ela brincar com garotas dispensáveis. Chamei Ruthie de frufru e Donna de abajur, mas Donna simplesmente pegou Ruthie pela mão e falou:

— Vem, Ruthie, vou levar você de volta para casa, para a sua mãe.

Eu falei que queria ir com ela, porque queria ver os brinquedos da Ruthie, mas quando chegamos no fim da rua vi dois policiais andando na direção da igreja. Eu estava mais interessada em falar com os policiais do que em ver os brinquedos, então corri atrás deles. Os dois estavam bem longe de mim, e antes que eu pudesse chegar perto eles entraram no carro e foram embora. Dei um chute no meio-fio e senti a unha do meu dedão quebrar. Mas nem liguei. Queria que Ruthie ainda estivesse lá. Queria dar com a cabeça dela no meio-fio. Queria ver de que cor aquele vestido azul ia ficar com os miolos dela grudados nele.

JULIA

— Adivinha só — Molly gritou. Desliguei as torneiras da banheira e voltei para a cozinha. — Tem apresentação na semana que vem — ela falou com a voz abafada.

— Não fala com a boca cheia — pedi.

Ela se inclinou para a frente, abriu a boca e cuspiu suavemente uma papa de batatas fritas mastigadas em cima do papel de embrulho.

— Tem apresentação na semana que vem — ela repetiu.

— Por que você fez isso? — perguntei.

— Você que mandou.

Eram quatro e meia. Peguei o livro da escola da mochila dela e sentei do outro lado da mesa.

— Vamos lá. Leitura — falei.

Ela ajoelhou na cadeira e se esticou até um pedaço de pele ficar visível por baixo da camiseta polo.

— Eu vou ser uma gata.

— Quê?

— Eu vou ser uma gata. Isso quer dizer que só vou falar na língua do "miau" e fazer coisas assim. — Ela virou a mão e lambeu e esfregou atrás da orelha. — Eu brinco disso com a Abigail. É muito divertido.

— Você pode ser uma gata mais tarde — eu disse. — Agora vai ler o seu livro.

— Gatos não sabem ler.
— Acho que essa gata aqui sabe — falei.
— Miau.

Depois de quinze minutos, concordei em não obrigar Molly a ler se ela parasse de miar. Ela foi até o banheiro com um ar meio vitorioso e ficou em pé em cima do tapetinho, esperando eu tirar a roupa dela.

— Sabe o que eu vou ser na apresentação? — Molly perguntou quando tirei o colete dela.

— O quê?

— A Narradora Quatro. — Ela estava sem roupa agora, com as costelas aparecendo sob a pele acima da barriga, que se espichava para a frente, redonda feito uma tigela de fazer massa de bolo. Os joelhos estavam marcados de hematomas, que brotavam na superfície da pele com um brilho perolado e um tom de malva amarronzado. Coloquei ela na banheira e apoiei o braço engessado em um banquinho. — *Narradora Quatro* — ela repetiu.

— Uau.

— É a parte mais importante da apresentação — ela falou.

— Quantos narradores são? — perguntei.

— Quatro. A srta. King falou que a Narradora Quatro é a mais importante.

De acordo com Molly, a srta. King passava a maior parte do tempo dela na escola dizendo que Molly era melhor que todas as outras crianças da classe. Para mim não parecia uma honra ser a última de um grupo de narradores. Linda tinha sido a Narradora Cinco (de cinco) três anos seguidos porque não sabia ler e chorava sempre que precisava falar na frente de outras pessoas. No primeiro ano que isso aconteceu, eu estava do lado dela no palco. Sabia todas as falas dela além das minhas, porque sabia as falas de todo mundo, e quando percebi que ela não ia falar nada levantei e falei tudo eu mesma. Fiquei surpresa por ter espaço na minha cabeça para essa lembrança — eu sentia as laterais do meu crânio estufadas por causa do eco da voz da Sasha e as visões da nova mãe da Molly —, mas isso se infiltrou por entre as brechas. O rosto pálido da Linda. O silêncio antes que eu ajudasse. A sensação da mão dela, fria e suada, segurando o meu pulso.

Enchi um copo plástico com água, inclinei a cabeça da Molly para trás e molhei o cabelo dela, que ficou como uma cobra preta e estreita, e o calor deixou a pele dela escorregadia e esponjosa. Às vezes eu me sentia mais próxima da Molly quando ela estava no banho, porque na água ela voltava a ser aquela criatura que eu lembrava: uma coisa feita de carne viva, como uma ferida em forma de menina. Foi assim quando ela saiu de dentro de mim, no meio de uma onda de dor que me fez ter vontade de agarrar alguém pelo colarinho e dizer: "Isso não pode ser verdade, só pode ser brincadeira, vocês não podem achar que eu tenho como aguentar isso", porque nada que fosse natural poderia ser tão doído. Ela saiu aos berros, como se fosse eu que estivesse fazendo ela sentir dor, e tive vontade de dizer: "Isso não é justo. Não é justo você se comportar assim. Foi você que me deixou morrendo de dor".

A dor chegou no nível máximo e se dissolveu, e uma enfermeira estendeu ela para mim como se fosse uma oferenda.

— Contato pele a pele, contato pele a pele! — ela falou.

Não quero isso na minha pele, pensei. *Eu senti muita dor.*

— Hora do colinho! — ela falou.

Não quero isso no meu colo, pensei. *Faz barulho demais.*

— É uma menininha linda e saudável! — ela falou.

Uma menina, pensei. *Que nem eu.*

Então lá estava ela, quente e escorregadia no meu peito. O rosto dela parecia feito de dobras de pele, e fiquei pensando que aquele podia ser o meu castigo. Não os anos que passei trancafiada nem uma vida inteira em liberdade condicional. Meu castigo era ter parido um bebê sem rosto, que só tinha dobras e mais dobras de pele. Comecei a passar mal, e a enfermeira colocou uma tigela em forma de rim debaixo do meu queixo, e eu vomitei lá dentro. Molly parou de gritar, embalada pelo ruído que ouviu toda noite durante nove meses. Ela ainda estava coberta por uma camada fininha das minhas tripas, e eu pensei que ela era como um órgão, e passei a mão nela como faria se alguém arrancasse o meu coração e pusesse ele em cima de mim.

— Muito bem, mamãe! — a enfermeira falou.

Não é esse o meu nome, pensei.

— Parece que ela está com fome! — a enfermeira falou.

E se quem estiver com fome for eu?, pensei.

Ela segurou a cabeça da Molly e colocou bem em cima do meu mamilo.

— Pronto! Isso mesmo, tudo bem natural! — ela falou, mas não foi isso o que eu ouvi. O que eu ouvi foi o que estava acostumada a ouvir: "Isso não é natural". *Oito anos e matou uma criança? Ela não é normal. Isso não é natural.* Olhei para a enfermeira e fiquei me perguntando como foi que ela descobriu o que eu era. Ela passou a mão na cabeça da Molly e assentiu. — Tudo bem natural.

Dessa vez eu ouvi direitinho. E me agarrei naquilo da mesma forma que tinha me agarrado ao "Muito bem", guardando aqueles elogios nas bochechas como um roedor juntando comida para levar para a toca. Meu avental tinha caído quando a enfermeira colocou ela em cima de mim, então eu estava pelada até o umbigo. E de repente fiquei horrorizada por estar tão exposta na frente de uma mulher tagarela que eu não conhecia. Senti vontade de chorar. Olhei para Molly, deitada em cima de mim. Ela fez eu me sentir menos exposta, e parecia que estava fazendo isso de propósito. Parecia que estava ali mamando não por ela, mas por mim, para eu poder usar o corpo dela como um cobertor por cima do peito. Quando ela parou de sugar a enfermeira estendeu a mão, enfiou um dedo entre os lábios dela e liberou o meu mamilo, que estava preso entre as gengivas.

— Ela vai ficar um pouquinho aqui para você poder descansar — a enfermeira falou, colocando ela em uma caixa de plástico do lado da cama. Eu me senti à deriva sem o peso dela em cima de mim, como se fosse sair flutuando até bater no teto. Quando percebeu que estava na caixa, ela berrou. — Você quer voltar para a mamãe, né, senhorita? — a enfermeira falou.

Ela me devolveu a bebê e ficou olhando enquanto eu envolvia a cabeça dela com a mão. Pensei que provavelmente estava fazendo tudo errado.

— Ela já tem nome? — a enfermeira perguntou.

— Molly — murmurei. Foi o único nome que eu tinha escolhido, o que me fez pensar que, de algum jeito, consegui sentir que tinha um corpinho de menina dentro de mim. Não conheci nenhuma Molly em nenhuma das minhas vidas; aquele nome era uma coisa nova e não contaminada. Gostei da suavidade das letras na minha boca, como se estivesse mastigando seda.

— Que lindo — a enfermeira falou e foi embora.

— Você gosta de mim, então? — sussurrei para Molly. Ela mexeu um pouco a cabeça enquanto pegava no sono. Meio que pareceu um sim.

Tirei Molly da banheira às cinco e quinze e sequei ela com uma toalha azul grande. Geralmente ela não podia ver mais de uma hora de TV por dia, porque muita TV podia transformar o cérebro dela em mingau, mas depois de pôr o pijama nela eu liguei, sabendo que só ia desligar quando terminassem os programas para crianças, às sete horas. Fiquei sentada na mesa da cozinha, enfiando na boca as batatas fritas que sobraram, uma depois da outra.

Em algum momento entre o início e o fim de um dos programas, eu me dei conta de que não ia falar com Sasha na manhã seguinte. Não foi uma decisão que precisei tomar; a ideia apareceu prontinha na minha cabeça. Eu não ia aparecer no prédio do conselho tutelar às dez, porque ir até lá significaria ter que entregar Molly, e eu preferia me jogar no mar a abrir mão dela. A ideia daquela conversa estava me provocando um aperto no peito, e depois que me livrei dela sobrou espaço para os meus pulmões se encherem de ar. A nossa vida, minha e da Molly, era guiada pelo que não podíamos e pelo que precisávamos fazer, pelos ponteiros do relógio, porque era assim que eu conduzia a nossa carruagem precária. Mas agora as rodas tinham caído; nós tínhamos saído da trilha e estávamos despencando pelos ares. O desastre era inevitável — iam nos encontrar, iam tirar ela de mim —, mas enquanto não nos espatifássemos no chão nós estávamos livres. Eu não sabia quanto tempo ia levar até os abutres baterem na minha porta, e não queria que a última lembrança que Molly tivesse de mim fosse do meu rosto ficando pálido enquanto uma multidão furiosa me jogava no chão. Então eu não ia continuar ali. Nós íamos fugir. Algumas coisas eu jurei nunca fazer, para alguns lugares jurei nunca ir, porque não ia deixar que estourassem a bolha da Molly. Só que isso não importava mais. Eu estava perdendo ela. Nada mais importava.

Às sete horas desliguei a TV e comecei a escovar o cabelo dela.

— Acho que vamos precisar ir embora amanhã — falei, passando o dedo no risco do penteado.

— Para onde? — ela perguntou.

— Vamos embora, só isso.

— Para algum lugar que eu conheço?

— Não.

Molly só conhecia o litoral. Era pequena demais para lembrar da primeira vida nova, a vida de Lucy/Nathan/loja de ferragens. Nessa vida eu existia nos três cômodos de um apartamento no térreo e sobrevivia de comidas enlatadas com gosto de metal. Quando descobri que estava grávida, parei de trabalhar. Como a decisão da conversa no conselho tutelar, essa foi uma que eu não precisei tomar; era um fato. Nathan não podia saber que eu estava grávida. Eu não tinha como continuar trabalhando sem ele descobrir. Então não podia continuar trabalhando. Jan me inscreveu no programa de benefícios do governo, e eu passei os oito meses seguintes dormindo o dia todo e passando mal a noite inteira.

Eles nos encontraram quando Molly era um pacotinho minúsculo embrulhado em um cobertor e apoiado no meu ombro. Se aglomeraram do lado de fora com câmeras que faziam uns cliques altos, como se fossem um exército de grilos. Precisamos correr pelo jardim escondidas embaixo de lençóis, e a cabeça dela bateu no meu queixo com força suficiente para me fazer morder a língua, e quando entramos no carro da polícia a minha boca estava cheia de sangue. Tinha gosto de sal e gordura. Eu cuspi nas minhas mãos. Molly ficou me olhando, e fiquei contente porque ela não ia se lembrar disso, não ia se lembrar de correr até o carro vestida de fantasma nem de me ver cuspindo sangue nas mãos.

Depois de ser Lucy eu virei Julia, e me prometeram que ninguém nunca ia descobrir que Julia tinha sido Chrissie. Só que já tinham me prometido que ninguém nunca ia descobrir que Lucy tinha sido Chrissie. *Promessa* era só uma palavra e um nome era só um nome, e eu não era Chrissie, não por dentro, não mais, só que os abutres não estavam nem aí. Jan arrumou para mim o apartamento em cima da lanchonete do Arun, que vinha com o trabalho de fritar peixes e limpar o chão.

— Não agora — ela falou. — Só quando você estiver pronta. Talvez quando ela começar a ir à escola. O dinheiro do seu benefício vai cobrir o aluguel até lá, e quando você começar a trabalhar vão reduzir o valor. Eles foram bem generosos.

Ninguém me perguntou se eu queria fritar peixes e limpar o chão. Mas alguém que já foi Chrissie não tem opção. Jan achava que era o esquema perfeito, porque Arun e a sra. G. eram o tipo de gente que preferia não ver aquilo que você queria esconder, que distorcia os fatos quanto fosse necessário para continuar acreditando no que sempre acreditaram: que todas as pessoas no fundo são boas.

Jan nos levou para a cidade nova e ajudou a carregar nossas caixas para o apartamento. Não demorou quase nada; não tínhamos muita coisa. A sra. G. deixou um bolo embrulhado com plástico filme na mesa da cozinha. Era escuro e tinha sementes, e do lado tinha um bilhete: "Seja bem-vinda, Julie". Quando o carro estava vazio, ficamos paradas na calçada em frente à lanchonete. Molly estava chorando, e eu tinha prendido ela no meu peito com o sling. Eu gostava de ficar com ela ali, mantendo todos os meus pedaços juntinhos.

— Muito bem, então — Jan falou. — Vamos às despedidas.

Acontece que, quando os abutres nos acharam, não me fizeram perder só meu apartamento e meu nome e as horas de sono que eu conseguia ter à noite. Eles me fizeram perder Jan. Eu passei para outra agente de condicional, da polícia da cidade nova. E estava começando a gostar da Jan.

Ela deu um passo para a frente e pôs a mão nas costas da Molly por cima do sling.

— Tchau, Molly — falou. Depois colocou a mão no meu cotovelo e apertou com força. — Tchau, Lucy.

Fiquei parada na calçada enquanto ela entrava no carro. Olhei ela ir embora pela rua principal e desaparecer depois de virar a esquina.

— Tchau, Lucy — falei.

— Quanto tempo a gente vai ficar fora? — Molly perguntou.

— Não sei. Um tempo.

— A gente vai estar de volta na sexta? Vai ter mostre-e-conte na escola. Eu preciso estar de volta até lá.

— Humm.

Deixei os meus olhos se fecharem. Meu cérebro parecia frágil dentro da cabeça, como um pêssego machucado, com o suco escorrendo pelas aberturas na casca. Molly foi comigo até o quarto dela e deitou na cama quando eu levantei o edredom.

— Posso pegar alguma coisa para o mostre-e-conte lá no lugar para onde a gente vai? — ela perguntou.

— Boa noite — falei e sentei no colchão do lado da cama dela.

Quando Molly era bebê, eu ficava sentada do lado do berço toda noite até ela dormir. Às vezes ela me olhava pela grade e gritava, e eu ficava tensa com toda aquela fúria, mas o livro que roubei da biblioteca dizia que a mãe não podia pegar o bebê a cada vez que ele chorava. Eu fechava os olhos para não ver os pedaços rosados e franzidos do rosto dela e sussurrava: "Por favor não fique triste, por favor não fique triste, por favor não fique triste".

Quando ela tinha três meses nunca chorava à noite, e o silêncio me assustava mais que a gritaria. Eu contava os minutos para poder pegar ela e colocar no meu peito para mamar. Fazia isso sentada no chão, com as costas apoiadas na parede. Eu podia ficar com Molly no colo para mamar, porque aquilo era para ela. Eu não podia pegar se fosse para mim, pelo conforto de sentir o peso quentinho dela nos meus braços. Essa foi a regra que criei quando ela nasceu: eu daria tudo para ela sem pedir nada em troca.

Ler o capítulo do livro sobre desmame fez a minha garganta se fechar de medo. Tinha fotos alegres de bebês mordendo colheres de plástico e trechos com títulos como "Indo além do leite!". Eu me senti como se estivesse lendo sobre largar Molly em uma caixa de papelão na porta da frente, dar um tchauzinho e falar, toda alegre: "Está na hora de seguir em frente, Molly! Está na hora de ir além de mim!" Alimentar ela com o meu corpo — saber que mesmo se ficássemos sem dinheiro, sem casa, sem nada, a não ser uma à outra, ela ainda não passaria fome — me fazia sentir um miolinho quente de poder alojado entre as minhas costelas. Comprei legumes, que amassei com o garfo e passei pela peneira, e Molly esfregou aquela massa no cabelo e enfiou no nariz. Ela olhou para a mamadeira com nojo, e quando eu coloquei na sua boca Molly ficou se desviando e puxando a minha blusa. Coloquei ela no berço e saí do quarto, fechei a porta e cruzei os braços sobre o peito inchado.

Ela não vai chorar por muito tempo, pensei.
Ela vai dormir logo, pensei.
Ela não deve estar com tanta fome, pensei.
O livro diz que isso é o certo, pensei.

Olhei para o relógio na parede. Ouvi Molly chorar. Dois círculos idênticos ensopavam minhas roupas, e fiquei com um cheiro doce--azedo, como o de um melão passado. Tirei a blusa antes de abrir a porta, arranquei a camiseta enquanto ia até o berço, soltei o sutiã e deixei cair no chão, depois peguei ela no colo. Os cílios dela estavam espetados em triangulozinhos pretos, e as mãos gordinhas de estrela--do-mar se agarravam ao meu peito enquanto ela mamava. Arranquei o macacão dela, deixando ela peladinha, e nossas peles se juntaram. O suor deixou o nosso contato escorregadio. Ela mamou até dormir (indesejável), e eu deitei ela no colchão do meu lado (impensável) e envolvi o corpinho dela como se o meu fosse uma lua crescente (imperdoável).

Amamentei ela até os dois anos. Steven tinha dois anos quando morreu. Eu não sei se ele ainda mamava no peito da mãe, se ela ficava inchada e vazando e com dor longe do filho. Me doía ver Molly bebendo no copinho e me sentir ressecada de dentro para fora, mas isso era bom. Eu merecia sentir dor.

Só parei de ficar sentada do lado da cama dela quando ela parou de acordar à noite. Em Haverleigh eles fechavam e trancavam minha porta na hora de dormir, mas sempre tinha alguém do lado de fora, abrindo a janelinha a cada dez minutos para me olhar. Se eu precisasse ir ao banheiro era só bater na porta que eles destrancavam e me acompanhavam e ficavam esperando em um canto enquanto eu fazia xixi. Quando eu voltava para o quarto, trancavam a porta de novo e escreviam na minha ficha que eu tinha usado o banheiro. Escreviam na minha ficha quando eu me mexia na cama enquanto dormia. Escreviam na minha ficha quando eu roncava. Molly não tinha ficha, mas eu ficava do lado dela à noite, no colchão que tirei da minha cama. Era assim que se cuidava de uma criança. Foi isso que aprendi em Haverleigh.

Nessa noite eu esperei ela dormir e deitei na cama do lado dela. Nós não encostamos uma na outra, mas ela era como um miniaquecedor, e o calor dela me fez sentir que os nossos corpos estavam fundidos. Passei a mão na minha barriga. Senti falta da curvatura e do inchaço duro de quando ela estava lá dentro — a proximidade sem igual, a certeza de que ninguém tinha como tirar ela de mim. Quando ela se mexia, meu corpo devia parecer uma das casas do beco — uma coisa escura e gosmenta e quase se desmanchando nos cantos —, mas mesmo assim Molly queria morar lá. Ela se agarrou lá dentro, determinada, se recusando a ser evacuada em uma bola de sangue caindo na porcelana. Não entendia por que ela me queria — mas na época também não entendia por que eu ainda queria a mamãe.

Depois de Haverleigh, passei a sentir uma saudade ávida e dolorosa da mamãe. Eu via isso como a parte de mim que era animal — mole, quente, feita de carne e pelos. Toda vez que eu levava uma pancada voltava correndo para ela, como um texugo se enfiando na toca. Toda vez que eu ia embora me sentia coberta por uma camada de sujeira tão grossa que precisava ficar debaixo do chuveiro quente e esfregar a pele até arder, e falava para mim mesma que nunca mais ia querer ver ela na vida. Os meses se passavam. Mais uma pancada. Eu voltava correndo. Essa necessidade estava sempre lá, como um limão em conserva, sempre fresco e preservado dentro da casca. Comecei a entender que eu não queria ela, não de verdade, não do jeito que ela era. Eu voltava rastejando porque esperava um dia descobrir que ela tinha mudado e virado o que não era.

A última vez que nos vimos foi três semanas antes da Molly nascer, quando eu estava pálida de enjoo e cansada até os ossos. Ela abriu a porta e me olhou de cima a baixo.

— Puta que pariu — falou. — Como você engordou.

— Eu estou grávida. Você sabe disso.

— Existe mulher grávida e existe mulher gorda. Eu não fiquei gorda quando tive você.

A mamãe bem que gostaria de poder fingir que nunca me carregou no corpo dela, de poder dizer que eu cresci em um aquário na mesinha de cabeceira dela. Foram duas amargas horas de afeto e ofensas e, quando levantei para ir embora, ela entregou um papel na minha mão. Isso tinha virado um ritual.

— Vai mudar de novo? — perguntei.

— Pois é. Aqui não serve para mim. Os vizinhos são uns merdas. O governo me arrumou um lugar melhor. Uns apartamentos novos. Num prédio.

— Certo — falei, desdobrando o papel e lendo o endereço. Reconheci o código postal: as mesmas ruas de antes.

— Por que você vai voltar para lá?

Ela olhou para um lado e depois para o outro, como se estivesse procurando a resposta em algum canto do cômodo. Depois deu de ombros.

— É a minha casa, né?

Eu não parei de querer voltar para ela quando Molly nasceu; na verdade, passei a querer ainda mais. Molly foi o meu segundo coração por nove meses, mas quando as enfermeiras arrancaram ela eu não pensei no meu corpo sem o pêndulo dele. Eu pensei: *Vinte anos atrás, Molly era eu. Vinte anos atrás, eu era a mamãe.* E me senti mais próxima dela do que quando morávamos na mesma casa, respirando o mesmo ar. Quando Molly chorava eu sentia vontade de bater na porta da mamãe com a cabeça latejando e o peito dolorido e aquele pacotinho nos braços. "Era assim que você se sentia?", eu queria perguntar. "Assim irritada? Assim cansada? Como se as outras pessoas tivessem um livro secreto que nunca deram para você? Era por isso que você era daquele jeito? Ela vai ser como eu?"

O primeiro dia da primavera

Do meu lado na cama, Molly fungou e se agitou durante o sono. Levantei uma mecha do cabelo dela do travesseiro e fiquei passando em volta da boca. Parecia uma pluma.

Eu fiz isso, pensei. *Fiz esse cabelo, essa pele, o sangue nessas veias em forma de teia de aranha. Fiz tudo isso. Veio de mim.* Eu queria ouvir ela dizer isso — ouvir ela me dizer: "Sim, olha só você, olha só ela, foi você que fez. Foi você que fez isso, Chrissie. Você fez uma coisa boa". Tinha que ser na voz dela: áspera como palha de aço. Quando fechei os olhos, vi o rosto dela gravado nas minhas pálpebras.

Mamãe.

CHRISSIE

No dia depois de falar com a polícia, cheguei em casa da escola e encontrei uma lata na mesa da cozinha. Era azul e tinha uma estampa dourada cheia de voltinhas em cima, e quando abri vi uns chocolates arrumados em fileiras retinhas. Levei para a sala, sentei no sofá e comi. Eu precisava comer tudo, porque a mamãe tinha comprado para mim, e quando ela comprava algo para mim eu precisava comer tudo. Se eu não fizesse isso ela chorava e falava: "Eu comprei isso como uma coisa especial para você, Christine. Qual é o seu problema? Você não liga para mim mesmo?"

Quando a mamãe cozinhava coisas para mim era ainda mais importante comer tudo, porque eu não queria que ela achasse que eu ligava ainda menos. Ela não cozinhava muito. A última vez tinha sido no Natal quando eu estava com sete anos, e ela ganhou um peru do sr. Godwin, o açougueiro. Não sei por que ele deu aquilo para ela. Ficou na cozinha vários dias antes do Natal, grande e feio, com uma pele branca cheia de pelotinhas. No Natal a mamãe pôs ele numa panela com água e cozinhou e cozinhou e cozinhou. A casa inteira ficou cheirando a carne, e as janelas da cozinha ficaram embaçadas e todas as colheres e todas as bancadas e mesas ficaram cobertas com uma camada gosmenta de gordura. Eu sentei no chão do corredor usando o cachecol que ganhei de presente na festa de Natal da escola dominical da igreja para cobrir o nariz e a boca. Eu não tinha me divertido muito na festa de Natal da escola dominical da igreja. Tinha acontecido logo depois da apresentação de Natal da escola dominical da igreja, que também não tinha sido divertida porque a idiota da sra. Samuels não me colocou no papel certo. Eu queria muito ser o menino Jesus, mas ela falou que precisava ser um boneco, depois eu queria muito ser o Herodes, mas ela falou que precisava ser um menino, depois eu queria ser uma pastora, mas ela falou que precisava ser alguém que levasse uma toalha de mesa para usar na cabeça. O anjo do Senhor precisava ser uma criança bonita e Maria precisava ser alguém com uma mãe que tivesse dado uma boa garrafa de vinho para a sra. Samuels. Eu tive que ser uma cabra. Isso não era a minha ideia de diversão de jeito nenhum, e mostrei para ela que não estava me divertindo fazendo uns balidos bem altos sempre que alguém tentava dizer sua fala. Nem liguei de ter estragado aquela peça idiota. O papai nem tinha ido assistir.

 Enquanto o peru cozinhava, fiz um enfeite que era uma corrente de papel e a mamãe bebeu uísque, o que deixou ela de bom humor. Ela estava tão feliz que subiu e foi buscar o rádio no quarto. Ele ficou só estalando e chiando quando ela ligou, e eu precisei tapar os ouvidos com as mãos, porque o chiado fazia parecer que tinha alguém preso dentro do rádio, e eu não gostava nada dessa ideia, mas ela foi mexendo nos botões e depois me pegou pelo pulso e ficou me girando pela cozinha e cantando sempre os mesmos versos, porque não sabia o resto da música. O rádio começou a tocar uma música de Natal, e eu abracei a mamãe pela cintura e apertei o rosto contra a barriga dela. Um monte de água do peru tinha espirrado nela, ela estava molhada e com cheiro de osso, mas eu nem liguei. Ela não me empurrou. Me deixou abraçar ela. Pôs as mãos nas minhas costas e esfregou para cima e para baixo. Eu provavelmente nunca tinha visto ela tão de bom humor, provavelmente até mais do que Maria deve ter ficado quando o menino Jesus nasceu.

Já estava escuro quando a mamãe apagou o fogão. Ela me disse para ir para a mesa, e pôs na minha frente uma tigela, um embrulho de puxar e estourar com surpresas dentro e falou:

— Não é uma beleza? Um peru de Natal.

Ela sentou do outro lado da mesa. Não encostou no peru, só bebeu o resto da garrafa de uísque. Aquela coisa na tigela não parecia uma beleza. Estava cinza, com uma espuma grudada nas bordas. Soprei o máximo de tempo que deu, depois fiquei um tempão dando umas colheradas e derrubando de volta na tigela.

— Para de brincar e come — a mamãe falou.

— Você abre o meu embrulho-surpresa comigo? — perguntei.

— Come a sua comida.

Na primeira colherada eu mordi uma coisa que não era nem osso nem carne, só uma bola de cartilagem que estalou no meio dos meus dentes. Tinha gosto de cera e de pele e de privada. Cuspi de volta na tigela. Não olhei para a mamãe. Olhei para as poças de óleo em cima daquelas coisas cinza, crescendo e encolhendo como se fossem bocas gritando.

— Acho que o peru não está bom, mamãe — falei. — Acho que ficou tempo demais na sacola. Acho que estragou. Não está com o gosto certo.

Não precisei nem olhar para ela para saber que o bom humor tinha acabado. Dava para sentir. A mudança de feliz para triste foi como abrir uma janela e deixar entrar o ar gelado lá de fora.

— Eu passei o dia todo cozinhando, Christine. Então trata de sentar aí e comer.

— Mas acho que estragou, mamãe. Acho que não está com o gosto certo.

— Trata de ficar sentadinha aí. E de comer tudo — ela mandou.

— Você abre o meu embrulho-surpresa comigo? — perguntei de novo.

A cadeira dela guinchou quando foi arrastada para longe da mesa.

— Quando você vai parar de pedir tantas coisas, Christine? — ela gritou. — Puta que pariu, é Natal. Eu estou tentando ter uma noite boa. Cozinhei o peru, comprei o embrulho-surpresa. Até mandei ligar a energia para ver TV mais tarde. Achei que ia ser bom ver algum programa interessante com você. Por que você nunca está satisfeita? Por que você não pode ser boazinha?

Ela saiu, atravessou o corredor e pisou na minha corrente de papel, que ficou toda amassada. Parecia que ela tinha pisado na minha cabeça, enfiado o pé na minha cara e espremido com o pé até os ossos quebrarem e só sobrarem as lascas. Puxei o meu embrulho-surpresa com as duas mãos. A mão direita puxou mais forte e ficou com as surpresas: um chapéu de papel azul e um baralho de criança. A piadinha que também vinha dentro caiu embaixo da mesa. Quando a mamãe fechou a porta do quarto eu peguei a tigela na cozinha, abri a porta, atravessei o jardim e coloquei ela no portão da frente. Fiquei torcendo para um cachorro aparecer e comer aquela sopa cinza horrorosa. Continuei no caminho da entrada do jardim um tempão, apoiada no portão. Dava para ver as luzes coloridas da árvore de Natal da Betty, piscando entre as cortinas de renda na janela da sala. Depois entrei e fiquei vendo TV até acabar a luz.

As coisas que a mamãe comprava para eu comer geralmente eram melhores que peru estragado, porque geralmente ela não cozinhava, só comprava, então geralmente não era tão difícil comer tudo. Quando comi todos os chocolates, deixei a lata vazia na mesa da cozinha e fui deitar no sofá. Depois disso, não apareceu mais comida por uma semana. Eu tentava ficar na casa dos outros até a hora do jantar ou comia o que encontrava nos armários. Latas de sardinha com espinhas grossas que arranhavam minha garganta, colheradas de leite em pó de uma latona vermelha. Um dia fui mandada para a sala do sr. Michaels por comer o biscoito da Donna no recreio, mas nem liguei, porque já tinha comido, então ele não tinha como me forçar a devolver.

Comecei a pensar que a mamãe tinha mudado de casa, porque não vi ela por dias e mais dias, nem no domingo para a igreja. Fiquei vagando pela casa, passando os dedos pelas paredes, me perguntando se eu era uma órfã. Eu só sabia dos órfãos o que tinha lido nos livros. Não sabia se eram de verdade que nem Deus ou inventados que nem as bruxas.

Quando estava me acostumando com a ideia de ser uma órfã, uma órfã da vida real, desci a escada num domingo e encontrei a mamãe na mesa da cozinha.

— Gostou dos chocolates? — ela perguntou.

— Gostei.

— Comeu tudo?

— Comi.

— Que bom. Comprei especialmente para você — ela falou.

— Obrigada.

Eu não sabia o que fazer, não mesmo. Enfiei os pés nos sapatos e amarrei bem os cadarços, apertando até o sangue parar de circular nos meus pés.

— Vou sair agora — falei.

— Tudo bem. Pode ir e me deixar sozinha. Pode ir e me deixar sozinha depois de eu comprar chocolates para você, depois de eu gastar o meu dinheiro com aqueles chocolates. Isso mesmo, me deixa sozinha.

— Você quer que eu fique? — perguntei.

— Some daqui, Chrissie. Eu quero que você suma e não apareça nunca mais. É isso que eu quero.

— Ok — respondi e deixei a porta da frente aberta atrás de mim. Eu preferia ser uma órfã.

Bati na casa da Linda e nós subimos toda a ladeira equilibradas nas muretas dos jardins da frente das casas. Eu era incrível nisso de andar em muretas. William marcou o tempo uma vez, antes de roubarem o relógio dele: da casa do sr. Jenks até a casa assombrada em quatro minutos e trinta e três segundos. Eu queria que ele marcasse o tempo de novo para poder ir cada vez mais depressa, e ele falou que faria isso se eu ajudasse a descobrir quem tinha roubado o relógio. Infelizmente fui eu quem roubou o relógio, então precisei falar que não queria ninguém marcando o tempo de novo, mas que quatro minutos e trinta e três segundos ainda era mais rápido que qualquer outra criança lá das ruas.

Quando chegamos na casa do Steven, eu vi que as cortinas da sala da frente estavam fechadas. Era a única casa da rua com as cortinas fechadas, e isso fez a sala escondida ficar mais interessante do que poderia com as cortinas abertas. O triciclo do Steven estava no jardim da frente. A tinta amarela do banco estava descascando. Pulei a mureta da frente.

— Vamos bater na porta — falei.

— Não pode — Linda respondeu. — A minha mãe diz que é para deixar ela em paz.

— Por quê?

— Sei lá. Mas a mãe da Donna ia levar flores lá e perguntou se a minha mãe queria ir junto e ela falou que não. Ela não acha certo tantas mães ficarem levando tantas coisas lá o tempo todo.

Ela limpou um arranhão na perna com a manga do cardigã antes que o sangue escorresse para a meia branca.

— A minha mãe disse que é brutal — ela falou. — Disse assim: "É brutal o que essa mulher está passando. Um sofrimento que ninguém deseja nem para os piores inimigos". Foi isso que ela disse.

Eu achava que a mãe do Steven ia preferir que outra criança tivesse morrido, principalmente se fosse o filho de outra em vez do Steven. Ela provavelmente ia preferir que tivesse sido qualquer outra criança no mundo, inclusive o filho da melhor amiga dela. Geralmente quando as pessoas dizem que é uma coisa que não se deseja nem para os piores inimigos, isso significa que provavelmente elas desejam aquilo para os piores inimigos, e inclusive iam achar divertido se acontecesse com eles. Não tinha muita coisa no mundo que eu não ia desejar que acontecesse com Donna.

Linda ainda estava falando sem dizer nada de novo, o que infelizmente ela fazia bastante.

— Ela disse que o pior é que ele era a menina dos olhos de todo mundo — Linda falou. — Eu perguntei o que era isso, e ela disse que todo mundo amava mais ele. Eu falei que isso não era novidade para ninguém. Eu e você já sabíamos disso, né? Nós sabíamos, né, Chrissie? Nós sabíamos que todo mundo ficava babando em cima dele, né? Nós vivíamos dizendo isso, né?

— Linda. É melhor você parar de falar agora. Você está deixando os meus ouvidos com dor de cabeça.

— Ai, não. Desculpa.

Atravessei o caminho do jardim da frente da casa do Steven e bati na porta com três tapas fortes. Por um tempão, ninguém atendeu. Achei que a mãe do Steven devia estar tão triste que caiu morta também. Eu podia desistir e achar que ela não ia atender, mas isso ia querer dizer que Linda estava certa, e eu não suportava quando Linda estava certa, então bati de novo e não parei de bater até abrirem a porta.

A mãe do Steven parecia bem pior do que estava lá no parquinho. O rosto dela estava cinza como a camada que tem debaixo da casquinha do peixe frito, e as bochechas estavam soltas dos ossos, a pele frouxa balançando embaixo dos olhos vermelhos e embaçados.

— O que você quer? — ela perguntou com uma voz cinzenta. Eu não sabia o que falar. Não esperava que ela estivesse tão mal. Não lembrava nem por que eu tinha batido na porta para começo de conversa.

— Olá — falei.

— O que você quer? — ela perguntou de novo.

— A polícia ainda vem bastante na sua casa. Por que isso?

— Vai embora — ela falou. — Para de se meter em assuntos que não são da sua conta.

Quase falei que Steven ter morrido e a polícia estar procurando quem matou eram assuntos da minha conta, *sim*, porque na verdade fui *eu* que matei ele, mas segurei a língua. Pensei que provavelmente ela não ia querer ouvir isso naquela hora. Ela começou a fechar a porta, mas eu empurrei de volta.

— Ele ainda está morto? — perguntei.

Não estava falando só para matar o tempo, eu queria saber a resposta. Fazia tantos dias que Steven tinha morrido que eu perdi a conta, e achava que ele ia voltar logo. Ele era pequeno e com certeza isso queria dizer que ia voltar vivo mais rápido que um adulto. O rosto da mãe do Steven desabou como um balão estourado, como se todos os ossos tivessem desaparecido ou virado água.

— Sabe o que você é, Chrissie Banks? — ela falou.

— O quê? — perguntei.

— Você é uma semente podre.

Semente podre. Gostei disso.

— Já descobriram quem foi que matou ele? — perguntei.

— Vai embora — ela falou de novo.

Pensei no corpo de filhote de passarinho do Steven sendo carregado para fora da casa azul pelo homem grandão. Paradinho e tranquilo, podia estar dormindo naqueles braços tão inchados de músculos que podiam ter esmagado ele. Atrás da mãe do Steven a porta da sala abriu e o pai dele apareceu. Dava para sentir o cheiro dele lá de onde eu estava. Um cheiro bem forte de corpo, de pele e de suor e de ar viciado. Ele parou no corredor e me olhou por cima do ombro da mãe do Steven.

— A Susan está aí? — perguntei.

— Susan? — falou a mãe do Steven, como se não soubesse quem era.

— Ela está?

Sem se mexer nem tomar fôlego, o pai do Steven gritou "susan!" tão alto que eu levei um susto. Ninguém respondeu.

— Ela saiu — ele falou.
— Você sabe onde ela está? — perguntei.
— Ela está em algum lugar — a mãe do Steven falou.
— Bom, todo mundo está em algum lugar — falei.

O pai do Steven atravessou o corredor até a cozinha. Ele fechou a porta, mas um cheiro nojento vinha de lá mesmo assim. Parecia que a mãe do Steven ia tentar fechar a porta de novo, então eu falei:

— Foi um homem que matou ele, né?
— Quê?
— Foi um homem que matou o Steven. O homem que eu vi.

Isso saiu bem fácil. Era só uma outra versão da história que eu tinha contado para os policiais na escola.

— Que homem foi esse que você viu?

Senti que ela estava vindo comer na palma da minha mão, então dei de ombros e falei:

— Ah, nada. Não tem importância.
— Que homem foi esse que você viu?
— Eu vi um homem saindo do beco naquele dia. No dia que o Steven morreu.
— Naquele dia? No sábado? Tem certeza?

Dei de ombros de novo. Desde que ela abriu a porta eu estava me sentindo meio gelada, meio morta, mas o rosto dela mudou de fantasma para pessoa, e me senti viva de novo também.

— Quase certeza — falei.
— Você contou para a polícia? Eles foram à sua escola, não? Você contou?
— Talvez. Na verdade eu não lembro direito.

Ela deu um passo à frente e ficou tão perto que eu tive que virar a cabeça para o outro lado.

— Você precisa contar para eles — ela falou. — Precisa contar para eles o que viu. Principalmente o que viu naquele dia. Está me ouvindo, Chrissie?

— Pensei que esse assunto não era da minha conta.

No fim do corredor, o pai do Steven saiu da cozinha e o cheiro veio atrás dele, com força suficiente para me deixar zonza. Imaginei a cozinha escura e tomada pelo zumbido das moscas. Pensei nas moscas zumbindo ao redor das flores acumuladas sobre a mesa, e zumbindo ao redor das maçãs murchas na fruteira, mas acima de tudo zumbindo ao redor dos ensopados e dos pernis que as mães levaram, se desmanchando embaixo da luz do sol. Corri de volta pelo caminho do jardim, atravessei o portão e fui para a rua. Linda veio correndo atrás de mim. A mãe do Steven chamou nosso nome, mas não paramos de correr, e, quando olhei ao redor, vi que ela não estava seguindo a gente, só parada na calçada. Só paramos de correr quando chegamos no alto da ladeira. Linda estava ofegante e eu fiquei arrastando a junta dos dedos nas muretas dos jardins, com força suficiente para arrancar sangue. Coloquei o punho fechado na boca. Tinha gosto de ferro e de sujeira. Quando chegamos no muro de plantar bananeira, sentamos com as costas apoiadas nele.

— Você viu um homem mesmo? — Linda perguntou quando recuperou o fôlego.

— Talvez.

— Você vai contar para a polícia?

— Talvez — respondi e então plantei bananeira para ela parar de fazer perguntas. Ela plantou bananeira também, porque sempre fazia o mesmo que eu. Enquanto estava de cabeça para baixo pensei na mãe do Steven, sentada com o pai dele, que parecia um morto em uma casa com um triciclo amarelo no jardim da frente. Pensei em voltar outro dia e pedir o triciclo para mim, porque ela não ia precisar mais. Era pequeno, mas eu também era, e não fazia sentido desperdiçar um triciclo que ainda estava bom, não importava quem tinha morrido.

Quando plantávamos bananeira até ficarmos com a cara toda vermelha, nós brincávamos de TV. Não era divertido brincar de TV com a Linda. Ela sempre me perguntava o que fazer, e quando falava nunca parecia alguma coisa que passava na TV de verdade. A única pessoa que era quase tão boa como eu brincando de TV era Donna, o que era irritante, porque pessoas que parecem batatas nunca passam na TV.

— Se você pudesse ser alguém famoso, quem ia querer ser? — perguntei para Linda.

— Provavelmente só você mesmo — ela respondeu.

— Eu não sou famosa.

— Mas você é a melhor em quase tudo — ela falou.

— Pois é. Eu sei. Provavelmente vou ser famosa um dia.

Nós não pensamos em nada mais para brincar na rua, então voltamos para a casa da Linda. Quando a mãe dela parou de reclamar por eu ter aparecido na hora do jantar, deu sopa e pão com margarina para nós duas. Tomei a sopa enquanto ainda estava muito quente, e queimei a boca por dentro, e ela ficou áspera igual a uma lixa. Eu não falei muito. A cara cinza da mãe do Steven ficou na frente dos meus olhos o tempo todo e não ia embora, nem quando eu sacudia a cabeça.

Fiquei na casa da Linda até a mãe dela levar ela para cima para tomar banho. Depois fiquei mais um pouquinho, sentada sozinha na sala. Olhei as fotos em cima da lareira, dos Natais e das festas e da primeira comunhão da Linda. Lá em cima, ouvi a mãe da Linda reclamando com o pai dela. Ouvi coisas como "ainda está aqui" e "manda ela embora" e "quanto tempo já não faz" e "você ia saber se saísse da sua preciosa oficina pelo menos uma vez na vida". O pai da Linda desceu a escada até a sala e falou:

— Oi, Chrissie. Quer que eu leve você para casa?

Eu não queria, então tive que dizer que ia embora sozinha, apesar de na verdade querer ficar.

Não fiquei surpresa quando vi que a porta de casa estava trancada. A mamãe sempre deixava trancada quando brigava comigo. Tive que ir até os fundos e pular a janela da cozinha, que estava quebrada e nunca fechava direito. Precisei me encolher toda para passar, e enquanto me encolhia toda pensei que talvez fosse por isso que a mamãe não me dava muita comida, porque ela sabia que, se eu engordasse demais, não ia conseguir entrar pela janela da cozinha quando precisasse. Era só o jeito dela de cuidar de mim, na verdade, pensei enquanto enfiava os pés para dentro e ficava de pé na pia. Isso só mostrava quanto ela se preocupava.

Saí antes da hora de ir para a escola na segunda, quando as ruas ficavam cheias de garrafas de leite. O leiteiro me viu e fez um cumprimento para mim, mas não colocou nenhuma garrafa na frente da nossa porta, porque o leite não era entregue em casa. Na sra. Walter sim. Ela morava na casa do lado. Tinha gaiolas com passarinhos e era tão velha que começou a crescer ao contrário, encolhendo até ficar só um pouquinho maior que eu. O leiteiro colocou duas garrafas na frente da casa dela, voltou para o caminhãozinho e foi embora. Só peguei uma garrafa depois que ele virou a esquina. A sra. Walter uma vez me deu bronca por gritar muito alto no quintal dos fundos, e ela também era desnecessariamente velha. Não precisava de tanto leite. Dei dois goles bem grandes enquanto andava, sentindo a nata grudar na garganta.

Quando cheguei no muro de plantar bananeira, vi Susan sentada no chão com as costas encostadas nos tijolos. O cabelo dela estava embaraçado. Eu sentei, e ela me olhou com seus olhos cor de nada.

— Por que o seu cabelo ficou tão horrível? — perguntei.

Coloquei a garrafa de leite em cima do joelho. Susan olhou para o ninho de rato que caía por cima do ombro dela.

— Simplesmente ficou.

— Está bem embaraçado — falei.

— Pois é.

— A sua mãe perdeu o pente? — perguntei.

— Sei lá.

Ela estava com *O jardim secreto* aberto no colo e olhou para o livro, mas eu achei que não estava lendo de verdade. Sempre que eu via Susan nos últimos tempos ela estava com *O jardim secreto*, e o tempo todo aberto mais ou menos no mesmo lugar. Antes da morte do Steven ela andava com um livro diferente a cada semana.

— Por que você não está em casa? — perguntei.

— Por que você não está?

Movi a garrafa em cima do joelho para encontrar o lugar mais gelado do vidro. Susan olhou de novo para o livro, mas nunca virava a página. Estava usando um cardigã com mangas que caíam por cima das mãos, e estavam todas desfiadas e mastigadas. Enquanto eu olhava, ela enfiou alguns fios soltos na boca e mastigou mais um pouco. Eu não sabia se ela percebia o que estava fazendo.

— Sua mãe apareceu outro dia no parquinho — falei.

— Eu sei.

— Como é que você sabe?

— A mãe da Vicky levou ela para casa. Contou para o papai o que tinha acontecido.

— Ela estava chorando?

Susan balançou a cabeça para cima e para baixo de um jeito meio estranho e robótico, e enfiou outra vez o cardigã na boca.

— Ela faz outra coisa além de chorar?

— Dorme.

— Ela fazia alguma coisa além de tomar conta do Steven quando ele estava vivo? Ou ser a mãe dele era o único trabalho dela?

— Da *Susan* e do Steven — ela falou. Tinha alguma coisa afiada na voz dela, como uma gilete escondida no meio de uma bola de algodão. Eu não entendi o que aquilo queria dizer.

— Quê?

— Da *Susan* e do Steven. Ela era a mãe de *nós dois*. O trabalho dela era cuidar dos *dois*.

— Então tá.

— Enfim, ela não faz mais isso também.

— Quer leite? — perguntei.

Ela pegou a garrafa e tomou o resto com uns goles barulhentos. Quando terminou, limpou a boca com as costas da mão e mandou a garrafa rolando para a sarjeta. Eu não contei que a sra. Bunty dava doces para quem levava as garrafas lá na loja dela. Já estava começando a me arrepender de ter contado para Donna.

— A polícia ainda vai bastante na sua casa? — perguntei.
— Vai.
— O que eles fazem quando vão lá?
— Perguntas para a mamãe e o papai.
— Que tipo de perguntas?
— Sobre o Steven.
— Eles fazem perguntas para você?
— Não.
— Como você sabe o que eles perguntam, então?
— Fico escutando da porta da sala.
— A polícia já sabe quem matou ele?
— Não.

A lembrança estava quente dessa vez, uma fogueirinha na minha barriga.

— Você acha que eles vão descobrir?
— Sei lá.
— Acho que não vão.

Ela só encolheu os ombros. Estava parecendo uma folha de alface molhada. Totalmente sem graça. Passei as unhas na parte de dentro dos braços e tirei uma nuvem de pó branco, e pensei no tubo de creme que tinha na prateleira no canto da enfermaria da escola. Quando meu eczema sangrava na escola, a srta. White me mandava para a enfermaria e a srta. Bradley passava creme nos meus braços, uma camada tão grossa que dava para escrever meu nome nela. Às vezes eu me coçava até sangrar debaixo da carteira quando a srta. White não estava olhando, só para poder ir para a enfermaria e ficar com os braços cobertos de creme branco. Enquanto Susan fingia ler

O jardim secreto, cravei as unhas na pele e esfreguei igual lixa. Me imaginei entrando em uma banheira cheia de creme, que refrescava as minhas feridas cheias de bolhas.

— Que horas são? — perguntei.

— Não sei — Susan falou sem olhar no relógio.

— Dá aqui — falei, puxando o pulso dela para mim.

— Não funciona. Está parado.

— É melhor pedir para a sua mãe levar você lá na loja de departamentos. Eles trocam a bateria dos relógios lá. De repente ela pode comprar um pente novo também.

Ela balançou a cabeça para cima e para baixo daquele mesmo jeito robótico, e nisso começou a chorar. Não fez nenhum barulho. As lágrimas simplesmente começaram a cair dos olhos. Ela deixou escorrer pelo rosto e pingar pelo queixo. Eu nunca tinha visto alguém chorar desse jeito antes. Fiquei olhando um tempão. Era um jeito bem estranho de chorar.

— Esse livro é bem chato, né? — falei, apontando para *O jardim secreto*.

Ela fungou e esfregou a manga do cardigã no rosto.

— Você já leu? — perguntou.

— A srta. White lê pra gente quando terminamos a lição mais cedo. Eu detesto. É muito chato mesmo.

— Eu gosto — ela falou. — Tem um jardim bonito.

— Tem um monte de gente infeliz também. Você nunca vai deixar de ser infeliz se ficar lendo livros assim. Você devia ler um livro de piadas. Eles fazem você rir.

— Não posso.

— Pode sim. Você pode ler o que quiser. Quer dizer, se não for sujo. E os livros de piadas não são sujos. Tem na biblioteca da escola.

— O que eu quis dizer é que não posso rir.

— Por quê? — perguntei.

— Porque o meu irmãozinho morreu.

— Ah. — Fiquei olhando enquanto ela limpava mais lágrimas do rosto e um pouco de catarro do lábio com a manga do cardigã. — Você vive falando que tem um irmão morto, né?

Susan estava tão divertida quanto uma couve-flor mofada, e eu sabia que precisava ir para outro lugar antes de acabar morrendo de tédio. Pensei em passar na casa da Donna e fingir que tinha caído na rua lá na frente, porque a mãe dela ia me fazer um curativo e me dar alguma coisa para comer de café da manhã. Donna com certeza era a minha pior inimiga, mas na casa dela sempre tinha comida e não faltava luz. Pensei que se arrancasse algumas casquinhas do joelho podia sair bastante sangue, e a mãe dela não ia me mandar embora se eu estivesse toda ensanguentada. Eu ia fazer isso assim que chegasse na porta da casa dela.

— Então tchau — falei.

— Tchau.

Quando cheguei na casa da Donna, a mãe dela me deixou sentar no sofá com ela e os irmãos e ver desenhos na TV. Ela me deu um pano molhado para passar no joelho e uma tigela de cereais para comer. Os flocos estavam nadando em um leite bem grosso, com bastante nata, e eu comi até o meu estômago reclamar: "Por favor, por favor, *chega* de leite". Ignorei. Comi até esvaziar a tigela: mastiguei e engoli e bati com a colher fria nos dentes.

JULIA

O café na estação de trem chamava Choo-Choo's. Dava para ver que antes de ser Choo-Choo's o nome era Chew-Chew's — as pontas dos Ws apareciam por baixo da pintura nova do letreiro. Eu não sei por que se dar o trabalho de mudar de um nome ridículo para outro. Quando comprei para Molly um chocolate quente e um pacotinho com três biscoitos recheados, vi o bolo escrito "Feliz Aniversário" do outro lado do balcão e perguntei para a velhinha de quem era o aniversário. Fiquei surpresa por ter perguntado. Nem lembrava mais quando tinha falado com alguém desconhecido pela última vez. A velhinha também pareceu surpresa com a pergunta.

— De ninguém — ela falou.

— Então por que está escrito isso? — perguntei.

— Ah, isso está aí desde o verão passado. Foi o aniversário do café. Dez anos de funcionamento. Depois disso ninguém nunca tirou daí. E todo dia é aniversário de alguém, né?

Contei o dinheiro com as mãos dentro da bolsa. Não queria que ela visse que eu estava levando tudo o que tinha. Ela me deu o troco e apontou para Molly, que estava sentada em uma mesa perto da janela.

— A sua pequena pelo jeito passou por poucas e boas, hein? Como foi que isso aconteceu?

O primeiro dia da primavera

Olhei para ela e vi que Molly tinha tirado o casaco. Estava com o gesso apoiado na mesa, passando a mão em cima dos desenhos. Peguei os biscoitos e o copo de isopor.

— Simplesmente aconteceu — respondi.

Quando Molly bebeu o chocolate quente e comeu dois biscoitos recheados e meio, e eu olhei para a rua para ver se não tinha polícia por perto e comi metade de um biscoito recheado, fomos até a estante de livros usados no canto do café. Eu sentia falta de livros assim, com as páginas cor de chá e amaciadas até ficarem com a consistência de pétalas. Quando Molly era mais nova, eu lhe dava uma libra para gastar no bazar de caridade de sábado, e enquanto ela ficava vendo os enfeites e os jogos de tabuleiro eu pegava livros de bolso das prateleiras, colocava perto do nariz e sentia o cheiro de amêndoa e poeira. Teve uma semana que eu vi o rosto do Steven, todo lisinho e de nariz empinado, bem na capa de um livro. *Meu irmão Steven: um anjo levado pelo demônio.* Era o livro da Susan, que me jogou nos holofotes quando eu estava escondida nas sombras e começou a caçada que terminou com Molly e eu fugindo para o carro de polícia debaixo de lençóis. Que acabou com a minha vida como Lucy, e achei que talvez fosse isso que Susan queria — arrancar uma parte da minha vida, assim como eu tinha feito com a dela. Paramos de ir em bazares de caridade depois disso, porque encontrar esse livro de novo seria muito assustador. Eu sentia falta do calor do aquecedor e do cheiro de carpete molhado, e Molly sentia falta das quinquilharias usadas que tratava como se fossem tesouros. Ela perguntou por que não íamos mais, e senti vontade de falar: "Não pergunta para mim. Pergunta para a Chrissie. É ela que chega sorrateira e tira as coisas de você. É ela que é famosa. É tudo culpa dela". Só respondi que estávamos muito ocupadas.

Eu estava vendo um livro de receitas vegetarianas quando uma outra-mãe e duas outras-crianças entraram no café. O menino e a menina sentaram na mesa e tiraram as jaquetas grossas enquanto a mulher comprava as bebidas e os enroladinhos de bacon. Ela era mais velha que eu, uma adulta de verdade. Quando deu o café da manhã para as crianças, tirou um livro de capa dura da bolsa e abriu em uma página marcada. Fiquei espiando enquanto fingia que não estava olhando.

— Então, onde nós estávamos mesmo... Ah, sim. Acabamos o capítulo do dragão, né? Vocês lembram?

A menina fez que sim com a cabeça e puxou a cadeira mais para perto da mulher. De vez em quando ela apontava para uma ilustração, e a mulher virava o livro para mostrar para o menino. Vi Molly espichar a cabeça pelo canto da prateleira para poder ver os desenhos também.

Olha só ela, lendo para os filhos. Olha só como a filha está grudadinha nela. Você não comprou nada para entreter a Molly. Seu corpo não é como um travesseiro para a Molly. Você tem muitos ângulos agudos, muitas bordas afiadas. Menos um ponto. Menos dois pontos. Menos três.

— Molly — chamei, mais alto do que pretendia. A menina olhou ao redor, nos viu e voltou a se aninhar na outra-mãe. — Quer escolher um livro?

— Daqui?

— Sim. Escolhe um com ilustrações. E capítulos. Um longo.

— Por quê?

— Eu quero ler para você.

Ela deu uma boa olhada na outra-mãe e nas outras-crianças, chegou mais perto de mim e baixou o tom de voz:

— Por que você está copiando os outros?

Senti as bochechas esquentarem.

— Pegue o seu casaco. Nós vamos perder o trem.

Molly passou a primeira hora da viagem de trem fazendo cara feia, e eu, tentando me controlar. Fiquei listando o que via ao redor, e fui ao banheiro jogar água fria nos pulsos, e me concentrei tanto na minha respiração que parecia que nem era mais uma pessoa, só um respirador artificial com membros bem compridos.

Quando deu dez horas nós estávamos no trem fazia uma hora e meia, e a minha cabeça começou a latejar sem parar. O meu tempo com Molly não parecia se estender até longe, como um rolo de fita; tinha um final bem sólido, com o chão se erguendo na frente da nossa carruagem sem rodas. A quilômetros de distância, no prédio do conselho tutelar, Sasha devia estar entrando na recepção. Ela ia olhar ao redor. Ia estar esperando por mim. Em meia hora ia perceber que eu não ia aparecer, e em uma hora ia ligar para a polícia. O som da minha pulsação nos ouvidos era uma contagem regressiva.

Molly soltou uma nuvem de vapor na janela e desenhou uma carinha triste.

— Foi assim que eu me senti quando você falou que eu não podia levar um livro. Mesmo tendo falado antes que podia.

— Obrigada por me explicar.

— Para onde a gente está indo? — ela perguntou.

— Para o lugar onde eu morava.

Ela inclinou a cabeça para o lado.

— A escola?

— Não. Lá não. Esse lugar não existe mais. Foi fechado.

Eu tinha perdido Haverleigh em baques repentinos. O primeiro veio no Natal, quando eu tinha dezoito anos. Estava deitada embaixo da árvore na sala de estar, espremendo os olhos até as luzinhas se juntarem todas em um arco-íris. *O mágico de Oz* estava passando na TV. Quando terminou, sentei e vi o sr. Hayworth parado na porta. Ele balançou a mão para me chamar. As luzes coloridas ainda estavam dançando na frente dos meus olhos. Ele me levou para a sala de reuniões, onde eu sentei na mesa oval e ouvi os adultos explicarem o que ia acontecer comigo.

— Todos concordamos que é a decisão certa. Deixar você ir embora, é o que estou dizendo — falou o diretor. — Temos certeza absoluta disso. Mas não temos como garantir que os outros vão aceitar. Existe gente que acha que crianças que cometem crimes devem ser mantidas em custódia pelo mesmo tempo que os adultos, e essas pessoas não vão ficar satisfeitas de saber que você foi solta. Sem uma mudança de identidade, haveria muita gente disposta a descobrir onde você mora e...

— Nós estaríamos mandando você para a morte, querida — a governanta falou.

— Então eu preciso fingir que não sou eu? — perguntei.

— É uma nova identidade — falou o diretor. — Vamos fornecer todos os documentos de que você precisa para receber benefícios, se candidatar a empregos. Tudo. Vamos ajudar você a encontrar um lugar para morar, e designar uma agente de condicional para fazer um acompanhamento frequente. Então... sim. Na prática, você vai viver como se fosse uma nova pessoa. Um recomeço.

— Mas quando as pessoas disserem o nome novo, eu não vou saber que estão me chamando. Não vai dar certo. Vou pensar que estão chamando outra pessoa.

— Demora um pouco para se acostumar, mas acho que você vai se surpreender com a rapidez com que tudo vai começar a parecer normal — ele disse.

— Quando eu vou? — perguntei.

— Quarta-feira — disse o sr. Hayworth.

— E se eu quisesse passar o Natal aqui?

— Quarta-feira.

— E se eu quisesse continuar como Chrissie?

Ninguém respondeu. Eles começaram a remexer papéis e a levantar, e eu fiquei encolhida na cadeira, me sentindo como um segredo em forma de pessoa.

Quando Molly nasceu, o meu corpo estava com ela, amamentando e trocando e pondo e tirando do berço, mas a minha mente vagava pelos quartos de Haverleigh. A lembrança de Haverleigh aquecia o espaço que Molly tinha deixado na minha barriga depois de sair. Eu me agarrava àquele lugar como a chave para um alçapão de fuga, dizia a mim mesma que se tudo desse errado, muito errado, podíamos bater na porta de lá e pedir para os cuidadores nos acolherem. "Eu posso trabalhar", me imaginava dizendo. "Posso fazer qualquer coisa. Cozinhar. Limpar. A Molly pode estudar aqui, e vocês podem tomar conta dela, mas eu ainda ia poder ver a minha filha." Ia ser melhor para nós duas, eu achava: os cuidadores tomariam conta dela do jeito certinho, e eu ia poder ficar do lado da cama dela à noite. "Nós só precisamos de um quarto", eu me imaginava dizendo. "Estamos acostumadas a dividir tudo."

Quando Molly tinha poucos meses de vida, eu estava na sala da Jan na delegacia de polícia e ouvi ela falar:

— O centro de acolhimento está fechando. Aquele onde você ficou. Haverleigh.

Aquelas palavras me atingiram bem no estômago, expulsando o ar dos meus pulmões, que chiaram quando se encheram de novo.

— Eu sinto muito — ela falou. — Foi um bom lugar para você, não? Você se sentia segura lá.

— Nem tão bom assim — respondi.

Fica firme aqui, Chrissie. O que você está vendo?

Mesa. Tapete. Arquivo. Ficha da polícia.

— Eu acho que você não queria sair — Jan falou.

— *Eles* não queriam que eu fosse embora. Me fizeram um bolo com cobertura rosa escrito "Adeus, Chrissie", e quando cortei cantaram "A Chrissie é uma boa companheira" e todo mundo aplaudiu. E quando estávamos indo embora no carro ainda dava para ouvir todo mundo lá dentro. Ainda estavam aplaudindo e se despedindo, e tinha gente chorando.

— Uma despedida e tanto.

— Eu não estou mentindo — falei.

— Eu não disse que você estava. Só me parece que você se sentia bem lá. Deve ser difícil saber que o lugar está sendo fechado.

— Eu não ligo, é sério. Posso ir? Preciso comprar algumas coisas.

Quando ela me liberou, empurrei o carrinho da Molly até o elevador, atravessei o saguão e saí para a calçada. Ela estava começando a arquear as costas e a esfregar as mãozinhas fechadas no rosto. Eu tentava não pensar no bebê Steven se debatendo no carrinho lá no parquinho, mas a porta estava aberta para esses pedaços que geralmente eu deixava de fora. Steven pequenino andando pelas ruas. O rosto de Susan todo pálido na janela. O cheiro dos corredores de Haverleigh — massinha de modelar e esmalte e casacos de inverno molhados —, o alívio que era respirar aquele ar sempre que voltava de alguma saída.

No dia em que fui embora de Haverleigh, comemos linguiça e batata no jantar, depois a cozinheira trouxe um rocambole cortado em fatias grossas. Era do tipo que dava para comprar no mercadinho da esquina: massa ressecada de chocolate, grãos de açúcar por cima. Ela colocou no meio da mesa e disse:

— Certo, pessoal, esse é o bolo da Chrissie, então ela vai ser a primeira a pegar um pedaço. Entenderam?

Todo mundo resmungou e ficou olhando feio para mim enquanto eu colocava uma fatia no meu prato. Nem olhei se era a maior. Tinha gosto de couro.

Depois do jantar, levei a minha mala para a calçada, e o sr. Hayworth colocou no carro. Ele pôs uma das mãos grandes no meu ombro.

— Até mais, garota.

Os outros estavam fazendo uma guerra de bolas de neve no jardim. Não pararam para se despedir.

O ar do lado de fora da estação de trem era diferente do ar do litoral — mais denso, mais sujo — e tão estagnado que a atmosfera parecia ter feito uma pausa por um momento antes de um trovão. Era tudo cinza. Estávamos acostumadas ao cinza das ondas, das nuvens em cima delas e das pedras do lado delas, mas nosso cinza tinha vários tons e formas, mudavam a cada rajada de vento. O cinza do lado de fora da estação de trem era da cor das coisas mortas e das coisas nunca-vivas.

Era meio-dia. A essa altura, Sasha já devia ter percebido que eu não estava só atrasada. Já devia ter ligado para a lanchonete e descoberto que eu não estava no trabalho, ligado na escola e descoberto que Molly não estava sentada no tapete ouvindo a srta. King dizer que ela era a melhor da classe. A polícia certamente estava à procura de nós duas. Senti um formigamento começar na parte de trás do maxilar e se espalhar para os meus dentes, a gengiva, os lábios. De repente, minha língua ficou escorregadia e inchada, como uma lesma ou um pedaço de peixe cru. Eu me agachei e vomitei na frente de um parquímetro. Isso fez os meus olhos se encherem de água. Quando endireitei o corpo vi pontinhos de luz dançando nas arcadas, e me senti leve e frágil, como se tivesse me tornado uma velha no trem e a parte de dentro dos meus ossos estivesse frágil como favos de mel. Molly ficou parada com as costas apoiadas na parede, só olhando.

— Você está doente? — ela perguntou.
— Não — respondi.
— Ficou enjoada por causa do trem?
— Não.
— Eu também não. Estou com fome.

Tinha um café na rua principal, do tipo cheio de mesas de plástico grudentas e velhos solitários. Levei Molly lá para dentro e pedi um café da manhã inglês completo. A bandeja chegou fumegante, com gordura acumulada em volta das linguiças e em cima da gema mole dos ovos. Ela atacou a comida com determinação silenciosa. Assim que terminou de comer, paguei o garoto atrás do balcão e vesti o casaco nela. Eu sabia que devia aproveitar esse momento, quando ela estava contente e nós estávamos juntas, mas queria acabar logo com aquilo.

Nosso ônibus foi abrindo caminho pelas ruas, e o nome das paradas fez uma musiquinha se reacender na minha cabeça. Uma vez, nas férias de verão, Donna e Linda aprenderam a rota do ônibus e cantavam os nomes no ritmo de "Ring a Ring o' Roses": "Morley Park e Morley Shops, Conway Road e Hepton Street, Clovedale Way, Copley Close e Selton Green". Quando a igreja apareceu no meu campo de visão, a minha boca se encheu de uma saliva fina e metálica, e eu apertei a campainha na barra em que as pessoas se seguravam. Empurrei Molly para fora das portas dobráveis e cuspi no pedestal de uma estátua de anjo.

— Você não devia cuspir aí — ela disse. — Isso é um anjo. E tem uma igreja. É um lugar de Deus. Você não pode cuspir em lugares de Deus.

— Eu não acredito em Deus — falei.

— A srta. King acredita.

— Eu não sou a srta. King.

— Eu sei. — Molly suspirou e passou por mim, pegando o caminho que cortava pelo cemitério, e se sentou em um banco lá na frente.

Fui andando até lá devagar. Não sabia se o frio nas minhas tripas era do tipo congelante ou borbulhante, o tipo de frio que faz seus dedos caírem ou o tipo que você só percebe que era calor quando vê as bolhas estourando. Eu só sabia que era um frio que doía. Pontadas de dor subiam pelas minhas pernas enquanto eu ia até o banco, e senti que estava bem longe do chão, como se estivesse em pernas de pau, como se os meus pés na verdade não estivessem tocando o chão. Tinha umas margaridas crescendo na grama. Quando sentei, peguei duas, amarrei uma na outra e estendi para Molly. Ela virou a cabeça para o outro lado. Joguei as flores no chão e esmaguei com a ponta do pé.

— Sabe quem mora aqui? — perguntei. — Não na igreja. Mas neste lugar. Aqui perto.

O primeiro dia da primavera

— Quem?
— Minha mãe. Sua avó.
— Você nunca me disse isso antes.
— Quer conhecer ela?

Ela abaixou, pegou duas margaridas e tentou amarrar uma na outra. Quebrou o caule muito próximo da flor e, quando viu que não tinha jeito de arrumar, começou a desmanchar as flores. Vi ela arrancar as pétalas do miolo amarelo e deixar cair no colo.

— Ela mora onde você morava antes? — ela perguntou.
— Não. Não mais.

A mamãe teve que mudar de casa quando eu fui para Haverleigh. As pessoas começaram a pichar o muro e a jogar comida podre nas janelas quando eu fui presa, e durante o julgamento foi ainda pior. Uma noite enfiaram um coquetel molotov na caixa de correio. Ela me contou quando foi me visitar, com lágrimas nos olhos e aquela cara de olha-só-o-que-você-fez. Eu não sabia se a casa tinha sido vendida depois. Era difícil imaginar que alguém fosse querer. Os jornais chamavam o lugar de Covil do Satã, e por mais que os corretores de imóveis provavelmente não fizessem isso era difícil mudar o que as pessoas sabiam. A reputação grudava feito sujeira gordurosa.

Quando a mamãe foi me ver em Haverleigh pela última vez, me passou o primeiro de uma série de pedaços de papel.

— É o meu endereço — falou. — E o telefone. Só por precaução. Você precisa ter.

Dobrei o papelzinho no meio e guardei no bolso.

— Acho que não vou precisar — respondi.
— Não. Eu sabia que não. E nem queria passar. Mas o pessoal daqui disse eu precisava.

Foi esse o jogo que fizemos por dezoito anos: ver quanto conseguíamos nos afastar, mas ainda mantendo um mínimo de contato.

— Você está saindo, então — ela falou. — Indo viver no mundo real. Como o resto de nós.

— Humm.
— Ora, se anima um pouco. É o que você queria. A liberdade.
— Humm.

Na primeira noite da primeira vida nova, eu deitei na cama com as mãos entre as pernas, esperando ouvir barulhos que não estavam lá. Não tinha passos do lado de fora, nem chaves tilintando, nem portas sendo trancadas e destrancadas. Ninguém gritando. Ninguém chorando. Nenhum cuidador para cuidar da minha segurança. Eu estava acostumada com noites cheias de cliques e claques, gritos e soluços, então não conseguia entender por que o apartamento parecia barulhento demais e não me deixava dormir. Era ensurdecedor: o zumbido da geladeira na cozinha, o ronco dos carros na rua lá fora. Era como se eu tivesse morado em uma casa por dez anos e de repente alguém tivesse arrancado as paredes. O ar frio e o perigo apitavam ao meu redor. Arregalei os olhos e recitei o endereço e o telefone da mamãe na minha mente sem parar, como se fosse uma cantiga de ninar, como se fosse um elo entre quem eu era e o que tinha sido. As palavras pareciam ter perdido o sentido, e outras tomaram o lugar delas. *Por que tudo é tão grande? Por que tudo é tão barulhento? O que eu faço agora?* Tentei contar, respirar, listar as coisas ao meu redor. No fim fui ao banheiro e sentei na privada com a cabeça entre as mãos. Assim eu me sentia melhor. A porta do banheiro tinha trinco. Em Haverleigh todo mundo me conhecia e não havia nada a esconder. Tudo dentro de mim se contraiu quando pensei na jaula de grades altas em que eu andava sem me encolher, ficava de pé sem me curvar, porque liberdade não era a mesma coisa que se sentir livre.

Molly jogou o miolo das margaridas na grama e espalhou as pétalas com as mãos.
— Tem TV na casa da vovó? — perguntou.
— Espero que sim.
— Tudo bem, então. Vamos.

CHRISSIE

Steven estava morto fazia muito tempo, eu tinha perdido a conta dos dias, mas o número de policiais nas ruas estava ficando maior, não menor. Comecei a sentar no telhado do salão da igreja, onde dava para subir pela escada de incêndio nos fundos do prédio. Os policiais sempre estacionavam os carros na frente do salão da igreja e voltavam para conversar e beber chá, e quando eu estava sentada no telhado podia ver e ouvir tudo, mas eles não conseguiam me ver nem me ouvir. Era assim que eu me sentia o tempo todo, na verdade: como um fantasma.

Estava sentada no telhado uma tarde quando vi o meu pai virando a esquina e andando pela rua com uma bolsa cinza enorme no ombro. A mamãe tinha me dito para não chamar ele de papai e falar para todo mundo que perguntasse que o meu tio Jim, irmão dela, às vezes passava um tempo na nossa casa.

— Mas ele não é o meu tio — falei.

— Não. Mas se acharem que você não tem pai eu ganho dinheiro por cuidar de você sozinha.

— Mas você não cuida de mim.

— Vai se foder, Chrissie.

Quando vi o papai andando na rua, desci pela escada de incêndio, corri pela calçada e gritei: "Papai!" Ele virou e pareceu confuso, quase sem saber quem era, mas então lembrou que era eu, lembrou quanto me amava e sorriu. E teria dado um sorriso ainda mais largo se pudesse. Às vezes quando você abre um sorriso largo demais as bochechas doem, então ele sorriu de leve, para não doer. Se não fosse por causa da dor na bochecha ia ser um sorrisão de partir o rosto no meio, porque ele me amava até não poder mais. Ele estendeu os braços. Foi bem diferente de quando a mamãe estendia os braços para mim, o que às vezes ela fazia quando tinha gente olhando e ela precisava fazer as pessoas pensarem que gostava de mim. As mãos dela ficavam espetadas para a frente, como pontas de tesoura, e ela ficava tensa, como se estivesse chegando perto do fogo. Os braços do papai eram macios, e suas mãos fortes me seguraram debaixo dos braços, e ele me levantou tão fácil que parecia que eu era feita de penas. Afundei o rosto no pescoço dele, onde a pele estava fria e úmida. Fiquei com vontade de dar uma mordida nele.

Quando ele me colocou no chão, afastou os cabelos do meu rosto e segurou o meu queixo com a mão.

— O que você está fazendo aqui tão longe? — ele perguntou, porque a igreja ficava quase no fim das ruas.

Abracei a cintura dele para não precisar responder. Ele soltou minhas mãos e fomos andando lado a lado com os dedos entrelaçados.

— Você ficou vivo de novo? — perguntei.

Essa era uma das coisas especiais que o meu pai tinha: ele morria e vivia de novo. A primeira vez que aconteceu foi na aula da srta. Ingham. O papai morou na nossa casa por um tempo, fazendo coisas normais de pai, como ir me buscar na escola. Ele não esperava no parquinho no fim do dia como as mães e nem sempre estava lá, mas às vezes quando a srta. Ingham deixava a turma sair da classe ele estava passando do outro lado das grades, e eu via e gritava: "Papai! Papai!" Ele fingia que estava surpreso por me ver lá, mas eu sabia que era brincadeira. Na verdade ele tinha ido me buscar. E mesmo quando ele não ia me encontrar na escola eu sempre via ele de noite.

Quase toda noite. Ele entrava pela porta e despencava no sofá e eu me encostava nele. Ele cheirava a suor e alguma outra coisa, uma coisa meio doce e parecida com pão. Se tinha luz em casa ele via TV, mas se não tinha nós dois só ficávamos lá sentados. Eu nem ligava para a TV quando o papai estava em casa. Quando ele dormia eu levantava o braço dele e punha em cima de mim. Ele mesmo ia querer fazer isso se não estivesse tão cansado. Eu só estava ajudando.

Um dia voltei da escola e ele não estava lá. Sentei no parapeito da minha janela e fiquei olhando para a calçada, e toda vez que via um homem virando a rua o meu coração saltava, mas nenhum deles era o papai. Ficou escuro e os meus olhos ficaram pesados e ele não veio. As luzes da rua se acenderam e fizeram poças amareladas no chão e ele não veio. A minha cabeça caiu para a frente e eu acordei bem a tempo de não cair no chão. Ele não veio.

No fim, desci da janela e fui para a cama. Estava quase dormindo quando ouvi a porta bater, mas acordei rapidinho e fui até o corredor. Eu sabia que era o papai. Eram os passos pesados do papai lá embaixo. Eu ia descer e pular nos braços dele, mas aí ele e a mamãe começaram a gritar. Deitei de barriga para baixo e fiquei olhando entre os balaústres da escada, com o rosto colado nas tábuas sujas do piso. O papai puxou a mamãe pela frente da blusa e jogou ela na parede como se fosse um saco de batata, depois saiu de casa pisando duro. A mamãe ficou paradinha, olhando para onde ele não estava, e eu fiquei paradinha, olhando para onde ela estava. Ela não se mexeu durante todo o tempo que eu fiquei observando. No fim, desci a escada na ponta dos pés. Fiquei de pé na frente dela, vendo as lágrimas formarem uma poça no chão.

— Você morreu? — cochichei. Ela não respondeu, só fungou. — Quem está morto não consegue fungar, então você não deve estar morta. — E voltei lá para cima.

Deitei na cama pensando que logo ia ouvir ela se mexer de novo, mas a casa continuou em silêncio. Tentei dormir. Fechei os olhos e pensei nas coisas da hora de dormir, que deixava para imaginar na cama. Imaginei que eu ganhava o show de talentos da TV. Imaginei que a rainha visitava a sala do terceiro ano na escola e dizia para a srta. Ingham que eu era a melhor aluna da sala, então era melhor ela parar de me dar tanta bronca. Imaginei que a mamãe e o papai iam me buscar na escola juntos, que nem a mãe e o pai da Betty, que sempre iam juntos, andando de mãos dadas pela rua que nem faziam com ela. Imaginei que eu acertava todos os números da loteria e ficava tão rica que podia construir torres de dinheiro que iam do chão até o teto.

Depois de pensar em todas as coisas da hora de dormir e não conseguir dormir, tentei ouvir a mamãe de novo. Ela ainda não estava fazendo barulho nenhum. Voltei lá para baixo e fui pegar um cobertor no armário. Ela estava de olho fechado, e não se mexeu quando coloquei o cobertor nela, então podia estar morta, mas eu achava que não. Ela não era do tipo que morria.

De manhã fui olhar no sofá, mas o papai não estava lá. A mamãe estava na cozinha, mexendo nas coisas com a cabeça tão baixa que eu nem conseguia ver a cara dela inteira. Na mesa tinha uma garrafa de uma coisa amarela-amarronzada que parecia suco de maçã. Eu só tinha bebido suco de maçã uma vez, na festa de aniversário da Betty, e ainda lembrava do gosto — bem doce, como bala derretida —, então fui tomar. A mamãe veio para cima de mim tão depressa que eu mal consegui ver. Ela tirou o copo da minha mão.

— Não mexe nisso — falou. Eu olhei melhor para a cara dela. Metade estava roxa e inchada, como a pele de uma ameixa estragada. Estendi o braço para pôr o dedo, mas ela deu um tapa na minha mão. — Vai para a escola.

— Cadê o papai? — perguntei.

— Não está aqui.

— Quando ele volta?

— Não volta — ela falou.

— Até quando?

— Até nunca mais.

Senti um calor que começou no pescoço e subiu até as orelhas. Encostei no meu rosto, mas não estava quente; parecia argila fria. Tão gelado que ardia. Tão gelado que eu precisei sentar no chão.

— Ele morreu? — perguntei.

A mamãe fez um barulho com a garganta que parecia uma risadinha e bebeu todo o suco de maçã em um gole só.

— É. Morreu.

Fiquei o dia todo com aquelas palavras nos ouvidos. *O papai morreu, o papai morreu, o papai morreu.* Eu não chorei, porque nunca chorava, mas lá na escola fui ainda pior que o normal.

— O que *deu* em você hoje, Chrissie Banks? — a sra. Ingham perguntou.

— Ninguém me *dá* nada. Só me *tiram* — respondi.

— Não diga bobagens.

— Não é bobagem.

— Não responda para mim, Chrissie — ela falou.

— Então não pergunta para mim, srta. Ingham — falei.

Ela foi até a mesa e pegou um remédio para dor de cabeça.

Depois da escola fui brincar com Stacey e Shannon. Shannon disse que não queria brincar de show de talentos, então dei um chute na barriga dela. Stacey falou que ia contar para a mãe delas, então levou um chute também. Bem forte. Ela caiu. Deixei as duas chorando. Não estava nem aí se me dedurassem. As pessoas precisavam sentir dor quando irritavam os outros, para aprender a lição. Não ia ter mais ninguém para ensinar a lição para a mamãe com o papai morto. Isso era um problema muito sério.

O papai ficou morto por várias semanas, mas aí eu voltei da escola um dia e ele estava na cozinha bebendo uma lata de cerveja. Ele acenou para mim quando entrei pela porta.

— Tudo bem, Chris?

— Papai? — falei.

— Como é que você está?
— Você voltou.
— Pois é.
— Você voltou dos mortos.
Ele riu e deu um golão na cerveja.
— Pois é — falou. — Isso mesmo.
— Como? — perguntei.
Ele enfiou a mão no bolso e pegou uma bolinha de gude do tamanho de uma bala quebra-queixo.
— Aqui... comprei para você — falou.
E colocou a bolinha na minha mão. Tinha um facho de luz entrando pela janela da cozinha, e quando a luz pegou na bolinha eu vi todas as cores do mundo lá dentro. Tons de rosa e azul e amarelo e verde e um branco bem brilhante, todos bem perto da superfície. Fui fechando os dedos em torno da bolinha um a um, e apertei com tanta força que senti os meus ossos envergarem. Era a melhor coisa que alguém já tinha me dado.

O papai morreu várias vezes depois dessa, mas eu não ligava, porque tinha a minha bolinha de gude para lembrar que não ia ser para sempre. Eu apertava ela com bastante força, ou ficava rolando na palma das mãos, ou punha na boca para esticar a pele das bochechas. Nunca deixei ninguém brincar com ela nem pôr a mão, nunca mesmo. O papai sempre voltava vivo no final, e assim que ficava vivo de novo vinha me procurar antes de qualquer outra coisa. Ele me amava esse tanto. Às vezes quando me encontrava ele me olhava de cima a baixo e coçava o queixo. Fazia o mesmo barulho das unhas da mamãe quando ela passava os dedos na lixa de unha — *tchec-tchec-crish-cresh*. Ele olhou ao redor dentro da casa — os armários vazios na cozinha e as cortinas rasgadas na sala — e coçou e coçou e coçou o queixo.

— Eu só preciso dar um jeito na minha vida, sabe, Chris? — falou.
— Dando um jeito na minha vida, eu vou tirar você daqui. Vamos para um lugar novo. Só nós dois. Assim que eu resolver a minha situação.

— Para onde nós vamos? — perguntei.
— Para onde você quiser.
— Para o litoral?
— Se você quiser.
— Como vai ser a nossa casa?

Eu sempre tentava fazer ele falar mais sobre como ia ser quando ele me levasse embora daquelas ruas, mas ele nunca queria. Só falava: "Ah, sim, sim, quando eu der um jeito na minha vida, assim que eu resolver a minha situação, Chris". Aí ele ia para o pub. Geralmente quando ele estava no pub a mamãe descia do quarto penteada e maquiada.

— O seu pai estava aqui? — ela perguntava. — Eu ouvi a voz do seu pai.

— Estava. Ele foi lá no pub agora.

Quando eu dizia isso, a cara da mamãe se desmanchava. A maquiagem ainda estava lá, grudada como uma máscara bonita, mas não tinha nada por baixo. A boca dela se contorcia numa linha reta e os olhos perdiam o brilho, ficavam parecendo plástico imitando vidro. Depois ela voltava lá para cima.

Enfim, era assim que eu sabia que morrer não era para sempre. Não todas as vezes. As pessoas que falavam sobre morrer como se fosse para sempre ou eram mentirosas ou burras, porque eu conhecia gente que com certeza, mas certeza *mesmo*, tinha voltado dos mortos. Um era o papai e o outro era Jesus.

Não tinha muitas crianças brincando lá fora enquanto o papai e eu andávamos pelas ruas. Eu queria que tivesse mais gente, para todo mundo ver a gente juntos. Ele parou para me comprar um saquinho de papel cheio de balas sortidas na loja de doces, então pelo menos a sra. Bunty viu a gente juntos. Agarrei o braço dele enquanto ele pagava e olhei bem na cara dela, que contorceu a boca e ficou toda enrugada e feia. Ela pôs o troco na mão do papai sem encostar nele e falou "Quarenta centavos, senhor", em uma voz de quem não queria chamar ele de senhor coisa nenhuma, de quem achava que ele era um qualquer.

Dentro do Bull's Head, o cheiro era de fumaça e cerveja e tudo era grudento, e tinha homens grandões sentados pelos cantos conversando em voz alta e rouca. O papai me colocou em um banquinho e me comprou uma lata de refrigerante.

— Então, o que você anda fazendo? — ele perguntou depois de beber metade da cerveja e arrotar por cima do ombro.

— Um monte de coisas. Muita lição — respondi. — A sra. Bunty não dá a quantidade certa de doces pelas garrafas e a Donna me mordeu. E mataram um menininho.

— Quê?

— A mamãe me mandou chamar você de tio Jim — falei, porque estava tirando um dia de folga de ser aquela que matou Steven e não estava com a menor vontade de voltar a ser naquele dia. O papai deu uma risadinha e bebeu o restante da cerveja de um gole só. Fiquei me perguntando quanto mais ele ia beber e torci para não ser o tanto que fazia ele gritar. Eu tinha uns pedaços de lembranças ruins da última vez que ele estava vivo, e todos os pedaços cheiravam a cerveja e tinham barulho de berros. Eu estava pensando em outras coisas interessantes que podia contar quando um amigo dele apareceu e bateu no ombro dele, e o papai deu as costas para mim para conversar com esse amigo. Eles conversaram por um tempão e o papai bebeu várias outras cervejas. Fiz uma fileira de balas sortidas na mesa alta e estreita na frente do meu banquinho.

Depois de um tempão o papai saiu cambaleando de perto dos amigos, passou pelas mesas e saiu pela porta. Pulei do banquinho para ir atrás dele. Foi quase como se ele tivesse esquecido que eu estava lá, só que não era isso. Ele só tinha voltado vivo de novo por minha causa. Quando alcancei o papai, ele se agarrou no meu braço, e enquanto nós dois andávamos ele ficava tropeçando e me puxando com tanta força que pensei que ia destroncar o meu ombro. Nem liguei.

Se ele arrancasse o meu braço do corpo e pegasse para ele, eu nem ia me importar. Ia falar: "Pode ficar com o resto de mim também. O outro braço, as duas pernas, a barriga, a cara, o coração. É tudo seu, se você quiser".

A mamãe não estava em casa quando chegamos. Logo depois bateram na porta e o papai me mandou ir para o quarto. Eu subi e deitei de barriga para baixo no corredor do andar de cima. Ouvi o homem na porta dizer "Steven" e o meu estômago deu um nó. Fui me arrastando bem devagar e fazendo o menor barulho que eu conseguia, até chegar no lugar especial onde eu podia ver quem estava na porta, mas a pessoa não conseguia me ver, que nem no lugar especial no telhado do salão da igreja. Era mais fácil entender o que as pessoas diziam quando dava para ver a boca delas. O homem na porta era um policial.

— Eu queria falar com, hã... Christine? Christine Banks. Ela é sua filha, sr. Banks?

— Não.

— Ah, não?

— Sou o tio dela.

— Ah, entendi. Desculpe, eu...

— O que você quer com a Chrissie? Ela tem oito anos.

— Estamos conversando com todas as crianças da região. Como parte da investigação sobre a morte de Steven Mitchell.

— É perda de tempo falar com crianças.

— Christine está em casa, sr. Banks? Eu só tenho algumas perguntinhas para ela. Não vai demorar nada.

— Não.

— É muito importante para...

— Ela não está.

— Ah, não? E onde ela está?

— A mãe dela levou ela embora.

— Levou embora? É uma mudança definitiva?

— Não sei. Pode ser por uma semana, pode ser por um ano. Com a mãe da Chrissie, nunca se sabe.

— Ah.

O policial pegou o caderninho no bolso e fez alguma anotação. Achei que provavelmente foi: "Chrissie não está aqui".

— Você sabe se Christine estava aqui em 20 de março, sr. Banks? Por volta dessa época?

— Não sei. Eu estava fora de circulação.

— Ah.

— Acho que não. A Chrissie e a mãe dela não passam muito tempo aqui. Foi nas férias da escola?

— Não, mas era fim de semana. Um sábado.

— Não deviam estar aqui, então. Deviam estar na irmã dela.

— Sua outra irmã?

— A irmã da mãe dela. Ela é filha do meu irmão.

— Entendo. Você pode me dizer o nome da sua cunhada?

Um carro barulhento passou na rua bem nessa hora, então não ouvi o que o papai falou. Achei que podia ter sido "Alison" ou "Abigail" ou "Annabel" ou "Angela". Um desses nomes.

— E onde ela mora? — o policial perguntou.

— Não sei. Nunca perguntei.

— É por aqui?

— Acho que não. Acho que no litoral. Numa praia em algum lugar.

— E você acha que Christine estava com a tia em 20 de março?

— Eu não acho nada. Mas poderia estar.

— Certo. Entendi. Bom, obrigado pela cooperação. Eu volto outro dia. Para tentar pegá-la em casa.

O policial atravessou o caminho do jardim e saiu pelo portão. O papai mostrou o dedo do meio assim que ele virou as costas. Quando eu desci, ele estava lá fora, encostado na mureta do jardim. A fumaça pairava ao redor dele como uma nuvem.

— Por que você falou para o policial que eu não estava? — perguntei, sentando na mureta do lado dele.

— Eles são uns porcos, isso sim, Chris. Todos eles. Uns porcos do caralho. E a gente tem a obrigação de não deixar os filhos da puta conseguirem o que querem.

— Você quis dizer que estava no céu? — perguntei.

— Hã?

— Quando ele perguntou se eu estava aqui quando o Steven morreu. Você disse que estava fora de circulação. Você quis dizer que estava no céu?

Ele limpou a garganta e cuspiu no chão. O cuspe dele tinha um monte de bolhazinhas brancas.

— É. Foi isso que eu quis dizer. Você sabia que o menininho lá tinha morrido, então?

— Sim. Ele morava na Marner Street.

— Você brincava com ele?

— Às vezes.

Eu me senti transparente nessa hora, como se alguém fosse capaz de olhar através da minha roupa e da minha pele e ver o meu coração pulsando e os meus pulmões arfando. O policial acabou com o meu dia de folga, e a lembrança foi como uma navalha fina sendo passada no meu pescoço. Com certeza o papai estava vendo que eu tinha matado Steven, e fiquei me perguntando se foi por isso que ele contou aquelas mentiras para o policial.

Uma parte de mim torcia para ele saber, para ele ter contado aquelas mentiras para não deixar o policial me achar. Você só se esforça para proteger o que é importante na sua vida.

— Que mundo mais doente, né? — o papai falou, soltando uma fumaça cinza e rala.

— Pois é. Que mundo mais doente.

CHRISSIE

No feriado da Páscoa o tempo perdeu o tamanho e o formato. O papai ficou em casa algumas semanas. Ia para o Bull's Head quase todo dia e voltava quase toda noite para gritar com a mamãe e dormir. Aquela gritaria não me deixava dormir. Eu ouvia através das paredes e do piso — não as palavras, só um borbulhar de ódio entre adultos. Em geral terminava com uma pancada, na mamãe ou na porta. Uma vez, depois da pancada, ouvi rangidos na escada e ela veio deitar atrás de mim na minha cama. Eu fingi que estava dormindo, mas ela começou a chorar, então tive que virar e limpar as lágrimas. Depois lambi os dedos. De manhã ela não estava mais lá e o meu travesseiro estava seco. A minha boca ainda estava com um gosto meio salgado.

O feriado acabou e eu voltei para a escola, o que significava que ia ter almoço, mas também lição, então tinha a parte boa e a parte ruim. Não aconteceu nada muito interessante na escola, e eu nem ia sentir que o tempo estava passando se a sala não ficasse mais quente e o leite mais empelotado. A polícia não voltou mais. Eu ainda via os policiais nas ruas às vezes, e Linda falou que um dia bateram na casa dela para falar com ela. Linda falou que eles fizeram as mesmas perguntas lá da escola, querendo saber se ela brincava com Steven e se estava brincando com ele no dia que ele morreu. Queria que o papai não tivesse falado que eu não morava mais lá.

Eu queria muito conversar com eles de novo. Decidi que, se viessem conversar comigo, eu ia falar que vi Steven indo para o beco com Donna no dia que ele morreu. Ia ser uma boa vingança por ela ter mordido o meu braço.

O aniversário da Linda caiu em um domingo, o que foi muito azar, porque significava que ela ia ter que ir na igreja de manhã. Passei na casa dela depois da igreja e dei um gibi *Beano* para ela de presente. Na verdade era a revistinha que eu tinha pegado no quarto dela quando passei lá na quinta-feira e escondido entre a minha camiseta e o meu agasalho. Já tinha terminado de ler, então não precisava mais dela. Ela franziu a testa quando abriu.

— Eu já não tenho essa? — perguntou.

— Não — falei. — Não seja burra.

— Ah. Desculpa. Obrigada.

Depois do jantar nós ficamos na sala com os brinquedos novos dela, e eu perguntei se a mãe e o pai dela brigavam à noite, quando ela já estava na cama.

— Sei lá.

Linda estava tentando tirar a boneca nova da caixa plástica, mas estava presa com arames.

— Mas eles brigam? — perguntei.

— Brigam. Às vezes, eu acho.

Ela estava tentando arrancar o arame com os dentes. Eu ouvi os dentes dela raspando.

— Eles brigam por que tipo de coisa? — perguntei.

— Por causa de mim e do Pete.

— Como assim?

— A mamãe fica irritada porque o papai fica tempo demais na oficina e não vai me buscar na escola. E eles brigam por causa do jeito que eu leio. Porque o papai diz para a mamãe não se preocupar e a mamãe se preocupa. E às vezes eles brigam por causa do pé troncho do Pete. Esse tipo de coisa.

— Ah.
— E os seus? — ela perguntou.
— Às vezes.
— Por quê?
— Por minha causa. Por coisas como qual deles vai me buscar na escola. Os dois querem muito ir. Então eles brigam.
— Mas ninguém nunca busca você na escola — ela falou.
— Às vezes você é tão burra que me faz querer morrer.
— Ah. Desculpa.

A mãe da Linda trouxe o bolo de aniversário em um prato de porcelana, e o pai dela apareceu com Pete no colo, e nós cantamos "Parabéns pra você". Fiquei olhando para as velas até aparecerem umas luzinhas amarelas nos meus olhos quando eu piscava. Eu e Linda levamos nossos pedaços de bolo para o jardim e sentamos nos tijolos perto da oficina do pai dela.

— Qual foi seu pedido? — perguntei.
— Não posso contar.
— Ainda acontece se você só contar para uma pessoa — falei.
— Tem certeza?

Eu não tinha, mas queria saber, então fiz que sim com a cabeça.

— Eu pedi outro irmãozinho ou irmãzinha — ela falou, lambendo um pouco da cobertura do dedo.
— Por que você pediu isso? Eles choram o tempo todo. E cheiram mal.
— O Pete não cheira mal. Eu gosto de bebês. O Pete já está grande. Eu quero um bebezinho novo.

Fiquei contente que Linda me contou o pedido de aniversário, porque assim não ia acontecer, e era um pedido bem besta, um desperdício. Eu não sabia por que alguém ia querer um irmãozinho ou uma irmãzinha, muito menos dois. Assim que você ganha um irmãozinho ou uma irmãzinha, o seu pai e a sua mãe só dão metade da atenção para você, porque a outra metade tem que ir para o bebê.

Se a mamãe tivesse outro filho, o pouco que ela cuidava de mim ia virar tão pouco que eu ia precisar de uma lupa para ver. Por sorte ela detestava crianças, então ia ser bem difícil querer ter outra.

— Se você só pudesse ter o Pete ou eu, ia querer ficar com quem? — perguntei para Linda.

Ela franziu a testa.

— O Pete é meu irmão.

— Você só pode escolher um de nós.

— O Pete, então.

Achei que ela não tinha entendido a pergunta direito. Isso era outra coisa que infelizmente acontecia bastante com Linda: ela não entendia umas perguntas bem simples.

— O que eu estou dizendo é se você só pudesse ter um de nós. Eu ou o Pete. Você podia escolher eu, que ainda ia ser sua melhor amiga e a melhor em quase tudo, ou o Pete, que é só um bebezão idiota que não sabe plantar bananeira nem andar nas muretas nem fazer as pessoas pararem de maltratar você na escola.

— Já falei. O Pete.

— Mas eu sou sua melhor amiga.

— Ele é meu irmão.

Um calafrio desceu pelo meu corpo, como a água do inverno passando por um cano. Tive vontade de ir para casa, mas sabia que se fosse embora não ia ganhar outro pedaço de bolo de aniversário. Era um risco que não valia a pena. Domingo não tinha escola, e isso significava que também não ia ter almoço.

— Acho que você devia tentar amar o Pete um pouco menos — falei.

— Por quê?

— Assim fica mais fácil para você quando ele não estiver mais por aqui.

— Por que ele não vai estar mais por aqui? — ela perguntou.

— Ele pode se perder ou morrer.

— Isso não vai acontecer. Nós cuidamos muito bem dele.

— Pois é. Exatamente. Cuidam mesmo. Por isso vai ser ainda mais triste para vocês quando ele morrer.

— O que você vai pedir no seu aniversário? — ela perguntou, coçando uma picada de mosquito na perna.

— Ainda falta muito para o meu. — Passei o dedo no prato para pegar o resto dos farelos de bolo. Se o meu aniversário fosse naquele momento, o meu pedido ia ser para Linda me dar a sobra do bolo dela.

— Mas o que você vai pedir quando for? — ela insistiu.

— Sei lá — falei, enfiando o dedão do pé para fora do sapato, no lugar onde a sola estava se soltando. — Provavelmente aprender a voar ou ter um caminhão de sorvete. Alguma coisa assim.

— Ah. Esses são bons pedidos.

Não era verdade. O meu pedido ia ser para a mamãe e o papai brigarem por minha causa à noite quando eu estivesse na cama.

Algumas semanas depois do aniversário da Linda, teve as férias de meio de ano, e ela viajou para o litoral para visitar a avó. No dia que ela voltou eu fiquei sentada na frente da casa dela desde cedinho, e quando vi o carro chegando pela rua levantei e acenei. Ela abriu a porta do carro, gritou meu nome e correu pelo caminho do jardim para ir ficar comigo. Estava com um cheiro diferente do normal, menos de roupa limpa e mais de casa de gente velha, porque a avó dela era velha e ela ficou na casa dela. Eu não liguei para o cheiro diferente. Achei estranho quando ela ficou fora, era como se uma parte de mim estivesse faltando. Não uma parte muito grande. Só um dedo ou um polegar. Mas senti falta mesmo assim.

— Chrissie — disse a mãe da Linda quando chegou no caminho. — Seria bom nós termos tempo para desfazer as malas e arrumar a casa antes de receber visitas.

Ela destrancou a porta e carregou Pete lá para dentro.

— Pena que eu já estou aqui, então — falei, entrando atrás dela.

O primeiro dia da primavera

Depois que Linda e eu comemos biscoitos e tomamos um pouco de suco, fomos lá para cima e deitamos no chão do quarto dela com a coleção de vidro marinho dela espalhada ao nosso redor. Sempre que Linda ia para a casa da avó voltava com um monte de vidro marinho, que separávamos por cor em potes debaixo da cama dela. Eu sempre pegava uns para mim enquanto estávamos separando, quantos desse para pôr nos bolsos sem fazer barulho quando andava. Eu não tinha muito onde pôr vidro marinho naquele dia, porque estava um calor grudento e eu estava com um vestido de verão que fazia um círculo ao redor de mim quando eu girava, mas não tinha bolsos. Eu preferia usar roupas com bolsos para poder levar a bolinha de gude do papai comigo e gostava de ter a bolinha de gude do papai comigo o tempo todo, mas às vezes estava calor demais para bolsos. Enfiei um pouco de vidro marinho na calcinha quando Linda foi no banheiro. Bem geladinho quando encostava na minha pele secreta.

Tínhamos acabado de encher o pote verde quando a mãe da Linda entrou. A cara dela estava vermelha e suada, e a parte da frente do vestido estava coberta de farinha. Achei que ela estava fazendo bolinhos. Ela estava sempre fazendo bolinhos.

— Ah, Chrissie — ela falou quando me viu no chão. — Você ainda está aqui.

— Sim, estou.

Linda sentou e fez uma cara de quem tinha feito alguma coisa errada, mas eu continuei deitada de barriga para baixo. O meu vestido tinha subido até o meio das costas, mas não puxei de volta. A mãe da Linda olhou para as minhas pernas de fora e a minha calcinha encardida com o elástico frouxo e a cara dela ficou mais fechada e vermelha e irritada. Eu podia ficar ali no chão e deixar ela ferver até explodir, mas achei que ela podia acabar vendo o vidro marinho escondido no fundo da minha calcinha, então sentei. Com as pernas bem abertas. Ela olhou para o outro lado.

— Linda, você pode levar o Pete lá fora um pouco? — ela pediu. — Estou ficando com dor de cabeça.

— Tá bom — Linda falou e começou a pôr os sapatos.

Abri um sorriso meloso para a mãe da Linda.

— Eu também vou ajudar com o Pete — falei.

Ela apertou a testa com os dedos, como se por minha culpa a dor de cabeça dela estivesse muito pior, e desceu a escada.

— Ela me odeia — falei para Linda.

— É — ela concordou. — Eu sei.

— Por quê? — perguntei, mas sabia que era por causa da história do cabelo branco.

— Ela não gosta da sua mãe — Linda falou.

Parecia que tinham jogado água quente no meu rosto. Eu só estava com um sapato, e usei esse pé para chutar a perna dela, deixando uma marca vermelha no formato do meu calcanhar. Ela gritou e os olhos dela se encheram de lágrimas. Fiquei contente.

— Ela nem conhece a mamãe — falei. — E não tem nada que ficar falando dela. Nem ela nem ninguém.

— Tudo bem, tudo bem — Linda falou. Ela voltou a amarrar os cadarços, com a respiração pesada saindo pela lateral da boca. — Esse não é o único motivo por que a mamãe não gosta de você. Tem outra coisa também.

— O quê? — perguntei, me preparando para dar outro chute nela.

— Você me passou piolho.

Em vez de um chute, dei um sorriso.

— É. Passei mesmo.

Eu gostava de lembrar dos piolhos. Eles viviam na minha cabeça quando eu tinha sete anos, me mordendo e sugando o meu sangue e me deixando com tanta coceira que me dava vontade de arrancar a pele da cabeça, coçava mais até que o meu eczema. Eu coçava até as minhas unhas arrancarem umas cascas bem grandes e melequentas, e eles ainda estavam lá, os pontinhos pretos que eu precisava tirar do meu travesseiro toda manhã. Um dia quando estávamos brincando Linda me irritou, então segurei o cabelo dela com as duas mãos, puxei a cabeça dela para perto da minha e esfreguei no meu cabelo. Ela chutou as minhas pernas e tentou virar o rosto para morder os meus pulsos, mas eu segurei com bastante força. No dia seguinte ela estava se coçando. No fim da semana faltou na escola e ficou sentada na banheira fria enquanto a mãe dela passava o pente no cabelo dela e quase vomitava quando os piolhos mortos caíam na água. Isso nunca aconteceu comigo. A mamãe cortou meu cabelo em vez disso.

Linda estava encurvada em cima do sapato, respirando como se tivesse subido correndo a ladeira que dava no beco. Os laços que ela estava fazendo nos cadarços eram tão grandes e frouxos que, quando terminava um, o outro já tinha se soltado.

Fui avançando de joelhos.

— Deixa que eu faço — falei.

Amarrei com os meus nós especiais, que nunca soltavam, por mais que a pessoa corresse por aí. Geralmente eu acabava amarrando os cadarços da Linda, do mesmo jeito que acabava dizendo as falas dela nas apresentações e fazendo a lição dela quando ela empacava. Terminei os nós e dei um tapinha no pé dela.

— Pronto. Esses nunca vão soltar.

— Você é muito esperta, Chrissie — ela falou.

— Eu sei.

Assim que saímos fomos engolidas por uma onda pesada de calor, que fez o meu vestido grudar nas costas de tanto suor. Era o tipo do dia que, se estivéssemos na escola, o leite estaria azedo e parecendo queijo na hora do recreio. Tinha um monte de mães sentadas na frente das casas com as saias levantadas até as coxas, e algumas estavam com bebês, peladinhos a não ser pelas fraldas e os babadores. Pete estava usando um chapéu que antes era da Linda. Parecia um cogumelo gordo. Achei ridículo, mas sabia que alguns adultos achavam bonitinho, então levei ele na loja de doces, porque a sra. Bunty podia ser um desses adultos. No fim ela não era. Quando levantei Pete, ela falou:

— Nada disso. Eu conheço os seus truques, Chrissie. Isso não vai funcionar.

— Eu não tenho truque nenhum — falei. (Não era verdade. Eu era a campeã dos truques.) — Estamos tomando conta do Pete. A mãe dele está com dor de cabeça. Ele quer umas balas sortidas de alcaçuz.

— Até parece. Cai fora.

Pete começou a choramingar quando Linda levou ele para fora da loja, e eu olhei feio para a sra. Bunty.

— Olha aí o que você fez. Todo mundo está triste agora, e é tudo culpa sua.

Ela não pareceu nem perto de se sentir culpada como devia.

— Fora, Chrissie. E nem tente afanar nada hoje. Estou de olho em você, assim como o homem lá de cima.

Tapei os ouvidos com as mãos.

— Eu *só queria* que as pessoas parassem de ficar falando *sem parar* dessa chatice de *Deus* — gritei e saí correndo da loja.

O dia pareceu mais comprido sem nada para fazer nem doces para comer. Fomos até o parquinho porque não conseguimos pensar em nada melhor. Donna e Betty estavam lá, fazendo brincadeiras de palmas debaixo de uma árvore.

— Cadê aquela menininha que estava com você daquela vez? — perguntei para Donna.

— A Ruthie?

— É.

— A mãe dela não gosta que ela brinque muito na rua. Acha que não é seguro.

Eu queria que Ruthie estivesse lá. Lembrei que tinha dado um tapa no braço dela. Gostei disso. Linda entrou na brincadeira de palmas, mas eu não, porque isso era coisa de criancinha. Em vez disso, subi numa árvore, trepei nos galhos e olhei lá para o beco. Dava para ver um pedaço da casa azul, e olhar para lá fez as bolhas começarem a estourar na minha barriga. Eu me pendurei em um galho bem alto com as mãos.

— Olhem! Olhem só para mim! — gritei.

Donna mal parou de cantar e bater palmas.

— Qualquer um consegue fazer isso — ela falou. — Não tem nada de especial.

— Bom, mas eu *sei* uma coisa especial, menina abajur.

Os meus braços estavam começando a desencaixar dos ombros, mas eu não me soltei.

— O quê? — Betty perguntou.

— Eu sei quem matou o Steven — falei.

Eu nem precisei lembrar; já estava tudo lá, bem na frente do meu cérebro. Falar isso fazia parecer que tinha uns fogos de artifício deliciosos dentro de mim, que nunca paravam de estourar.

— Ah, cala a boca, Chrissie — Donna falou. — Para de querer se exibir. O Steven morreu faz um tempão. Ninguém nem liga mais.

Os meus dedos escorregaram e eu caí. Donna deu risada. A raiva inflou dentro de mim, com a força de um laço. Dei um chute nas costas dela, e Betty gritou e deu um tapa no meu tornozelo. Dei um chute nela também. As duas choraram, e eu chamei elas de bebês choronas, e Linda ficou dando atenção para as duas, então chamei ela de lelé da cabeça. Aquela choradeira era um tédio. Quando continuou sem parar por umas sete horas, falei para Linda vir fazer uma competição de se pendurar de cabeça para baixo na trave dos balanços comigo.

— Não — ela falou. — Preciso cuidar do Pete.

— Betty? — perguntei.

— Não. Estou com dor nas costas.

— Menina abajur?

— Não — Donna falou. — Eu não gosto de você. E esse não é o meu nome.

— POR QUE NINGUÉM GOSTA DE MIM? — rugi.

Ninguém sabia o que falar, porque na verdade elas gostavam de mim, então fui sentar embaixo de uma árvore, bem irritada, e fiquei arrancando tufos de grama do chão.

— As pessoas ainda ligam para quem matou o Steven — falei quando todo mundo parou de choramingar.

— Quem foi, então? — Betty perguntou.

Donna cutucou ela com o cotovelo, como quem diz que aquela não era a coisa certa para falar de jeito nenhum.

— Não vou contar — respondi.

Eu não ia desperdiçar isso com elas.

— Viu? — Donna falou. — Você não sabe.

— Sei, sim. Mas não vou contar. Vem, Linda. Vamos para outro lugar.

Ela estava deitada de costas com as pernas para cima, ajudando Pete a se equilibrar na sola dos pés dela. Ele gritava e se agarrava nas mãos dela.

— Eu quero ficar aqui — ela falou.

— Bom, mas eu não — falei.

— Pode ir, se quiser. Eu vou ficar. O Pete está se divertindo. Vou ficar com ele.

O tique-taque ficou mais alto. Cada tique-taque parecia uma porta batendo com toda a força. Olhei para as perninhas e os bracinhos gorduchos do Pete, para a cabeça apontada para o peito da Linda.

— Você está parecendo uma idiota, Linda — falei. — Todo mundo está vendo a sua calcinha.

Ela colocou Pete no chão e ajeitou o vestido.

— Vamos brincar de esconde-esconde — falei.

Pete começou a bater palmas.

— Conde-conde! Conde-conde!

Tique-taque. Cada vez mais alto. Borbulhando. Latejando.

— Vamos lá — falei. — Linda, pode ir bater cara.

O primeiro dia da primavera

Ela ficou surpresa, porque geralmente quando brincávamos de esconde-esconde quem começava a contar primeiro era eu, e às vezes era a segunda e a terceira e a quarta também, ou a única a bater cara, se fosse isso que eu quisesse.

— Tá bom — ela falou. — Pete, vem, você está no meu time.

— Não. — Segurei ele pelo pulso. — Ele é do meu time.

Ele resmungou e estendeu a mão para Linda, mas eu agachei do lado dele.

— Se vier comigo, vai ganhar jujubas — falei no ouvido dele.

Ele parou de chorar e bateu palmas.

Eu não tinha jujuba nenhuma. Ele não sabia disso.

— Tem certeza que quer ir com a Chrissie? — Linda perguntou.

Ele fez que sim com a cabeça.

— Conde-conde! — cantarolou.

— Não vai fazer ele se esconder em nenhum lugar perigoso — ela falou.

— Eu sei.

— Tudo bem — ela falou. — Eu conto até trinta ou quarenta?

— Até cem — respondi.

— Quê? Ninguém nunca conta até cem. Demora muito.

— Demora nada. Nós vamos arrumar esconderijos melhores se você contar até cem. Vai logo. Começa.

Ela olhou para Donna e para Betty, mas Betty estava ocupada demais tentando arrumar uma das correntinhas dela e Donna estava ocupada demais sendo um abajur e uma batata ao mesmo tempo. Linda virou para a árvore.

— Um... dois... três...

Donna e Betty correram juntas para as moitas no fundo do parquinho. Eu puxei Pete para o outro lado. Para o portão. Para fora do parquinho. Para a rua e a esquina. O tique-taque nos meus ouvidos estava tão alto que eu tinha certeza que o resto do mundo também conseguia ouvir. Pete já estava tendo que correr para me acompanhar, mas eu precisava que ele fosse mais rápido. Quando viramos a esquina não dava mais para ver o parquinho, e eu não ouvi mais Linda contando com a cara encostada na árvore. Tentei continuar contando na minha cabeça, um número a cada tique ou taque. Achei que ela devia estar no trinta. Ainda faltavam mais setenta tique-taques antes que ela saísse para procurar.

No fim da Copley Street, o pé troncho do Pete começou a arrastar no chão. Já dava para ver o beco, mas não estávamos perto o suficiente. Se Linda começasse a procurar naquela hora, ia encontrar a gente antes de chegarmos lá. Pete soltou o pulso da minha mão e parou no meio da calçada.

— Vamos — falei. — Anda.

— Juba? — ele pediu, estendendo a mão.

— Você vai ganhar uma quando chegarmos lá. — Apontei para a casa azul. — Bem ali, está vendo? É onde a gente precisa ir. É o esconderijo.

Peguei ele no colo e dei alguns passos com ele apoiado no quadril, mas Pete era pesado e ficava escorregando.

— Vamos. *Anda* — falei de novo quando ele foi para o chão pela terceira vez. Ele sacudiu a cabeça, enrugou o queixo e pôs as mãos fechadas em cima dos olhos.

— Linda — falou.

— Ela está vindo. Ela vai encontrar a gente lá. Vamos.

Estávamos quase no fim da rua. Só o que tinha entre nós e a casa azul era um caminho cheio de mato alto que levava para o beco, mas quando passamos pelo salão da igreja um policial desceu do carro e parou no meio da calçada, bloqueando a passagem.

— Está tudo bem? — ele perguntou, como quem diz: "Nitidamente não está tudo bem".

— Sim — respondi. — Tudo bem.

— Para onde vocês estão indo?

Precisei pensar rápido. Estávamos bem no fim da rua, e os únicos lugares para onde aquela rua levava eram o beco e a igreja.

— Para a igreja — falei.

— Vocês estão do lado errado da rua.

— Eu sei. Nós já vamos atravessar. Foi você que atrapalhou.

— Que hora inusitada para ir à igreja — ele falou. — Não é domingo.

— Nossa mãe está lá. Ela está ajudando o vigário a se preparar para a escola dominical. Disse para nós dois virmos para cá quando acabássemos de brincar no parquinho.

Ele concordou com a cabeça do jeito que as pessoas fazem quando não sabem se acreditam no que ouviram.

— Por acaso vocês estavam pensando em ir para lá? — ele perguntou, apontando para o beco.

— Não — respondi. — Nós não podemos. Não é seguro.

— Isso mesmo. Não é nada seguro.

— Não. Nem um pouco.

Minha barriga se contraiu, e fiquei me perguntando se ainda ia dar tempo de chegar na casa azul antes de Linda terminar de contar. Eu não ia precisar de muito tempo. Ia ser rápido. O policial abaixou para olhar para Pete. Ele parou de chorar e ficou só olhando.

— Tudo bem aí, filho? — o homem perguntou. — Por que o choro, hein?

— Esse é o meu irmão — falei. — Ele está sempre chorando. E cheirando mal.

O policial deu risada.

— Seu irmão, é? Qual é o seu nome mesmo?

— Linda. Linda Moore. O dele é Pete.

Ele olhou para ele e depois para mim e depois franziu a boca, como se fosse beijar alguém.

— Vocês não são muito parecidos, né?

Dei um passo para a frente e pus as mãos em concha em torno da boca. Ele se curvou para a frente devagar, para as minhas mãos formarem um túnel entre nós.

— Ele não é meu irmão de verdade — cochichei. — Minha mãe e meu pai adotaram ele. É por isso que gostam mais de mim do que dele. Mas ele não pode saber.

Dei um passo para trás, e o policial ficou de pé de novo. Ele assentiu, como quem diz "Seu segredo está bem guardado comigo", e sorriu para Pete.

— Muito bem, crianças. Vou levar vocês até a sua mãe agora. Garantir que vocês cheguem lá sãos e salvos.

— Que horas são, senhor? — perguntei. Não gostei de ter que chamar ele de senhor, porque não gostei dele, mas achei que ia ajudar. Ele olhou no relógio.

— Meio-dia e quinze.

— A minha mãe não deve estar mais na igreja — falei.

— Ah, não? Você disse que estava indo para lá.

— Sim, isso mesmo. Mas isso foi antes de falar com o senhor. Ela disse que se nós saíssemos do parquinho depois do meio-dia era para voltar para casa. Eu só não sabia a hora. O almoço deve estar pronto. É melhor irmos logo.

Comecei a puxar Pete de volta para as ruas, mas o policial me segurou pelo ombro.

— Onde vocês moram?

— Na Selton Street. Número 156. Bem lá no fim.

Deu para ver que ele estava pensando que era longe, e que se ele fosse junto ia ter que pegar muita subida para voltar para o carro. Era um policial bem gordo.

— Tudo bem. Então vão direto para casa. É melhor não ficarem brincando por aqui. Principalmente com um pequeno.

— Certo. Vou falar para a minha mãe. Tchau.

Agarrei Pete pelo braço e nós pegamos o caminho de volta para o parquinho.

— Juba? — ele pediu, estendendo a mão.

— Eu não tenho — falei.

Deu para ouvir Linda antes mesmo de virar a esquina. Ela estava do lado do gira-gira cobrindo os olhos com as mãos, do mesmo jeito que Pete fez quando chorou no meio da rua. Donna e Betty estavam passando pelas moitas, chamando: "Pete! Pete!" Quando chegamos no portão Betty viu nós dois e gritou: "Linda, aqui!", e Linda tirou as mãos do rosto. Ela não se mexeu. Parecia que ia vomitar. Pete abriu o portão e correu até onde ela estava, e ela pegou ele no colo e começou a chorar de novo. Só alguém muito besta para fazer isso. Chorar quando estava contente com alguma coisa era besteira.

Donna me deu um soco no braço.

— Para onde você levou ele? — ela perguntou. — A Linda ficou tão preocupada que quase morreu.

— Ninguém morre de preocupação — falei.

— Morre, sim, porque a Linda quase morreu. Onde vocês foram?

— Procurar um bom lugar para se esconder.

— Mas vocês saíram do parquinho — Betty falou. — Isso é proibido pelas regras.

— Não é, não. Quem faz as regras sou eu. E eu nunca fiz essa regra.

— Você sempre quer mandar em *tudo* — Donna falou.

— Sim, é claro — respondi.

Linda tinha sentado no chão com a cara enfiada no ombro do Pete. Estava fungando e soluçando e falando: "Pete, Pete, Pete". Nem se preocupou em ver se eu também estava bem. Não falou nenhuma vez: "Chrissie, Chrissie, Chrissie". Fui até lá e fiquei bem na frente dela, e ia dar um chutinho de leve nela, só para mostrar que estava lá também, mas aí ela falou:

— Por... que... você... levou... ele?

Ela falou assim mesmo, como se cada palavra fosse uma frase diferente, porque estava chorando tanto que só tinha fôlego para uma palavra por vez. Parecia uma idiota falando.

— A brincadeira era esconde-esconde — respondi. — Estava levando ele para se esconder.

— Mas... você... levou... ele... para... fora... do...

— Eu só estava procurando um esconderijo muito, muito bom. Foi por isso que eu falei para você contar até cem. Para todo mundo se esconder muito, muito bem.

— Mas... não... era... para... se... esconder... fora... do... parquinho...

— Você nem queria mais ele — falei.

Nessa hora ela olhou para mim direito e parou de soluçar como uma tonta. Pete saiu do colo dela e foi andando até o gira-gira com aqueles passinhos de criancinha. Betty foi empurrar ele, mas Donna continuou ouvindo a gente, porque era uma intrometida.

— Quê? — Linda perguntou.

— Você falou. No seu aniversário. Você falou.

— Falei o quê?

— Você queria outro bebê. Você falou que o Pete estava grande e que não queria mais ele.

— Eu não falei que não queria mais ele.

— Você falou que queria um bebê novo. É o mesmo que falar que não queria mais o outro.

— Não é, não. Não chega nem perto de ser a mesma coisa — Donna falou.

— Cala a boca, cara de batata — mandei.

— Eu amo o Pete. Ele é meu irmão — Linda falou. — Você sabe que não podia ter levado ele daqui.

— Eu posso fazer o que quiser — rebati. — Sou uma semente podre.

— É o quê? — Linda perguntou.

— Já cansei dessa conversa — falei.

O primeiro dia da primavera

Saí do parquinho, bati o portão com força e fui andando pela rua. Sabia que Linda e Donna estavam me olhando. Não me senti especial. Parecia mais que eu estava ficando doente.

Fiquei andando pelas ruas me sentindo irritada por um tempão. Não queria voltar para casa porque ainda queria fingir que tinha me perdido para sempre, para ensinar uma lição para a mamãe, só que não tinha para onde ir porque ninguém mais gostava de mim. Quando começou a escurecer fui até o muro de plantar bananeira. Só vi Susan quando já estava quase em cima dela. Ela tinha uma fraldinha de pano branca enrolada na mão e passava no rosto. O cabelo dela estava cortado na altura do queixo.

— O que aconteceu com o seu cabelo? — perguntei.
— Cortei.
— Foi a cabeleireira?
— Não. Fui eu.
— Não acredito — falei.
— Fui eu.
— Você estava com piolho? — perguntei.
Ela fez que não com a cabeça.
— Então por que fez isso?
Ela encolheu os ombros. As pontas do cabelo tinham vários comprimentos diferentes, estavam todas tortas e erradas. Pensei nela cortando tudo com a tesoura da cozinha. Eu não entendia. Susan devia saber que o cabelo era a melhor coisa nela.

— Você levou bronca? — perguntei.
— De quem?
— Da sua mãe.
— Na verdade ela nem percebeu.
— Mas ela está sempre cuidando do seu cabelo.
— Isso era antes.
— O que você fez com o cabelo? — perguntei, pensando se podia pegar para mim.

— Joguei fora.
Dei um chute no muro onde ela estava encostada.
— Que desperdício — falei.
— Na verdade eu não ligo.
Depois ela esticou a fraldinha e segurou junto do rosto com a palma da mão.
— O que é isso? — perguntei, sentando do lado dela.
— Era do Steven.
Ela enfiou uma ponta na boca e começou a chupar. De perto dava para ver como coisas brancas podiam ficar cinza depois de serem derrubadas e sugadas e limpar muitas lágrimas, tipo o cinza da água suja depois de lavar roupa.
— Isso é nojento — falei.
— Não é não. Eu gosto. Tem um cheiro bom.
O ar estava mais fresco depois que o sol foi embora. O suor que tinha feito o meu vestido grudar nas costas secou, deixando a minha pele irritada, com coceira, como se tivesse uma crosta de sal em cima. Eu me cocei me esfregando na parede.
— Você sente falta dele? — perguntei.
— Sinto falta da minha mãe.
— Ela morreu também?
— Não. Só fica o tempo todo na cama.
— Ainda?
— É.
— Ah. Bom, ela provavelmente vai sair de lá logo. Já faz um tempão.
— Eu perguntei para ela. Perguntei quando ela ia voltar ao normal. Ela só virou para o outro lado. Aí eu falei que estava cansada de ver ela chorar o tempo todo e ficar na cama o tempo todo e não ser mais uma mãe de verdade. Ela me mandou sair do quarto.
— Meio cruel.
— Ela é assim agora.

— Vai ver ela mereceu o Steven ter morrido.
— Eu não acho, não.

A noite chegou rápido, como uma luva preta enfiada na nossa cabeça. Eu não conseguia mais ver direito a Susan nem a fraldinha, apesar de estarem ali do meu lado. Eu só sabia que ela ainda estava lá porque ainda dava para ouvir o barulho do pano sendo chupado. Senti um peso na minha barriga, como se as minhas tripas não fossem mais tripas, só um bloco de pedra pesado e áspero. Desde que matei Steven, tive muito tempo para pensar em fazer aquilo de novo, e na maior parte das vezes queria fazer mais, muitas e muitas vezes. Queria sentir o formigamento nas mãos e o tique-taque na cabeça, a sensação de ser um pedacinho de Deus. Ouvindo Susan fungar e chupar, não queria mais fazer tanto assim. Não várias vezes. Talvez só umas três vezes, ou duas, ou até uma vez já podia ser suficiente. Se eu fizesse mais uma vez, provavelmente tudo ia melhorar. Eu provavelmente ia me sentir bem se fizesse só mais uma vez.

— Por que você está sempre na rua? — Susan perguntou.
— Porque eu quero — falei.
— A sua mãe não obriga você a ir para casa?
— Não.
— Ela não liga?
— Às vezes você acha que a sua mãe devia gostar mais do Steven do que de você? — perguntei. — Porque era isso que eu ia pensar. Eu ia pensar: *Ela está triste o tempo todo agora, e eu ainda estou aqui, só o Steven não está mais. Então ela devia gostar só do Steven e nem um pouco de mim.* Você não acha que se gostasse um pouco mais de você ela não ia ficar tão triste o tempo todo? Você não acha?

Falei tudo isso bem rápido e de um fôlego só, como se tivesse vomitado. Aquelas palavras tinham gosto de vômito também — azedas e rosadas.

Susan ficou de pé.
— Eu vou para casa. A mamãe deve estar me esperando.

— Não deve não. Ela não liga. Ela só liga para o Steven. Só pensa em ter ele de volta.

Pensei que Susan ia virar e gritar comigo, ou pelo menos sair correndo e chorando, mas ela simplesmente saiu andando.

— Ela não liga para você — gritei.

Não dava para saber se ela me ouviu ou não.

Quando eu estava andando para o beco com Steven, o borbulhar ficou rugindo e fervilhando, mas depois sumiu e não tinha jeito de voltar. Pensei no que Donna tinha falado. *O Steven morreu faz um tempão. Ninguém nem liga mais.* Pensei em Linda agarrada no corpinho do Pete com os dois braços, como se eu nem estivesse lá. Afastei o bumbum da parede, enrolei o vestido nas pernas e deitei de lado. A noite parecia vazia e enorme ao meu redor. As minhas costas roçavam nos tijolos. Fechei os olhos.

A mamãe provavelmente vai vir me procurar daqui a pouco, pensei. *Provavelmente vou ouvir ela andando pelas ruas e me chamando. Provavelmente a qualquer minuto. Provavelmente.*

JULIA

Quando saímos do cemitério, tomei o caminho do bairro. Sabia que a mamãe morava em um prédio de apartamentos, e não tinha apartamentos naquelas ruas, só casinhas caixa de fósforo. Eu não podia me arriscar a dizer para Molly exatamente para onde estávamos indo. Já estava correndo perigo demais.

— A vovó mora em uma casa ou um apartamento? — ela perguntou.

— Apartamento.

— Que nem o nosso?

— Não, não fica em cima de uma loja. Acho que é num prédio. Um prédio alto. Chama Parkhill. Fica de olho.

— Pensei que você soubesse onde era.

— Eu sei. Mas fica de olho mesmo assim.

Começamos a subir a ladeira que tinha uma bifurcação no fim, levando para as ruas em uma direção e para o beco na outra.

— Ela é legal? — Molly perguntou.

— A mamãe?

— A vovó.

— Eu não falo com ela faz muito tempo.

— Ela era legal quando você falava com ela?

Pensei na mamãe, sentada na sala de visitas de Haverleigh. Ela gostava mais de mim como assassina. Nenhum dos psicólogos ou psiquiatras ou psicoterapeutas me contou isso. Eu descobri sozinha. Antes de virar uma assassina, eu era a boazinha e ela a malvada, porque eu era filha dela e ela devia gostar de mim, mas não gostava. Quando eu matei, a coisa mudou. Eu era a criança de quem ninguém podia gostar, e ela era a pessoa que sabia disso o tempo todo. Transformei ela em uma vidente, e ela me recompensava me visitando de um jeito caótico. Às vezes aparecia todo dia em Haverleigh, sentada no saguão às seis em ponto, que era o horário de visita. Ela continuava indo por uma semana ou duas, depois passava meses sem ir. Em uma outra fase ela chegava todo dia às quinze para as sete e fazia um escândalo quando era obrigada a ir embora quinze minutos depois. Às vezes ela só me visitava nos dias de semana, às vezes só de sábado, às vezes só quando estava sol.

Nos momentos em que ela estava lá, passava a maior parte do tempo me contando sobre todas as coisas que estavam dando errado na vida dela. O apartamento novo estava com manchas de umidade no banheiro. A garganta dela doía. Ela estava com uma ferida no lábio. Alguém tinha pintado um tridente na mureta do jardim. Se eu falasse alguma coisa que não agradava, ela ia embora na mesma hora, dizendo: "Nunca mais venho visitar você", e passava tanto tempo sem ir que eu acreditava mesmo. Mas nunca era para sempre. Ela sempre voltava. Nós duas estávamos ligadas por algo mais forte que a água, mais forte que o sangue: um caldo preto como piche de ódio-carência-necessidade.

— Ela *era* legal? — Molly perguntou.
— Ela era como todo mundo. Às vezes legal e às vezes não.
— Ela vai ser legal comigo?
— Espero que sim — respondi. — E se não for nós vamos embora.

No alto da ladeira eu descobri duas novidades: que tinham usado o terreno em que ficava o beco para construir o conjunto habitacional

Parkhill e que a mamãe estava morando onde antes ficava o beco. Quando entrei lá, quase consegui esquecer que aquele mesmo caminho era o que me levava para a casa azul. Os apartamentos eram divididos em dois blocos, e entre eles tinha uma quadra de basquete. Três meninos magrelos estavam andando de bicicleta por ali, quando deveriam estar na escola. Eles olharam para nós duas com olhos desconfiados.

O elevador estava quebrado, e quando abri a porta da escadaria o cheiro de sujeira e xixi me envolveu como se tivessem enfiado um saco plástico na minha cabeça. Molly tapou o nariz com os dedos.

— Eeeeeca — ela falou. — Está fedendo aqui.

— Respira pela boca — respondi.

— Eu não quero entrar aí. O cheiro é muito ruim.

— Eu sei. Mas nós precisamos entrar.

— Por que a gente não vai de elevador? — ela perguntou.

— Está quebrado.

— Não tem outro?

— Não, esse é o único. Vamos.

— A gente não pode ir ver se tem outro elevador?

— Não vai ter. E mesmo se tivesse ia cheirar mal do mesmo jeito.

— Mas eu não quero...

— *Molly!*

Não foi um grito alto, mas eu estava na escadaria, cercada de superfícies duras. Centenas de ecos malformados do nome da Molly voltaram na nossa direção. Passei por ela e fui subindo até o sexto andar, sem parar para tomar fôlego. Quando cheguei lá em cima, me senti tonta. Molly ainda estava na metade dos degraus, fazendo questão de bater os pés no chão para mostrar como estava com raiva.

— Vamos — falei, segurando a porta aberta lá em cima. — Anda logo.

Senti que a minha voz se encaixava naquelas palavras como os pés em uma meia que calçamos pelo segundo dia seguido, e fiquei me perguntando quantas vezes tinha falado aquilo antes. "Anda logo, vamos chegar atrasadas na escola", "Anda logo, está quase na hora de ir para a cama", "Anda logo, isso está demorando muito." De repente me pareceu absurdamente cruel passar tanto tempo só apressando Molly.

— É o número 66 — falei quando ela saiu da escadaria.

Ela olhou os números nas portas diante de nós.

— É mais lá para a frente — ela disse.

— Eu sei. — Minha voz saiu bem baixinha, como se eu estivesse ficando menor quanto mais perto chegava da mamãe.

Molly foi correndo na frente, contando os números em voz alta:

— Número 62, 63, 64, 65... Esse aqui, é esse aqui, 66. Posso bater na porta?

— Espera. — Ajoelhei na frente dela, lambi o dedão e limpei as marcas de comida ao redor de sua boca. Uma cratera tinha se aberto na minha barriga só de pensar que a mamãe estava do outro lado daquela parede.

— *Posso* bater na porta? — Molly perguntou de novo, virando na ponta de um dos pés.

— Vá em frente.

Ela bateu na porta e nós esperamos durante cinco respirações. Eu contei. Ninguém atendeu, e Molly olhou para mim.

— Tenta de novo — falei.

Molly bateu com mais força, oito pancadas bem altas. Esperamos mais uma vez. Ninguém apareceu. Nem pensei que a mamãe poderia não estar lá. Eu não tinha nenhum plano para o caso de ninguém atender, e com a ideia da ausência dela veio a sensação de que estavam jogando chumbo derretido nos meus pulmões. Molly levantou o braço para bater de novo, mas eu coloquei a mão no ombro dela.

— Espera.

Ouvimos passos lá dentro, o clique da porta sendo destrancada e um rangido lento enquanto era aberta. O chumbo nos meus pulmões endureceu.

A mamãe nitidamente estava dormindo. Usava uma camisola e tinha a cara inchada. Quando me visitava em Haverleigh, o cabelo dela era tingido de amarelo, só que mal pintado, então as raízes sempre ficavam aparecendo no risco do penteado, em mechas pretas. Agora a cor tinha ido embora, e tinha cabelos brancos na mesma quantidade que os pretos. Não tinha pó de arroz no rosto dela. Dava para ver as sardas e as pintas. Ela parecia ter envelhecido mais que cinco anos desde a última vez que nos vimos, mas fazia sentido — às vezes eu me sentia vinte anos mais velha do que na época que Molly nasceu. Eu não sabia se era isso que a mamãe estava pensando quando me olhou. Não sabia nem se ela tinha me reconhecido.

— Ah — ela falou.

— Oi — falei.

— É você.

— Sou eu.

— Hum. — Ela olhou para Molly e contorceu a boca, até ficar no formato daquela estrelinha verde que tem na parte de baixo da maçã. — Ela quebrou o braço.

— O pulso. — Minha boca estava terrivelmente seca. Quando falava, era como se eu estivesse mastigando folhas mortas. — Demoramos um tempão para chegar aqui. Nós podemos entrar?

Os olhos dela ainda estavam voltados para Molly. Ela respirou fundo.

— Jesus. Ela é igualzinha a você.

Alguma coisa se acendeu dentro de mim. Envolvi com o braço os ombros da Molly, que segurou a minha mão. Fazia um tempão que a pele das nossas mãos não encostava uma na outra. Era mais quente do que eu lembrava.

— Podemos entrar ou não? — perguntei.

A mamãe deu um passo para o lado e apontou para dentro.

— Você não me dá muita escolha, né?

O apartamento estava limpo, mas com um cheiro estranho, como o que se acumula em uma dobra na pele que não é lavada. Lembrei de quando Molly teve amidalite e a garganta dela ficou cheia de uns fiozinhos amarelos-esbranquiçados — o cheiro azedo e adocicado de uma infecção. O sofá e a mesinha de centro na sala de estar pareciam objetos afundando no mar, porque o carpete azul era bem grosso. Tão grosso que andar nele parecia pisar em uma esponja. A mamãe estava andando na nossa frente, mas quando entramos na sala ela ficou para trás, apagando as marcas dos nossos sapatos com o calcanhar. Ela tentou fazer sumir as marcas dos passos dela também, mas só estava piorando a situação. Fiquei me perguntando quanto tempo ela devia passar fazendo isso quando estava sozinha: andando em círculos, tentando apagar o próprio rastro.

Do lado da estante da TV tinha um aparador cheio de porta-retratos. Chegando mais perto, vi que a maioria não tinha fotos, e sim imagens recortadas de revistas. O tema dominante eram filhotes de animais: gatinhos e cachorrinhos, e perto deles uma pintura pequena de Jesus. Imaginei a mamãe sentada na frente da mesinha de centro, recortando as imagens, enfiando aqueles quadrados nas molduras. Só tinha uma foto de verdade no meio — um retrato em branco e preto de uma mulher com um bebê. Peguei o porta-retratos.

— É você comigo? — perguntei.
— Não.
— Quem é?
— Eu e a minha mãe.

Olhei para os porta-retratos mais atrás.

— Por que não tem nenhuma foto minha?
— Porque não.
— Mas por que não?
— Porque não e pronto.

Fiquei olhando para aquelas imagens de bichos e de Jesus. Se eu estivesse sozinha ali, ia passar a mão por cima daquele aparador e jogar tudo no chão. Mas não podia fazer isso com Molly lá. Ela ia ficar assustada. Já parecia assustada, olhando para mim e para a mamãe, segurando com força o bolso do meu casaco.

— Por que está cheirando tão mal aqui? — perguntei.

— É a umidade. A umidade tomou conta de tudo. De todos os apartamentos deste andar. Estamos tentando fazer com que resolvam.

— Está um nojo.

— Não está tão ruim assim.

— Os móveis devem estar embolorados.

Percebi que eu estava fazendo aquelas provocações de propósito, tentando fazer a mamãe me atacar e preencher o espaço que escavei dentro de mim para ela. Mas ela parecia pesada demais para conseguir chegar lá.

— Não sei o que você quer aqui — ela falou, pegando uma tigela de cereal do braço do sofá. — Tem umas revistas ali. E a TV. Eu vou lavar isso aqui.

Ela foi embora antes que eu pudesse perguntar por que estava apresentando a sala de casa como se fosse uma sala de espera. As revistas que ela falou estavam na prateleirinha da mesa de centro. A maioria parecia ser sobre cavalos. Fiquei mudando de canal na TV até encontrar um programa infantil bem estridente. Antes de deixar Molly sentar no sofá, estendi o meu casaco em cima do assento. Não que estivesse muito a fim de fazer aquilo, mas queria que a mamãe visse que eu tinha feito.

— Você precisa ficar aqui na sala um pouco — falei.

— Onde você vai? — Molly perguntou.

— Logo ali, na cozinha. Eu só vou conversar com a vovó.

— Ela está brava.

— Pois é. Não vai lá, não. Se precisar de mim é só chamar, tá bom?

— Tá.

Ela pôs a mão boa embaixo da engessada e ficou segurando o gesso na frente do corpo.

— Está tudo bem com o seu pulso? — perguntei.

— Está — ela falou, olhando para o gesso e passando o dedo por cima de uma mensagem ilegível. — Essa foi a Rosie que escreveu. Está escrito: "Fique boa logo, Molly".

— Que coisa mais idiota. Você não está mal.

— O meu pulso não está bom.

— Não vá para a cozinha, certo? Se precisar de mim, me chama. Eu vou ouvir de lá.

— Certo.

Coloquei a mão sobre a divisão do cabelo dela, sobre aquela linha bem visível. Pensei na mamãe fazendo isso: a palma da mão na minha cabeça, murmurando: "Pai, me protege. Deus, zela por mim". Foi o que ela falou antes de tentar me dar para adoção, e de novo quando tentou se livrar de mim depois. Eu não tinha prestado muita atenção naquelas palavras. Eram rezas, coisas de Jesus, esquecidas entre o palavrório do vigário e as reclamações da sra. Bunty. Pensei nelas enquanto sentia o couro cabeludo da Molly esquentar minha mão. A mamãe pedia para Deus proteger ela. Poderia ter pedido para ele me proteger, ou a nós duas, com o mesmo número de palavras. Mas nunca fez isso.

CHRISSIE

A polícia estava na porta da minha casa no dia seguinte. Eles tocaram a campainha de manhã bem cedo, quando eu ainda estava de camisola. Tinha chegado tarde na noite anterior, porque fiquei um tempão deitada na frente do muro de plantar bananeira esperando a mamãe ir me procurar. Ela não foi, mas deixou uma fresta da porta da frente aberta, para eu não precisar entrar pela janela da cozinha, o que na verdade era quase melhor do que ter ido atrás de mim, pensando bem.

 O policial era o mesmo que tinha falado com o papai, mas dessa vez estava com um amigo, um mais baixo e com os sapatos mais engraxados. Minha barriga começou a dançar quando eu abri a porta e vi aqueles botões dourados. Fiquei me sentindo como se estivesse no meio de um palco escuro e alguém tivesse acabado de ligar o holofote. Eles perguntaram se a mamãe estava em casa, e eu falei que ela estava dormindo lá em cima, o que podia ou não ser verdade. Perguntaram se eu podia acordar ela, e eu falei que não porque ela estava doente, o que de jeito nenhum era verdade. O policial mais alto soltou um suspiro e começou a se virar para ir embora. Eu queria que eles ficassem. Queria a mesma sensação do pozinho doce estourando dentro de mim que senti no cantinho dos livros na escola. Os meus dias estavam longos e perdidos, e eu não tinha nada melhor para fazer.

— Vocês estão procurando quem foi que matou o Steven, não é? — falei, encostando no batente da porta. O policial mais alto se virou. — Eu vi ele. No dia que ele morreu. Acabei de lembrar. Eu vi ele com a Donna. Eles estavam indo para o beco.

Os policiais olharam um para o outro e o mais baixo pegou o caderninho, folheou e mostrou para o mais alto alguma coisa escrita em uma das páginas. Pensei que podiam ser as anotações que o policial Woods fez quando falou comigo na escola, mas aí lembrei que aquele papel tinha ido para o lixo. Aqueles policiais não conheciam ninguém que já tinha falado comigo antes. As pessoas viviam esquecendo de mim. Eu não era interessante para elas.

— Donna Nevison? — perguntou o mais alto.

— É. Ela é da minha classe. Mora na Conway Road. A porta da casa dela é verde.

— Onde foi que você viu os dois?

— Andando pela rua do Steven — falei. — Estavam quase no final. Onde dá lá no beco.

— Tem certeza de que era ela?

— Acho que era. Era uma menina de cabelo amarelo.

Pensei que, se eu falasse isso, eles podiam ir atrás da Betty quando descobrissem que não era Donna, porque ela também tinha cabelo amarelo, e eu também não gostava muito dela. Fiquei pensando se eles podiam achar que Donna tinha *mesmo* matado Steven, e se ela ia ser levada direto para a cadeia, e foi quando eu lembrei. Dessa vez foi como um balão cheio furado na pontinha de baixo, o ar saindo sibilando como se fosse um suspiro. Pela primeira vez eu meio que desejei que tivesse sido Donna quem matou ele, e não eu. Estava ficando cada vez mais difícil conseguir uns dias de folga daquilo; sempre que eu tentava, a lembrança aparecia, como uma garoa ou uma sombra. Era muito cansativo não ter dias de folga.

Os policiais ficaram se olhando e pareciam estar conversando com os olhos. Eu não sabia o que eles estavam dizendo. O mais alto pegou o caminho do jardim para o portão, só que o mais baixo ficou parado na frente da porta e enfiou o caderninho no bolso.

— Você costuma ficar com a sua tia com frequência, Christine? — ele perguntou.

— Sim — respondi.

— Onde ela mora?

— Não sei.

— É perto?

— Não. É em uma praia em algum lugar.

— Você às vezes falta na escola quando vai ficar com ela? — ele perguntou.

— Sim.

— Você estava na escola quando nossos oficiais passaram por lá?

— O que é isso, oficiais? — perguntei. Até sabia a resposta, mas queria que ele ficasse por lá o máximo possível.

Ele sorriu.

— Oficiais são policiais. Como nós.

— Ah — falei. — Não. Acho que eu não estava lá, não.

Ele assentiu e pegou o caminho do jardim para ir embora. Quando chegou no portão um terceiro policial apareceu, sacudindo a cabeça e batendo a mão no caderninho. Eu lembrava dele lá da escola: o policial Woods. O policial mais alto fez alguma pergunta para o mais baixo, e o mais baixo respondeu:

— Não, ela não estava na escola nesse dia. Devia estar com a tia.

O policial Woods olhou para mim e falou:

— Estava, sim. Nós falamos com ela.

Aí todos eles olharam para mim. Fiquei surpresa por não me ouvirem borbulhar por dentro lá do caminho do jardim.

Depois que eles cochicharam um pouco, o policial alto e o policial Woods voltaram pelo caminho do jardim.

— Então, Christine, o policial Woods... — o mais alto começou a dizer.

— Ah, sim — falei. — Eu estava lá. Agora lembrei. Antes eu fiquei confusa. Só isso.

— Você estava um pouco confusa quando falou conosco na escola, não? — o policial Woods falou. — Lembro que você achava que tinha visto Steven naquele dia... só que no fim era um dia diferente. Um domingo? O domingo da semana anterior? Alguma coisa assim.

— É, mas depois percebi que na verdade foi no mesmo dia. O dia que mataram ele.

— No sábado?

— É. Eu vi ele no sábado. De manhã.

— Com o pai dele? — o policial Woods falou.

— O pai dele? — disse o mais alto.

— Não. O pai dele não. Na verdade era uma menina. Eu me enganei. Era a Donna.

Os policiais conversaram bastante com os olhos, mas eu não entendi o que eles estavam dizendo. No fim, o policial Woods pegou o caderninho, escreveu alguma coisa em uma página e mostrou para o mais alto. Eu me inclinei para a frente para ver, mas ele fechou o caderninho. Torci para que fosse: "Vamos parar de conversar com os olhos e falar em voz alta para a Chrissie poder ouvir".

— Christine — o mais alto falou, com uma voz bem dura. — Acho que você entende como isso é sério. Não é brincadeira. Estamos trabalhando muito para descobrir o que aconteceu com Steven. Precisamos descobrir o que aconteceu com ele porque queremos manter você e todas as outras crianças daqui seguras. E não vamos conseguir isso se mentirem para nós. Você entende?

— Eu estou segura — falei.

Pela cara dele, não era isso que esperava ouvir de mim.

— Bem, nós vamos garantir que todos vocês fiquem seguros.

— Eu *estou* segura — falei de novo. — E *não estou* mentindo.

— Certo. Ótimo. Muito bem, Christine, acho que vamos voltar mais tarde e conversar com você de novo, quando sua mãe estiver melhor.

— Melhor do quê? — perguntei.
— Você disse que ela estava doente.
— Ah, é. Ela está *muito* doente. Provavelmente já está até morta agora.
— O quê? — falou o policial Woods.
— Aconteceu alguma coisa com a sua mãe, Christine? — perguntou o mais alto.
— Bom. Não. Óbvio que não. É só gota — falei.

Eu não sabia exatamente o que era gota, mas sabia que era uma doença muito feia, porque era o que o marido da sra. Bunty tinha, ela ficava o tempo todo falando sobre como aquilo era ruim, a não ser quando ficava falando sobre a guerra e sobre Deus.

— Vocês vão falar com a Donna? — perguntei.
— Vamos falar com quem for preciso — o policial Woods respondeu. — Não precisa se preocupar.

Soltei um suspiro bem alto para eles ouvirem com certeza, porque estava ficando cansada de acharem que eu estava preocupada quando na verdade não podia estar menos preocupada.

— *Vocês* é que deviam se preocupar — falei. — Vocês deviam se preocupar com a *Donna*.

— Certo, Christine — o policial Woods disse e atravessou o jardim até o portão, onde o mais baixo estava esperando.

Os dois foram embora, mas o mais alto ficou parado na porta. Ele estava com o caderninho na mão, folheando as páginas. Tentei de novo ver o que estava escrito, mas ele segurava bem perto do peito. Não fiquei surpresa. Eu tinha aprendido muita coisa desde que Steven morreu, e uma delas era que os policiais gostavam daqueles caderninhos mais do que de qualquer outra coisa no mundo.

— Só mais uma pergunta, Christine — ele falou. — Essa tia com quem você fica. Como é o nome dela?

Minha língua inchou dentro da boca. O policial mais alto estava me olhando, e eu fiquei tentando lembrar o nome que ouvi o papai dizer quando a polícia perguntou para ele sobre a minha tia inventada.

— Hum. Abigail — respondi.

Ele olhou de novo no caderninho, mas de um jeito que me fez achar que só estava fazendo isso para me fazer pensar que estava procurando alguma coisa, não porque precisava de verdade ler o que estava escrito no papel.

— Humm. Que engraçado. Seu pai achava que era Angela.

— Ah, é. Isso mesmo. Angela — falei. — É Angela. Tia Angela. Eu só fiquei...

— Confusa?

— É. Eu fiquei confusa.

Ele fechou o caderninho e guardou de volta no bolso.

— Certo, Christine. Vejo você em breve.

Antes de ir reencontrar os outros policiais na rua, ele disse uma coisa com os olhos que até eu consegui entender. Ele disse: "Estou de olho em você".

Conversar com os policiais me deixou agitada, e quando eles foram embora eu troquei de roupa e fui chamar Linda. Fomos até a loja de doces e eu fiz ela distrair a sra. Bunty pedindo para pegar o pote de balas de gomas, depois o de jujubas, depois o de bombons de cereja, e toda vez falando: "Não, não era *esse*, era *aquele*". Quando peguei o saquinho de caramelos e enfiei dentro do vestido, mandei Linda falar:

— Na verdade eu não vou querer nenhum doce hoje. É difícil demais escolher.

— Tchau, sra. Bunty — falei, acenando enquanto abria a porta.

— Obrigada pelos doces.

Ela pareceu confusa, depois ficou tão brava que parecia que ia explodir. Saímos correndo da loja, viramos a esquina e subimos a ladeira na direção do beco.

A casa azul estava com o mesmo cheiro de mofo da última vez que fomos lá, com Donna e William, e os cômodos do andar de baixo ainda estavam cheios de cacos de vidro espalhados. Pareciam uns ossinhos se quebrando debaixo dos meus pés. Quando cheguei no quarto do andar de cima, olhamos para a parte do piso embaixo do buraco no teto, que estava inchada por causa da umidade. A chuva tinha encharcado a madeira e o sol tinha esquentado a chuva e as tábuas ficaram moles como papel molhado. Fui andando até lá devagar, sentindo meus passos afundarem, passando da madeira para uma coisa pastosa. Quando cheguei na parte que o piso estava mais escuro, Linda falou:

— Cuidado. Você pode cair lá para baixo.

Ignorei. Enfiei a ponta do pé no meio da mancha, levantei uma camada de madeira e vi os insetos com cascos nas costas subirem no meu sapato. Quando sacudi o pé eles fugiram, se arrastando para os cantos do quarto, mas um ficou preso em um buraco no piso. Eu prendi ele com o calcanhar, pisei e esfreguei para a frente e para trás. Quando levantei o pé, não tinha mais inseto nenhum, só uma gosma prateada.

Eu estava com um lápis no bolso e, enquanto Linda comia os caramelos, fiquei escrevendo nas paredes brancas. Rabiscar paredes era uma das minhas coisas favoritas, porque nunca era permitido, nunca mesmo, e sempre deixava as pessoas muito bravas. Eu não sabia quem ia ficar irritado porque eu estava escrevendo nas paredes da casa azul, mas sabia que alguém ia ficar, no fim das contas. Comecei fazendo traços, depois desenhos, depois palavras. Escrevi bem grande, o máximo que conseguia, estendendo o braço como uma asa de águia. Escrevi até o lápis ficar sem ponta, depois dei um passo para trás e olhei para a parede. Li as palavras. Fiquei borbulhando por dentro.

— Você não pode dizer isso — Linda falou atrás de mim

— O quê?

Ela levantou e apontou:

— Isso.
— Por que não?
— É muito feio.
— Isso não é feio. *Aquilo* é feio.

Fui até o outro lado da parede e apontei para uma palavra mais curta, escrita de lado com letras que iam ficando cada vez maiores. Ela inclinou a cabeça para ler, as tranças apontando em linha reta para o chão.

— Ah, sim. Isso é muito feio mesmo — ela falou. Mas não tinha conseguido ler.

O borbulhar fez eu me sentir como uma lata de tinta, como se as minhas tripas estivessem enfiadas em uma caixa de metal. Eu sabia que, se alguém espremesse a minha cabeça, minhas tripas iam sair voando e cobrir as paredes com palavras e imagens. Comecei a pular e depois gritei, um grito de pássaro formado por uma boca sorrindo, que voou pelo quarto e voltou como uma resposta. Eu estava explodindo de energia, pulsando em lugares que não sabia que pulsavam, sedenta e agitada e furiosa, com lava queimando na barriga, tentando sair pela minha pele. Corri até o outro lado do quarto, peguei impulso na parede com as mãos e os pés, corri para o outro lado, peguei impulso para correr de novo e fiquei correndo de um lado para o outro, de um lado para o outro, e a cada vez que encostava na parede pensava: *Eu consigo correr nessa parede, correr no teto, dar a volta no quarto inteiro com os pés apoiados na parede.* A bola de gude do papai batia na minha perna por cima do tecido do meu bolso. A minha respiração estava ofegante e os meus pés estavam ficando preguiçosos, latejando de tanto bater nas paredes, então parei no meio do quarto como um carrinho de corda que fica sem corda. Minhas pernas tremiam e o meu peito ardia e eu ainda sentia tudo fervilhar na barriga. Levantei o vestido, agachei e fiz xixi. O fervilhar saiu de mim e caiu no pedaço podre de madeira no meio do piso. Tinha um cheiro rançoso e secreto.

Quando terminei de fazer xixi, fiquei de pé com as pernas afastadas, como uma criancinha. Eu não tinha abaixado a calcinha. Estava ensopada. Eu estava me sentindo mais suave. Mais morna. A cara da Linda estava mais branca que as paredes em que rabisquei. Saí do quarto e ela veio atrás sem falar nada. Pisamos em cima dos vidros quebrados no andar de baixo e atravessamos o pedaço de terra onde tinham entregado Steven para a mãe dele. Eu me virei para olhar para o quarto do andar de cima. Não dava para ver o que fiz nas paredes do andar de cima, mas eu sabia que estava lá.

Eu estou aqui, eu estou aqui, eu estou aqui. Vocês não vão me esquecer.

Tinha um barulhão vindo das ruas, e ficou mais alto quando chegamos lá, o som de sapatos batendo no chão e vozes gritando. No alto da Marner Street nós vimos: uma multidão de mães e pais e crianças, andando com cartazes levantados acima da cabeça. Os cartazes diziam coisas como "QUEREMOS AS RUAS SEGURAS DE NOVO", "SALVEM NOSSO BAIRRO E NOSSOS PEQUENOS". Tudo isso estava pintado em letras grandes em lençóis e caixas de cereais desmontadas. Quando a multidão estava bem perto, vi a mãe do Steven lá na frente. Estava de braço dado com a mãe da Betty e segurando uma foto do Steven colada no peito. Dava para ver que a mãe da Betty estava toda satisfeita por estar lá na frente com a mãe do Steven. O choro dela era do tipo de quem só chora porque tem gente olhando e você quer que as pessoas vejam o seu choro. A mãe do Steven não estava chorando. Estava de sapatos. Fiquei me perguntando se ainda tinha carne apodrecendo na cozinha dela.

A multidão chegou no alto da rua e eu e Linda acabamos engolidas e fomos parar lá no meio. As pessoas estavam gritando: "Alô, polícia, cadê vocês, o assassino tem que pagar pelo que fez". Eu me juntei ao coro. Gritei até a minha garganta doer. O homem do meu lado entregou o cartaz dele, escrito em letras grandes em uma caixa aberta de cereais de café da manhã, e me levantou nos ombros. Ergui o cartaz bem alto e gritei quanto pude: *Alô, polícia, cadê vocês, o assassino tem que pagar pelo que fez.* O meu cartaz dizia: "OLHO POR OLHO, DENTE POR DENTE".

Quando chegamos na casa da Vicky, todo mundo começou a entrar. Eu e Linda estávamos na parte de trás da multidão, e não chegamos a tempo de entrar com os outros. A porta já estava fechada na hora que chegamos no jardim. Atravessei o caminho para bater na porta, mas Linda me puxou para trás.

— O que você está fazendo?
— Vou bater na porta — falei.
— Por quê? — ela perguntou.
— Porque eu quero entrar.
— Não pode. Nós não fomos convidadas.
— Não importa.
— Você não pode entrar nos lugares se não foi convidada.
— Quem disse?
— A minha mãe.

Eu revirei os olhos até a nuca.

— Sério mesmo, Linda. A sua mãe não é Deus, sabia?

Atravessei o restante do caminho e bati bem alto na porta. A mãe da Vicky apareceu com uma jarra de suco na mão e uma expressão incomodada no rosto.

— O que é? — ela perguntou.
— Nós ficamos para trás — falei.
— O quê?
— Nós fizemos a passeata também. Todo mundo entrou, mas vocês deixaram a gente para trás. Sem querer.
— Acho que não foi isso que aconteceu — ela falou.
— Bom, não se preocupa. Agora nós estamos aqui.

Dei um passo à frente para ela me deixar passar, e Linda veio atrás de mim, olhando para o chão. Todo mundo estava na sala de estar, as mães nos sofás e poltronas e as crianças amontoadas perto das janelas. Todas as mães viraram para olhar quando entramos.

— Ah, oi, vocês — a mãe da Donna falou.

— Elas simplesmente foram entrando — a mãe da Vicky falou.

— Que bom ver vocês, meninas, entrem e venham comer alguma coisa — a sra. Harold falou.

A mãe da Vicky parecia estar com vontade de gritar.

Com certeza tinha sido uma boa ideia entrar. A mãe da Vicky tinha deixado bolos e enroladinhos de salsicha e sanduíches de rosbife e limonada em uma mesa no canto. Era uma das melhores festas que eu já tinha visto, como as que a mãe do Steven costumava fazer no aniversário da Susan e do Steven. De repente pensei que, se a mãe do Steven ficasse triste para sempre por causa dele, podia nunca mais fazer uma festa para Susan. Eu não pensei nisso antes. Fiquei irritada com tudo aquilo. Fiz um prato tão cheio que a mãe da Vicky me cutucou no ombro e me deu bronca por ser tão gulosa, depois Linda e eu sentamos no chão com as outras crianças, comendo e bebendo limonada. A mãe do Steven estava sentada no sofá com a mãe da Vicky de um lado e a mãe da Donna do outro. A mãe da Vicky passou a mão no braço dela e falou:

— Como você está, querida? Você está sendo muito, muito corajosa.

— Sim — a mãe da Donna falou, deixando o chá de lado tão depressa que a xícara quase virou e passando o braço inteiro ao redor da mãe do Steven. — Pobrezinha. É um dia difícil demais para você.

A mãe do Steven concordou com a cabeça e falou "Humm" com uma cara de quem queria bater nelas. Eu sabia como ela estava se sentindo. Quando acontecia alguma coisa ruim com você, as pessoas sempre diziam coisas como "Coitadinha" e "Você é tão corajosa", como se isso fosse melhorar a situação, mas geralmente só piorava, porque você não quer ser corajosa nem coitadinha, simplesmente quer que aquela coisa ruim não tivesse acontecido. Como quando eu fui a única aluna do quarto ano que não tinha nem a mãe nem o pai na plateia para ver a apresentação, e a srta. White falou: "Seus pais não vieram, Chrissie? Pobrezinha", e dei um chute tão forte na canela dela que abriu um buraco na meia-calça que ela estava usando. Ela quis me tirar da apresentação por causa disso, mas não podia, porque não tinha ninguém que soubesse as minhas falas. Ou as da Linda.

As mães estavam só fofocando como sempre, mas então a mãe do Steven fez um som gorgolejante de choro, e de repente todo mundo começou a se agitar. Eu olhei por trás da Donna para ver melhor.

— O que foi, Mary? — perguntou a sra. Harold.

— Não é ele — ela falou.

— Não é ele o quê? — a mãe da Vicky perguntou.

— Não é ele.

— Como assim? — perguntou a mãe da Donna.

A mãe do Steven se inclinou para a frente e pegou um jornal da prateleirinha embaixo da mesa de centro. Fiquei de joelhos para ver, mas as idiotas das mães estavam aglomeradas em volta dela e bloquearam a minha visão, então precisei levantar e ir para o outro lado da mesinha para ver. O jornal tinha a foto de um menininho na frente, e em cima estava escrito: "MESES SEM NENHUMA PRISÃO: ESTRANGULADOR DE BEBÊS CONTINUA À SOLTA". A mãe do Steven estava batendo na página, mas com a cabeça virada de um jeito estranho, com o queixo afundado no ombro. Uma veia saltada no pescoço dela parecia uma lagarta.

— Não é ele — ela falou.

— Ai, meu Deus, é o Robert — a mãe do Robert falou. Ela pôs a mão no peito e respirou fundo. — É o meu Robbie.

— Onde foi que eles conseguiram isso? — a mãe da Vicky falou.

— Eles estavam juntos nessa foto — a mãe do Robert falou. — Foi na festinha da escola. Aqui. Dá para ver o braço do Steven. As pessoas diziam que eles pareciam gêmeos.

— Então eles cortaram no meio e usaram o menino errado? — falou a mãe da Donna.
— Bando de preguiçosos — falou a mãe da Vicky. — O que custava checar?
— Eles deviam estar com pressa — falou a sra. Harold.
— Esse é o meu Robbie — falou a mãe do Robert.

A mãe do Steven estava meio que arfando. Tinha soltado o jornal, mas as mãos continuavam dobradas como se ainda estivesse segurando ele e as lágrimas escorriam sem parar pelas bochechas dela. Fui até a mesa onde estava a comida, peguei um bolinho e um guardanapo, voltei para a frente das mães e estendi o guardanapo para ela. As mães pararam de tagarelar. A mãe do Steven me olhou, pegou o guardanapo e passou no rosto.

— Obrigada.
— Foi muita gentileza sua, Chrissie — a sra. Harold falou. Todo mundo parecia ficar muito surpreso quando eu fazia alguma gentileza. Enfiei o bolinho inteiro na boca e tentei engolir, mas não descia. A mãe da Vicky veio até mim e deu um tapa nas minhas costas. Depois que desentalou da minha garganta, eu cuspi tudo na mão, aquela massa toda mole e pastosa. E estendi a mão para ela.

— Eu não quero mais isso — falei.
— Ah, Chrissie — ela disse, franzindo o nariz. — Que horror. Vá jogar isso no lixo.

Ela me empurrou para a cozinha. Não gostei disso de falar que eu era um horror. Passei direto pela lata de lixo e esfreguei o bolinho mastigado no espaço entre a geladeira e o fogão, para ensinar uma lição para ela. Dava para ouvir a voz dela na outra sala, pegando as xícaras e fazendo um barulho de *clinc-clinc*.

— Sinceramente — escutei quando ela falou. — Ela está pedindo uns bons tapas, essa menina.

Eu sabia que ela estava falando de mim e voltei para a sala.
— Não estou, não.

— Não está o quê, pequena? — a sra. Harold perguntou.
— Eu não estou pedindo para levar uns bons tapas.
— Ah — a sra. Harold falou. — Eu não acho que...
— Não estou mesmo — falei.
— Acho que talvez... — a sra. Harold falou.
— Ninguém quer levar tapas — expliquei.
— Claro que você... — a sra. Harold falou.
— Tapas não fazem bem, aliás — falei.

A mãe do Steven levantou de um jeito lento e pesado, como se o corpo dela fosse uma montanha de areia molhada que ela estava tentando transformar em um castelo. Todas as outras mães começaram a se agitar e tagarelar, e eu decidi que não estava mais interessada em continuar com aquela conversa sobre uns bons tapas. Eu não achava que a mãe da Vicky ia me bater de verdade, apesar de ela achar que era isso que eu queria. Ela tinha medo demais de mim para isso. A maioria das pessoas tinha medo de mim, pelo menos um pouquinho. Era assim que eu gostava.

Alguém falou que a mãe do Steven não devia ir para casa sozinha, e todo mundo olhou para a mãe da Betty, que tinha feito de tudo para mostrar para todo mundo que era ela que estava tomando conta da mãe do Steven durante a passeata. Ela ficou meio sem jeito, provavelmente porque sabia que se levasse a mãe do Steven embora não ia estar lá para a fofoca que ia começar assim que a mãe do Steven saísse pela porta. Percebi que ela estava procurando um motivo para não ir, mas não conseguiu inventar um a tempo, então saiu parecendo meio irritada. Ela provavelmente só ia deixar a mãe do Steven no portão da casa dela e depois voltar correndo.

— Pobrezinha — a mãe da Donna falou assim que elas saíram pela porta. — Que coisa mais horrível para acontecer.

— Com tanta gente por aí, eles foram pôr justamente a foto do Robbie — falou a mãe do Robert.

— Dá uma raiva, não? — falou a mãe da Vicky.

— Quando pegarem quem fez isso, pode apostar que a foto *dele* vão acertar. Não vão confundir com a de outro assassino desgraçado.
— Ela está tão magrinha — falou a sra. Harold.
— Está mesmo — disse a mãe da Vicky. — Levei um ensopado para eles, mas ela não deve nem ter encostado nele.
— Pois é — falou a mãe da Donna. — Eu levei uma torta de carne e um frango de panela e um bolo de café e uma sopa para pôr no congelador.
— Ah — falou a mãe da Vicky. — Ora. Foi muita gentileza sua.
— Eu ainda não levei comida, mas o Robbie fez um desenho lindo para ela. Isso eu levei — a mãe do Robert falou.
— Ah, é? — falou a mãe da Vicky.
— É — disse a mãe do Robert. — Eu achei que era disso que ela estava precisando, sabe.

Eu meio que achei que, se o seu filho morreu, um desenho feito por uma criança que não morreu não chega nem perto de ser o que você precisa. Mas eu não tinha filhos, então na verdade não sabia com certeza.

— O cheiro lá dentro quando eu fui até lá estava horrível — falou a sra. Harold. — De coisa podre mesmo. Eu disse: "Mary, quer que eu limpe a casa para você?", mas ela não deixou. Não me deixou nem entrar na cozinha para fazer um chá.

— Andam falando com as crianças, sabiam? — a mãe da Vicky falou em um tom de voz meio secreto. Ela apontou com o queixo para nós, para o caso das outras mães terem esquecido de quais crianças estava falando. Vicky e Linda estavam fazendo bolhas na limonada e rindo, e eu fingi que estava na brincadeira também, para as mães não perceberem que eu estava escutando. — Vieram falar com o Harry outro dia. O Harry! Eu falei: "Sabiam que ele só tem cinco anos?"

— E com a Donna — a mãe da Donna falou. — Eles apareceram hoje de manhã querendo falar com a Donna. Pelo jeito achavam que ela foi vista com ele naquele dia, mas não quiseram explicar por quê.

Mandei aqueles policiais embora com um quente e dois fervendo. "Nós passamos esse fim de semana na casa da minha mãe", eu disse a eles. "Ela não sabe de nada."

Então as outras mães começaram a contar que a polícia apareceu para falar com os filhos delas também. Um mau humor começou a se revirar na minha barriga. Eu queria que Donna não estivesse na casa da vó naquele fim de semana. Isso queria dizer que com certeza ela não ia para a cadeia.

— Ver o rostinho do Robbie naquela foto... — a mãe do Robert falou. — Me fez querer morrer. Me fez querer vomitar. De verdade.

— Jennifer — a mãe da Donna falou, meio irritada. — Ou uma coisa, ou outra. Morrer é *bem* diferente de vomitar.

— Bom, para você é fácil falar — a mãe do Robert falou. — Você não passou por aquele susto. O rostinho dele olhando para mim... Isso me fez pensar, sabe? A pior coisa não foi o Steven ter morrido. Ter enterrado aquele menininho. Foi ter enterrado toda uma era. Um tempo em que podíamos deixar as crianças brincarem na rua sabendo que estavam seguras, sem nem imaginar que uma tragédia dessas podia acontecer aqui. Foi isso o que nós perdemos. Nossa inocência. O que aconteceu com o Steven... foi assim que nós perdemos tudo isso.

Ela parou de falar bem na hora que pensei que fosse continuar tagarelando para sempre, como o falatório do vigário no domingo. As outras mães se olharam como quem dizia "Que conversa foi essa?" e "De onde ela tirou isso?" e "Será que ela ficou louca mesmo?", e então a mãe da Vicky falou:

— Acho melhor você não falar esse tipo de coisa na frente da Mary, Jennifer.

Começou a escurecer lá fora, e a mãe da Vicky começou a tirar a comida da mesa do jeito que as pessoas fazem quando decidem que está na hora de todo mundo ir embora. A mãe do Robert estava olhando para o jornal de novo. Pensei que ela fosse guardar na bolsa, para poder mostrar para outras pessoas a foto do Robert-não-Steven e dizer que sentiu vontade de morrer e vomitar. Ela parecia bem mais interessada na foto do Robert do que no próprio Robert, que estava lambendo uma das tomadas da parede.

— Vamos para o muro de plantar bananeira? — perguntei para Linda quando saímos. Não tinha anoitecido de verdade, a noite estava caindo como no verão, bem clara e sem pressa.

— Não posso — ela respondeu. — Está quase de noite. A mamãe deve estar me esperando em casa.

Peguei um pedaço de pele do braço dela com o indicador e o polegar e torci.

— A mamãe deve estar me esperando — repeti em uma voz de quem estava tirando sarro.

Ela continuou andando, esfregando o braço.

— Às vezes você não é uma melhor amiga muito boa, Chrissie.

Eu vi os cantos da boca dela se curvarem para baixo de tristeza.

— Mas eu *sou* sua melhor amiga — falei. Ela esfregou os olhos, parecendo não ter muita certeza disso. Meu coração acelerou um pouco. — Você é a minha melhor amiga — falei. — Você é sempre a minha melhor amiga. E eu sou uma melhor amiga muito boa, na verdade. Melhor que qualquer uma. Nunca deixo ninguém tratar você mal. E ninguém mais quer ser sua melhor amiga, aliás. Então eu ainda sou sua melhor amiga, não sou?

— Sim — ela falou, parecendo meio cansada.

Quando cheguei em casa, chamei o papai. Estava torcendo para ele estar no sofá bebendo cerveja. Não estava. Pensei que tivesse morrido de novo. A falta que ele me fazia era como uma queimadura de cigarro na minha barriga: um buraco pequeno e preto nas bordas.

Abri a torneira da banheira. A água saiu tossindo e quente, marrom por causa da ferrugem dentro do cano. O vapor subiu e molhou o meu rosto e eu tirei o vestido, mas continuei de calcinha. Quando entrei, o calor fez a minha pele arder. Esfreguei o restinho de sabão nos braços e nas pernas, e os pelos se eriçaram como lombrigas no leite. Tirei a calcinha dentro da água, esfreguei com sabão, enxaguei e coloquei na borda da banheira para secar. Meu cabelo estava ficando embaraçado nas pontas, então eu molhei ele e tentei tirar os nós mais feios.

Depois de lavar o corpo eu abracei as pernas e coloquei a boca nos joelhos e comecei a apertar cada vez mais forte até sentir que os meus dentes tinham deixado uma marca na parte de dentro dos lábios. Bem na hora que pensei que os dentes iam atravessar a boca e bater nos meus joelhos, ouvi um estalo nas tábuas do piso do lado de fora. Saí da banheira e abri a porta. A mamãe estava no corredor, bem na frente do quarto dela. Abri mais a porta e fiquei parada, com os pés afastados. Ela não olhou para mim em nenhum momento.

— Cadê o papai? — perguntei.

— Não está aqui — ela falou.

— E está onde?

— Não sei.

— Quando ele volta?

— O que você quer com ele?

Peguei uma toalha e enrolei nos ombros. Às vezes a mamãe falava as coisas só para me enganar, só para ter uma desculpa para gritar comigo. Olhei bem para ela para ver se era isso o que estava acontecendo daquela vez. Achei que não. Era mais quando ela entortava o lábio de um dos lados, formando uma ruga em cima de um dos buracos do nariz. Ela não estava fazendo isso. Os lábios dela estavam em uma linha reta, e a ruga estava no meio das sobrancelhas.

— Eu só quero ele aqui — falei.

— Mas eu estou aqui.

Aquilo não fazia o menor sentido. Era como se eu dissesse que não precisava de uma escova de dentes porque tinha um graveto, ou que não precisava de um cobertor porque tinha papel-alumínio. As duas coisas não eram a mesma: a que eu queria era a que eu precisava, e a que eu tinha era muito, muito pior.

— Eu não quero você — falei. — Quero ele.

Ela engoliu a saliva, e a pele entre o pescoço e os ombros dela ficou bem esticada, e por um instante pensei que ela fosse gritar.

— Chrissie — a mamãe falou. — Aquele menininho.

O meu coração estremeceu na garganta. Não estava fazendo tique--taque. Estava acelerado demais para isso. *Tchap-tchap-tchap*, como uma mariposa batendo asas. Os meus músculos pareciam picolés.

— O quê? — falei.

— Você — ela falou.

Pensei que ela fosse continuar — "Você conhecia ele" ou "Você brincava com ele" ou até "Você matou ele" —, mas não. Ela só me olhou, apertou os dentes e alguma coisa se mexeu no queixo dela, como se tivesse um inseto preso embaixo da pele. Aí ela entrou no quarto e fechou a porta.

JULIA

A mamãe estava de pé na frente da pia da cozinha. Era um cômodo estreito, com uma mesa pequena e duas cadeiras no fundo. Abri um dos armários em cima da bancada, esperando encontrar prateleiras vazias. Tinha uma pilha de pacotes de biscoitos da altura do meu braço. Três caixas de ovos, uma em cima da outra.

— Então agora você compra comida — observei. — Agora que está sozinha.

— Quer uma bebida? — ela perguntou, pegando um copo baixo em uma prateleira e despejando três dedos de um líquido marrom dentro.

— Eu não bebo.

Ela virou o copo em um gole.

— Por que não?

— Eu tenho a Molly.

Ela franziu a testa, como se isso não quisesse dizer nada, e levou sua segunda dose de bebida para a mesa, onde sentou de costas para mim. Abri o resto dos armários um a um. Não fazia muita diferença o que tinha lá dentro, e eu mal olhei, mas queria que ela me ouvisse abrir. Queria que sentisse que eu estava revirando ela por dentro.

Quando sentei na frente dela, a mamãe não levantou os olhos. Estava encolhida e parecia pequena dentro do roupão.

— Era para cá que você estava mudando na última vez que conversamos? — perguntei.

— Era. Faz cinco anos.

— Por que você voltou?

— Porque eu quis. Eu não me sentia em casa nos outros lugares. Pelo menos aqui eu conheço tudo.

— Aqui você se sente em casa?

Ela deu de ombros e soltou o ar com força, estremecendo. Percebi que ela podia começar a chorar, o que achei repulsivo. Tentei arrumar um jeito de transformar a tristeza dela em raiva.

— Teve algum problema com você aqui? — perguntei.

Quando a mamãe me visitava em Haverleigh, adorava me contar os problemas que estava tendo. Trazia bilhetes que deixavam na caixa de correio dela, rabiscos que gritavam alto. "FORA, MÃE DA ASSASSINA." "QUEM PARIU SATÃ QUE VÁ PARA O INFERNO."

Ela deu um gole na bebida.

— Nada de grave. Bate na madeira.

Ela bateu na mesa, que era claramente de plástico. Nós duas ficamos em silêncio por um tempo. Quando tive a ideia de ficar com ela não imaginei isso: palavras tensas no meio do silêncio total. Imaginei gritos, lágrimas, sacudidas em Molly. "Olha só. Olha o que eu fiz, mamãe. Eu fiz ela. Fiz uma coisa boa." A mamãe caindo de joelhos no chão, afastando os cabelos do rosto da Molly. "Pois é. Fez mesmo. Muito bem. Ela é linda, Chrissie. É linda." Eu me odiei por acreditar que isso podia acontecer, e ainda mais porque queria que acontecesse.

— Você tem emprego agora? — perguntei.

— Faxina. Em escritórios na cidade.

— Ok.

— É de manhã bem cedo. Chego lá às quatro, cinco. Volto meio-dia e vou dormir. Era por isso que eu estava dormindo. Quando você chegou. Normalmente eu não... Sabe como é. Eu só durmo durante o dia se tiver trabalhado de manhã.

— Ok.

Um tique fez o canto do olho dela tremer. Ela molhou o dedo na bebida e passou a ponta molhada no lugar que estava tremelicando. Não ajudou. Ela espalhou a gota do líquido pela borda do copo. Lembrei do papai fazendo isso — o zumbido fino reverberando pelo ar.

— Você sabe onde está o papai? — perguntei.

— Perdi contato. Pode estar em qualquer lugar.

— Ah.

— Já foi tarde — ela falou, parecendo um pouco mais viva. — Ele era um desgraçado.

O papai só foi me visitar em Haverleigh quando fiz dezesseis anos. Ele apareceu três dias depois do meu aniversário e entrou na sala de visitas com um saco de doces embrulhados que os cuidadores precisaram abrir para ver se não tinha drogas nem giletes. Quando chegou na mesa, ele despejou tudo na minha frente. A maioria foi parar no chão. Nenhum dos dois abaixou para pegar.

— Feliz aniversário — ele disse.

— Obrigada — respondi.

— Você está crescida.

— Pois é.

— Bem maior.

Não falei nada.

— Tudo certo aqui? — ele perguntou, apontando para a janela. Do lado de fora dava para ver o muro de três metros de altura.

— Tudo.

Ele ficou esfregando a unha do dedão nos dentes enquanto assistíamos a TV instalada no canto da sala. Por dentro, eu me sentia aquecida por uma chama pequena, mas resistente. Ele veio. Veio me ver. Veio me ver e me trazer doces. Veio me ver e trazer doces para o meu aniversário. A aparência e a voz dele eram como eu lembrava, e senti vontade de pular por cima da mesa e enterrar a cara no pescoço dele, onde a pele era fria e úmida.

Quando o programa de TV terminou, o papai limpou a garganta.
— Acho que já vou indo, então.
— Mas você acabou de chegar.
— Estou aqui há quase meia hora.
— Não está, não.
— Eu tenho coisas para fazer.
— Mas eu quero que você fique.
Ele sentou, pegou um doce, desembrulhou e colocou na boca. Ouvi a bala se chocando nos dentes dele. Vimos outro programa de TV. Quando terminou, ele apoiou as duas mãos na mesa.
— Vejo você outra hora, então — ele falou.
— Você vai voltar?
— Vou. Espero que sim.
— Só vou passar mais dois anos aqui. Depois disso tenho que ir embora. Você vai voltar antes de eu sair?
— Claro que sim. Claro.
— Obrigada — falei, apesar de saber que ele não ia voltar, mas mesmo assim me senti grata por passar quase uma hora com um adulto que não estava sendo pago para ficar comigo. Ele arrastou a cadeira, e eu contornei a mesa e abracei ele. Quando eu era criança e me agarrava no papai, o meu rosto batia na barriga macia dele, mas agora o osso do meu nariz encostava nos ossos do peito dele. Virei o rosto para grudar a bochecha na camisa dele. O papai me deu um tapinha nas costas, depois me segurou pelos ombros e me empurrou para trás, mas não como se quisesse me derrubar, só para abrir um espaço entre nós. Às vezes é preciso abrir um espaço entre você e outra pessoa, mesmo aquelas que você gosta, mesmo aquelas que você ama, porque você pode estar com calor ou precisando respirar. Não foi por isso que o papai me afastou: ele fez isso porque não queria o meu corpo encostado no dele. Porque eu tinha crescido e vingado, mas ainda era uma semente podre.

— Ele foi me ver algumas vezes — falei para a mamãe. — Ele não era tão ruim.

— Era, sim — disse ela.

— Ele era melhor que você.

— Quando? Quando ele era melhor? Ele nunca estava lá.

— Estava, sim. Às vezes estava.

— De vez em nunca.

— Bom, não era culpa dele. Ele tinha outras coisas para fazer. Era obrigação sua cuidar de mim, não dele.

— Por quê?

— Porque você era a mãe.

Ela não respondeu, e o silêncio deixou espaço para eu ouvir a voz na minha cabeça — iludida, reclamona —, o que me deixou mais irritada que qualquer coisa que ela pudesse falar.

— Ele não precisava estar lá para ser melhor que você. Pelo menos quando aparecia ele era legal comigo.

Ela soltou um risinho de deboche que veio do fundo da garganta.

— Pois é. Legal com *você*.

Outra lembrança, transparente e cinzenta, como um negativo de fotografia. Sete anos de idade, vendo o papai pela janela do quarto, fui correndo porta afora para os braços dele. A mamãe na porta, a mamãe no caminho do jardim, chamando enquanto andávamos pela rua de mãos dadas.

— Papai, ela quer falar com você.

— Continua andando.

A mamãe em casa quando voltamos à noite, sentada na escada, encostada na parede.

— Vai para a cama, Chrissie.

— Não estou com sono.

— Vai para a porra da sua cama.

De pé no quarto, ouvindo a gritaria.

— Então você simplesmente vai embora?

— Eu já vim ver a menina, já fiz a minha parte.
— Mas e eu?
— Deixa de ser ridícula.
— E *eu*?
— Você parece criança, Eleanor.

O portão rangendo, o bafo quente na janela fria, papai indo embora, mamãe descalça na rua.

— Volta, por favor, volta. *Volta*.

A voz falhando, o nervosismo. Passos na escada. A mamãe no meu quarto, a mamãe me batendo na cara, uma dor trovejante e um estalo como um chicote.

— Isso *tudo* é por *sua* causa.

A palma da mão na minha bochecha, quente e sensível.

— Isso mesmo. É tudo por minha causa. Tudo isso é por *mim*. Ele voltou por mim. Não por você. Você não ouviu ele falando?

Minha cadeira arrastou no chão quando levantei da mesa.

— Vou ver como a Molly está — falei.

Ela estava do jeito que eu tinha deixado: no sofá, vendo um programa de história na TV.

— Tudo bem aí? — perguntei.

Ela não olhou para mim quando eu sentei no braço do sofá.

— Por que ela fica falando Chrissie? — Molly perguntou.
— Era assim que me chamavam quando eu era criança — respondi.
— E agora não mais?
— Não.
— Por que não?
— Eu mudei.
— Eu vou deixar de ser Molly?
— Não.

Mas então percebi que eu não sabia o que ia acontecer quando ela fosse morar com outros pais. Uma parte de mim torcia para eles mudarem o nome dela. Eu detestava a ideia de ter aquelas sílabas macias na boca deles. Fiquei me perguntando se, quando estivesse na cadeia, ia sentir necessidade de falar o nome dela algumas vezes por dia para me sentir inteira. Me imaginei recitando o nome, sozinha no meu beliche.

No caminho para a cozinha, parei no quarto que ficava do lado da sala. Era mais bagunçado que o resto do apartamento, tinha meias-calças e blusas espalhadas pela cama. Dava para ver a marca do corpo de uma pessoa no meio, e eu imaginei a mamãe encolhida ali, como um rato enfurnado no ninho.

Ela ainda estava na mesa da cozinha, com a cabeça apoiada em uma das mãos. Quando passei pela bancada, rocei os dedos nas caixas de cereais encostadas na parede.

— Agora você compra comida — falei quando sentei.

— Por que você fica repetindo isso?

— Porque você não se dava esse trabalho quando morávamos juntas.

— Ah, não?

— Não. Eu nunca tinha o que comer. Vivia com fome. Enfiava os lençóis na boca à noite só para ter alguma coisa para mastigar.

— Mas eu lembro de comprar coisas para você. Doces e tudo mais. Eu lembro.

— Isso acontecia o que, uma vez por mês? No resto do tempo não tinha nada.

— Bem, eu não sabia disso. Não me lembro de passar fome.

— Você não passava.

Era verdade: mesmo com os armários da cozinha vazios, a mamãe tinha o que comer. Às vezes, quando ela chegava à noite, eu esperava até que fizesse silêncio no quarto e descia para remexer na bolsa dela, largada no corredor lá de baixo. Sempre tinha alguma coisa no fundo, um pacote vazio de salgadinhos ou o papel em que vinham embrulhadas as batatas fritas. Quando era o papel, eu chupava o ketchup que tinha sobrado. Eu sempre torcia para ser o papel das batatas fritas. Nós éramos como uma família de passarinhos que deu errado, a mamãe e eu: ela saía para buscar comida, eu ficava no ninho. Mas só às vezes ela trazia pedaços de minhoca mastigados para mim, e eu engolia todas as migalhas que me sobravam. Pensando nisso agora, me senti totalmente degradada.

— Eu passava fome — falei.

— Ok. Já entendi. Mas que exagero. Era só comida.

A raiva me atingiu no lugar sensível onde meu maxilar se juntava ao pescoço. Eu não sabia como dizer que a comida deixava de ser comida quando você não tinha o que comer, que se tornava uma ausência cada vez maior enquanto você definhava. A comida virava o jeito que você media as horas, o jeito que diferenciava um dia bom de um ruim, uma coisa a que você se apegava quando tinha e lamentava quando não tinha. Eu não sabia como explicar a fome, e não sabia se valia a pena tentar. Não dá para entender a fome a não ser que você já tenha sentido. Eu queria explicar como isso tinha moldado quem eu era, me transformado, porque a fome era enorme e eu era pequena, e a fome estava sempre lá, constante e incômoda. Seria loucura dizer que eu matei porque passava fome, mas a fome era uma forma de loucura. Era o motivo por trás de muita coisa que eu fazia na época. Às vezes eu me perguntava se a fome não tinha impedido o meu cérebro de crescer como os cérebros normais crescem, porque eu nunca tinha sustância dentro de mim para fazer células novas.

Em Haverleigh todos comiam juntos, sentados em bancos compridos, colocados um de cada lado da mesa de jantar. A mesa era larga o suficiente para não deixar ninguém chutar as pessoas sentadas do outro lado, então tínhamos que chutar quem estava do nosso lado mesmo. Eles tentavam sentar todos perto das pessoas que gostavam, para ninguém ficar se chutando, mas ninguém gostava de mim, e eu chutava todo mundo. Mas sempre parava quando a comida chegava. Os cuidadores colocavam as bandejas de sanduíches lá no meio, e eu catava quantos coubessem na minha mão, empilhava no prato, catava mais, empilhava mais, fazia um escudo com o braço e ia enfiando tudo na boca. Eu não sentia o gosto da comida em Haverleigh; o gosto não era a questão. Comer não era a questão. A questão era ter, e continuar tendo e poder me sustentar. Às vezes, quando cozinhávamos com os cuidadores, eu escapulia para a despensa. Os meus pés batiam de leve no piso de linóleo, e eu abria a porta com um suspiro baixinho. Não fazia diferença se eu ia ser pega — e eu sempre era pega —, o que importava era quanta comida eu conseguia enfiar na boca até aquela lâmpada horrorosa pendurada em um fio no teto acender em cima da minha cabeça. Diferentes comidas desciam pela minha garganta de jeitos diferentes: os cereais de café da manhã arranhavam, a geleia escorria, a manteiga deslizava. Quando os cuidadores me encontravam, suspiravam bem alto, bem mais que a porta da despensa. Eles me levavam para o banheiro e lavavam minhas mãos meladas. Eu gritava.

— Fique *quieta*, Chrissie.

— Mas está *doendo*.

— O que está doendo?

— A minha *barriga*. A minha *barriga* está doendo.

— Claro que está. Você se entupiu de comida. Não pode se empanturrar desse jeito.

— Mas está *doendo*. Está *doendo*. *Eu* estou doendo.

Eles suspiravam ainda mais alto, e eu berrava ainda mais alto, porque ninguém me entendia. A minha barriga doía de um jeito horrível e injusto, como se tivesse um punho de ferro espremendo minhas tripas, depois a dor se espalhava para outros lugares, lugares secretos, na garganta, na cabeça e no peito. Eu estava com dor porque sentia falta do papai e da Linda e do muro de plantar bananeira e da minha bolinha de gude. Eu berrava tanto que vomitava, e então ficava quieta. Eu me sentia melhor quando vomitava. Os cuidadores não, porque geralmente era em cima deles.

Depois de um tempo colocaram um cadeado na porta da despensa, então comecei a roubar coisas da mesa do café da manhã. Eu escondia elas no meu armário e comia debaixo das cobertas à noite.

— Por que tem geleia de framboesa nos seus lençóis, Chrissie? — um cuidador perguntou uma vez, num domingo, olhando por cima do meu ombro enquanto eu trocava a minha roupa de cama.

— Que geleia de framboesa?

— Essa.

— Isso não é geleia de framboesa — falei. — É sangue. Meu nariz sangrou.

— Humm — ele falou, pegando os lençóis da minha mão. — Um sangramento com sementes. Interessante.

— Bom, eu sou a semente podre.

Quando saí de Haverleigh, já tinha aprendido a ter medo da força e do tamanho do meu apetite, porque o que comi lá se entranhou no meu corpo. Toda vez que eu lavava o rosto, minhas mãos encontravam os inchaços nas bochechas e no queixo. Depois de sair eu quase não comia, e os ossos voltaram à superfície, como a coalhada se separando do soro. A fome estava sempre lá, esmurrando a caixa que selei ao seu redor, mas eu conseguia empurrar ela lá para o fundo. Doía demais ser grande. Ser grande demais para caber nas roupas que tinham o cheiro da Linda e das ruas. Grande demais para me esconder. Grande demais para amar.

— Tem algum motivo para você ter vindo até aqui? — a mamãe perguntou.

Coloquei os cotovelos na mesa a apertei os olhos com os dedos. Minha dor de cabeça era tão forte que eu via círculos de luz rosa e azul a cada vez que piscava. Eu conseguia imaginar cada célula dentro do meu crânio, vermelhas e sensíveis e furiosas de dor. Não queria falar que precisava dela. Ela não merecia.

— Até parece que eu nunca vim ver você — respondi. — Antes eu vinha o tempo todo.

— Mas já fazia um tempão que não. Fazia anos.

— Você não chegou a conhecer a Molly — eu disse. Queria que ela mordesse a isca. *Claro, claro, sua filha, sua garotinha. Ela é incrível, Chrissie. Vou lá para a sala agora mesmo só para ficar olhando para ela.*

Ela enfiou a mão na manga do roupão. O som das unhas coçando o braço era como o de uma faca arrancando escamas de peixe.

— Mas por que agora? — perguntou.

— Às vezes simplesmente parece que chegou a hora de fazer as coisas. Que nem quando você achou que estava na hora de alguém me adotar.

Isso funcionou bem como eu queria: acabou a coceira, acabou o barulho. Ela foi tirando a mão devagar, e eu vi o pó fino das células da pele que se juntou embaixo das unhas.

— Eu não sabia que você lembrava disso — ela falou.

— Eu não era uma bebezinha. Tinha oito anos.

— Bom, o que você quer que eu diga? Eu não sabia cuidar de você. Como eu ia saber? Ninguém nunca me ensinou. Minha mãe nunca cuidou de mim. Você não tem como saber as coisas se ninguém ensinar.

— Não é tão difícil assim.

— Você não era uma criança fácil de cuidar.

— Você não era uma mãe fácil de ter.

— Deixa isso pra lá, Chrissie. Por que você não pode simplesmente esquecer isso?

Dava para sentir que ela estava se fechando. Eu me agarrei à lista de questões que tinha feito no trem.

— Você sabia? — perguntei.

— O quê?

— Que fui eu que fiz aquilo. Com o Steven. Antes de todo mundo saber.

Ela recostou na cadeira e olhou para o lado. Dava para ver que estava tentando escavar as camadas de o-que-eu-sei-agora para chegar até o-que-eu-sabia-na-época.

— Sim — ela falou. — Acho que sim.

— Como?

— Bom, eu não tinha certeza. Mas lembro de estar na igreja, e elas... você sabe, aquelas mulheres mexeriqueiras. Elas estavam cochichando, e uma delas falou: "Estão conversando com todas as crianças, sabia?", e a outra falou: "Pois é, eles acham que tem algo muito errado acontecendo". Ou alguma coisa assim. Dava para entender o que elas queriam dizer, que todo mundo estava começando a achar que tinha sido uma criança. E eu lembro que pensei: *Ah. Então foi ela.*

— Só isso?

— É só isso que eu lembro.

— Você deve ter sentido alguma coisa.

— Só senti que sabia desde o começo.

— Por que você não contou para ninguém? Se sabia desde o começo, por que não falou para a polícia?

— Na verdade não sei.

— Você podia ter se livrado de mim bem antes. Era isso que você queria, não? — Eu sabia que estava escavando, garimpando em busca do afeto dela. *Eu não queria me livrar de você. Queria você comigo. Eu me importava com você. Você é a minha Chrissie.* Ela puxou as mangas do roupão por cima das mãos e enfiou elas entre as coxas.

— Eu não sei de verdade o que queria — ela disse. — Não lembro muito bem das coisas. Se eu entregasse você ia ser um problemão, uma tremenda dor de cabeça. Acho que eu não queria tanta complicação. Parecia uma coisa meio... Enfim. Ele está morto mesmo. Que diferença faz?

— Ah.

Era meio humilhante aquele assunto não fazer a menor diferença.
— Não acredito que você não fez nada — falei.
— Não é que eu não fiz nada. Eu tentei fazer alguma coisa.
— O quê?
— Você sabe o que eu quis dizer.
Ouvi a porta da sala se abrir e fui até onde Molly estava, no corredor.
— O que foi?
— A TV ficou esquisita — ela falou, apontando para a tela, que estava com umas listras cinza no meio. Agachei atrás do aparelho e olhei para aquele emaranhado até encontrar um mal encaixado.
— Está melhor agora? — perguntei.
— Está.
Eu ia levantar, mas parei quando vi uma lata quadrada de metal na parte de trás da mesinha da TV. Abri a tampa e vi uma pilha de cartões de aniversário, com um monte de desenhos melosos dentro. Ursinhos de pelúcia, corações, bolos com velinhas amarelas. Minha bolsa estava do lado da mesinha; enfiei a lata lá dentro, sem deixar Molly ver. Meus joelhos estalaram quando fiquei de pé.
— Daqui a pouco nós já vamos — eu disse a ela.
— Tá.
Ela se acomodou no canto do sofá e voltou a se concentrar na tela. Naquela luz azulada, as bochechas e os lábios dela pareciam bem lisinhas, como se fossem de uma boneca de porcelana. Refletia as imagens que dançavam na frente dos olhos dela. De repente me pareceu revoltante ela ser tão perfeita — tão diferente das outras centenas de milhares de crianças normais do mundo. Eu ia perder ela, não tinha jeito. Esse ia ser o fim da nossa história. E parecia muito injusto ela ser tão especial.
A mamãe não levantou os olhos da mesa quando voltei.
— Está tudo bem — falei. — Era só um probleminha com a TV. Já arrumei.
— Ah, sim. É bem velha.

— Você não está muito interessada nela, não é?
— Essa menina não é minha.
— Não. Mas eu sou. E ela é minha. Então você devia se importar.

Ela soltou o ar com força por entre os dentes, fazendo os lábios incharem, e soltou o cinto do roupão.

— Você não é mais uma menina — ela disse. — E já faz anos.
— O que eu quis dizer é que eu sou sua *filha*. Não uma *menina*. Sou sua *filha*.

Lembrei que a mamãe era sempre assim — abraçando e empurrando, se apegando e rejeitando. Ela era assim quando morávamos juntas: chorava para eu ficar, gritava para eu ir embora. Não precisava de muita coisa para ela mudar de uma reação para outra, e eu quase nunca sabia o que tinha feito para provocar a mudança. Quando ela me visitava em Haverleigh, fiquei melhor em perceber os nadas que ela transformava em tudos. Dessa vez eu não tinha como ter certeza, porque estava sem prática, mas achei que ela devia estar magoada porque fui ver como Molly estava em vez de ficar com ela na cozinha.

— Você veio aqui só para me mostrar que é uma mãe melhor que eu? — ela perguntou.
— Quê? Quando eu falei que sou uma boa mãe?
— Não precisa falar. Você fica rodeando ela o tempo todo. Está esfregando isso na minha cara, não é?
— Eu só estava tomando conta dela. A Molly é uma criança. Crianças precisam disso.
— Não tanto quanto as pessoas pensam.
— Sim. Exatamente quanto as pessoas pensam. Talvez até mais — falei. — Eu não vim esfregar nada na sua cara. Só queria que você conhecesse ela. É isso que eu venho fazendo esse tempo todo, cuidando dela. Provavelmente a única coisa boa que eu já fiz.
— Ora. Que bom para você. Porque não é nada bom ter uma filha que só tornou o mundo um lugar pior.

Ela tinha limado as minhas defesas com sua demonstração de fraqueza, me deixando desprotegida como uma uva descascada. A alfinetada me doeu por dentro. Ardeu.

— Por que você me teve, aliás? — perguntei. — Você não queria uma filha. Podia ter se livrado de mim. Você não me queria.

Ela fez um som de desânimo — uma espécie de "ah" —, como se fosse uma pergunta impossível de responder.

— Não sei. Eu queria alguma coisa. De repente era o seu pai. Eu posso ter pensado: *Se eu tiver um bebê, ele vai ficar comigo*. E, mesmo se ele não ficasse, eu posso ter pensado: *Bom. Eu ainda vou ter a criança por perto. E ela vai me amar*. E aí eu tive você. E você não me amava.

— Porque você nunca fez nada por mim. As crianças não nascem amando você. Precisando de você, talvez. Mas amando, não. Você precisa se esforçar para ganhar amor.

— Mas eu já falei. Ninguém nunca me ensinou como fazer esse esforço. Eu não sabia o que fazer.

— Ninguém nunca me ensinou também. Ninguém nunca me ensinou nada. Mas, se quiser, você aprende. E depois aprende a ser um pouco melhor no dia seguinte. E vai fazendo assim todos os dias. Na maior parte do tempo é bem difícil e chato, mas não é impossível. Você só precisa querer de verdade.

— Certo. — Nesse momento, pareceu que todo o ar escapou do corpo dela. A mamãe afundou nas dobras do roupão. Reparei no ursinho de pelúcia bordado no bolso. — Então você está me dizendo que eu não queria. Não de verdade.

— E o que você quer? — perguntei. — Estou falando de agora. O que você quer?

— Ah, sabe como é. Um monte de coisas.

— Mas que coisas são essas?

A mamãe começou a morder a pele ressecada dos lábios. Vi um pedaço transparente sair e desaparecer na língua dela. Ela pegou com o dedo e limpou na mesa.

— Ora. Seria ótimo não ter medo que as pessoas cuspam em mim no meio da rua, para começo de conversa. E ter uma casa que seja um lar. E acho que eu queria ser mais jovem. Todo mundo quer isso. Eu queria ter vinte e cinco anos, como você. Ter a vida toda pela frente. Acho que no fim o que eu quero é começar de novo.

Foi provavelmente a coisa mais sincera que ela já me disse, e aquilo me pareceu grande demais para conseguir absorver. Levantei, mas não tinha espaço suficiente. Aquilo tudo era demais para mim — as palavras da mamãe, o apartamento cheio de umidade, aquele lugar que exalava lembranças da casa azul. O meu rosto parecia um balão cheio de água fervendo, então fui até a geladeira, abri a porta e agachei para respirar o ar frio. Uma das prateleiras estava cheia de latas de Coca-Cola. Imaginei o geladinho na garganta, os dentes ficando ásperos de tanto açúcar. Em Haverleigh só podíamos beber Coca no Natal, então quando saí só bebia isso, e durante semanas parecia que era sempre Natal. Eu vivi de um jeito nada saudável depois de sair. Punha tanto sal na comida que ficava com a gengiva ardendo, e acordava com a garganta coçando no meio da noite, e esticava a mão para pegar a garrafa de dois litros de Coca que deixava do lado da cama. Quando o líquido batia nos meus dentes, eu sentia o esmalte sair como se fossem camadas de papel. Às vezes parecia até um experimento: eu estava tentando ver quanto conseguia maltratar o meu corpo até que parasse de funcionar. No dia que descobri que estava grávida eu bebi quatro litros de Coca, depois nem um gole por nove meses. Eu me forçava a beber água, quase vomitando por causa daquele gosto bizarro de nada. A minha barriga expulsou todo o gás e se encheu de Molly, e a cada dia eu sentia que ela estava juntando os meus cacos apodrecidos.

Pode ter sido isso que eu não suportei mesmo — descobrir que a mamãe não estava mais tão podre. Estava menor e mais calada e melhor que antes. Estava limpa. Estável. Ganhando dinheiro e pondo comida nos armários. Foi o que aconteceu comigo quando descobri que ia ter Molly, só que ao contrário. Eu juntei os meus cacos porque Molly tinha chegado. A mamãe fez isso porque eu tinha ido embora.

Ficar agachada fez minhas pernas formigarem, então fechei a porta da geladeira, sentei, me inclinei para a frente e apoiei a cabeça no plástico gelado. Os ecos do que ela tinha falado reverberavam em mim até a ponta dos dedos. *Então foi ela. Que diferença faz? Eu queria ter vinte e cinco anos, como você. Não é que eu não fiz nada. Eu tentei fazer alguma coisa.* Eu entendi o que ela quis dizer e fiquei horrorizada, mas as outras coisas falavam mais alto — como o tremor de raiva que me sacudiu quando pensei nas pessoas cuspindo nela no meio da rua, e o calor que senti por dentro quando ela lembrou quantos anos eu tinha.

CHRISSIE

Quando vi a mamãe no sábado, pensei que ela devia estar doente. Eu estava sentada no capacho do corredor, amarrando os sapatos com os nós que nunca soltavam, e ela saiu da sala. Estava com as bochechas bem vermelhas e os olhos bem brilhantes, e contorcendo a boca em um formato bem estranho. Fiquei de pé.

— Oi — ela disse e veio ficar perto de mim.

Pensei que talvez ela quisesse me abraçar, mas não conseguiu. Em vez disso deu um tapinha no meu ombro. De perto, ela estava com um cheiro forte de mulher, de sangue e carne e banheiro. Respirei pela boca para aquilo não entrar em mim.

— Você está doente? — perguntei.

— Não — ela falou.

— Não está com gota?

— Por que eu teria gota?

— Sei lá. O marido da sra. Bunty tem.

— Eu estou bem. Você está saindo para brincar?

Fiz que sim com a cabeça, ainda com o nariz trancado.

— Com quem você vai brincar?

— Com a Linda — respondi.

— Ah, sim. A Linda. Uma graça — ela falou.

Na verdade, ela nem sabia quem era Linda. Ela tirou um tubo de confeitos recheados de chocolate de trás das costas.

— Comprei para você comer. Enquanto brinca.

Estendi a mão. Ela me entregou o tubo. Era bem lisinho.

— Certo — falei.

Quando fui abrir a porta, ela me pegou pelo braço e me puxou de volta, apertando com tanta força que eu senti as marcas dos dedos começarem a aparecer na minha pele.

— Eu comprei esses doces para você, entendeu? Precisei gastar dinheiro para comprar, e são só para você. Então não é para dividir com as outras crianças. Certo?

Sacudi a cabeça e disse que não ia dividir, e estava falando a verdade, porque nem pensei em dividir nada com ninguém. Ela abaixou e me deu um beijo rápido e áspero na bochecha. Os lábios dela eram ásperos como casca de árvore na minha pele.

— É para comer tudo sozinha. Para comer tudinho — falou.

— Eu vou.

Ela colocou a mão na minha cabeça, fechou os olhos e cochichou:

— Pai, me protege. Deus, zela por mim.

Tive vontade de dar uma boa olhada nela, de ver se aquela era mesmo a mamãe ou uma mulher diferente vestida como ela, mas assim que acabou de rezar ela foi para a cozinha e fechou a porta. Coloquei os dedos no rosto, no lugar onde ela beijou.

Bati na casa da Linda e nós subimos até o parquinho, e enquanto isso eu sentia os confeitos sacudirem contra a minha perna.

— Que barulho é esse? — Linda perguntou.

— Não vou contar — respondi, saboreando o meu segredo na boca.

William e Richard e Paula já estavam no parquinho. William e Richard estavam jogando pedras em uma árvore, e Paula estava comendo grama.

— Olhem o que a mamãe me deu hoje de manhã — falei, mostrando o tubo de papelão.

Richard estalou a língua.

— Não tem nada de especial. Minha mãe me dá isso o tempo todo. Me dá um monte de doces.

Eu sabia que era verdade, porque ele era gordo, mas dei um chute no tornozelo dele mesmo assim. Ele deu risada e foi bamboleando até o gira-gira, que soltou um rangido alto quando ele sentou.

— Dá um pra gente — William pediu.

Ele estendeu a mão, e Paula fez o mesmo.

— Quer um? — perguntei para Linda.

Ela fez que sim com a cabeça e estendeu a mão. Olhei para aquela fileira de mãos, duas grandes e uma pequena, e para os três rostos empolgados.

— Mas vocês não vão ter nenhum — eu disse e saí correndo para sentar na cerca. Eu sabia que eles iam vir atrás.

— Isso não é justo! — William falou quando me alcançou. Ele chutou o portão. — Eu divido as minhas coisas com você.

— Divide nada.

— Divido, sim. Eu dei um pedaço da minha torta para você, não foi?

— Só porque eu deixei você pôr a mão dentro da minha calcinha — falei.

As orelhas dele ficaram da cor de presunto.

— Você deixou ele fazer *o quê*? — Linda perguntou.

— Isso mesmo que você escutou — respondi.

William chutou o portão de novo, com tanta força que eu ouvi os dedos do pé dele estalarem. Paula sorriu e estendeu a mão para pedir os doces.

— Não, você não vai ganhar — falei.

Sentei e abri o tubo. William tentou levar Paula para longe, mas ela ficou gritando e apontando. Ele pegou ela no colo e levou para o gira-gira. Linda veio sentar do meu lado.

— Me dá só um. Eu sou sua melhor amiga.

— Vai embora. A mamãe comprou só para mim. Disse que não era para dividir com ninguém.

— Mentira. Ela não falou isso. As mães nunca falam para não dividir.

— Bom, a minha falou. É tudo só para mim.

— Se não me der um, você nunca mais vai poder ir na minha festa.

— Eu não queria mesmo. Suas festas são uma porcaria.

Ela me beliscou. Dei um tapa nela. Ela saiu correndo e gritando:

— Você não é mais minha melhor amiga, Chrissie Banks!

Eu nem liguei. As festas da Linda eram *mesmo* uma porcaria, porque a mãe dela dizia que a brincadeira de estátua era muito boba e que a dança das cadeiras era barulhenta e perigosa demais. A única coisa que a mãe da Linda achava uma boa ideia era brincar de colorir, e brincar de colorir não era o tipo de coisa para fazer numa festa. Então era verdade que as festas da Linda eram uma porcaria, e era bom ela saber disso. E aliás ia precisar de muito mais que uns doces para ela deixar de ser a minha melhor amiga.

Enquanto os outros brincavam no gira-gira, despejei um punhado de confeitos na mão. Eram bem diferentes da foto no tubo — menores e todos da mesma cor, meio cinza. A casquinha de fora era farinhenta. Quando coloquei um na boca e mordi ele desmanchou, e um grude que parecia giz se espalhou pela minha língua. Achei que a mamãe devia ter comprado aquilo fazia um tempão e esquecido de me dar e deixado na gaveta por tanto tempo que o chocolate do recheio tinha virado pó. Linda estava me olhando do gira-gira com a cara fechada, então comi mais dois. Minha barriga revirou.

Comi metade do tubo. Era mais fácil jogar a cabeça para o alto e engolir os doces inteiros, mas às vezes eles entalavam na minha garganta. Tentei tossir sem fazer barulho, para Linda e William e Richard não perceberem (Paula não percebeu porque estava ocupada demais comendo dentes-de-leão). Se eles não estivessem vendo, eu ia jogar tudo no lixo, mas eles ficaram olhando e olhando sem parar, e isso queria dizer que eu precisava continuar comendo e comendo sem parar. Quando fiquei sem saliva na boca para engolir, enfiei o tubo no bolso e corri até o gira-gira. Linda virou as costas para mim, mas os outros esqueceram que tinham que parecer bravos. Paula agarrou a minha perna e deixou um rastro de catarro no meu vestido. Richard empurrou o gira-gira, e eu fechei os olhos e tentei não pensar na minha barriga revirada nem no gosto amargo na minha boca. Decidi que da próxima vez que fosse comprar doces não iam ser confeitos de chocolate. Esses eu não ia querer nunca mais.

Richard cansou de empurrar o gira-gira rapidinho, e ninguém quis fazer isso no lugar dele, então fomos para os balanços. Eu e Linda sentamos no chão, enquanto William e Richard competiam para ver quem ficava mais tempo pendurado de cabeça para baixo. Eu queria participar também, porque era a melhor nisso de ficar de cabeça para baixo, só que quando levantei o mundo começou a girar, e eu encostei o rosto em um dos postes do balanço, sentindo o metal frio na bochecha.

— Está tudo bem? — Linda perguntou. — Você está esquisita. A sua cara está com a cor errada.

"Como assim?", era o que eu queria perguntar. Mas não saiu certo. Tentei de novo, mas a minha língua estava grande demais para a boca. Senti um fio de baba escorrer pelo meu pescoço e uma gota de suor descer pela testa. Eu me inclinei para a frente e um jato de vômito caiu no chão. William e Richard desceram da trave do balanço, e Richard levou Paula para longe para não deixar ela pôr a mão no vômito. Ela provavelmente ia acabar comendo aquilo também.

— Ela está com caxumba? — William perguntou.

— Não — Richard falou. — Ela não está com a cara gorda.

— *Você* está com a cara gorda — William falou, e Richard empurrou ele.

Eu conseguia ouvir o que eles estavam falando e ver o que estavam fazendo, mas era como se estivesse debaixo de um metro de água.

Estava morrendo de sede e tentei pedir alguma coisa para beber, mas só acabei vomitando mais. O vômito cobriu as minhas roupas e se acumulou nos meus pés. Ouvi gente correndo, e talvez todo mundo estivesse indo embora porque eu não tinha dividido os meus doces, e mesmo antes de não dividir os doces eu não era muito boazinha, então ninguém gostava muito de mim para começo de conversa, mas então senti dedos quentes segurando o meu braço. Linda levantou o cabelo da minha nuca e soprou a pele molhada de suor.

— Não se preocupa, Chrissie — ela falou. — Você vai ficar bem. Só está meio doente. O Richard foi chamar a mãe dele. Você ainda é a minha melhor amiga, de verdade mesmo. E pode ir na minha festa. Nós não vamos brincar de colorir.

Depois de um tempo vi uma pessoa que parecia uma gelatina rosa vindo na nossa direção, e atrás dela uma mancha escura. A gelatina agitou as mãos e soltou uns ruídos agudos e a mancha enfiou um braço embaixo dos meus ombros e o outro embaixo dos meus joelhos, me levantou e me segurou firme. Alguém falou: "Você comeu alguma coisa diferente?", e alguém enfiou a mão no meu bolso, tirou o tubo de confeitos e falou: "Só isso", despejando os confeitos na mão de alguém, que falou: "Não são doces, olha direito, não são doces". E então eu estava em um carro, ou furgão, ou caminhãozinho de leite, depois em um quarto grande onde tudo era branco e todo mundo estava preocupado. Então veio o sono, ou algo parecido. Foi como um cobertor jogado em cima de mim, macio e repentino.

Eu sabia que não estava em casa assim que abri os olhos, porque a cama estava seca. Quando eu acordava em casa a cama nunca estava seca. Mexi as pernas embaixo dos lençóis e escutei os barulhos que se espalhavam pelo ar — tinidos e ruídos e vozes de mulher. O cheiro de limpeza chegou bem forte no meu nariz. Quando abri os olhos, uma mulher de touca e avental branco estava de pé do meu lado. A cabeça dela estava bem embaixo da luz forte do teto, formando um halo ao redor da cara dela.

— Olá, Christine — ela falou, mostrando os dentes brancos como o avental. — Como está se sentindo, pequena?

Tentei sentar, mas a dor estalou na minha cabeça como um elástico arrebentando. A minha boca estava com gosto de coisa morta.

— Com sede — sussurrei.

— Sim, pequena. Claro. Vamos sentar você primeiro e depois eu vou buscar água. E o café da manhã também. Que tal?

Eu não estava com fome. Era tão estranho não sentir fome que fiquei me perguntando se tinham jogado algum feitiço em mim enquanto dormia. A mulher me disse que o nome dela era enfermeira Howard, e pôs as mãos embaixo dos meus braços e me puxou para me fazer sentar. Vi que eu estava em um quarto cheio de camas de metal com lençóis brancos e corpos pequenos. Tinha outras enfermeiras andando com sapatos que faziam clique-claque, falando tão baixinho que eu não conseguia ouvir. Na cama do meu lado um menininho tentava pegar cereais em uma tigela com a colher, com um braço embrulhado em gesso.

Quando a enfermeira Howard me sentou, ajeitou os lençóis e saiu do quarto branco fazendo clique-claque. Eu olhei para mim mesma. A minha barriga estava parecendo de grávida, e estava cheia de vômito. Verde e borbulhante. Não parecia parte de mim. A minha pele estava tão esticada que parecia estar quase arrebentando. Fiquei me perguntando o que ia acontecer se arrebentasse — se eu ia me esvaziar na cama, espalhando as minhas tripas e o meu vômito e os meus segredos.

A enfermeira Howard voltou fazendo clique-claque com uma bandeja, que colocou no meu colo. Tinha um copo com água e uma tigela de mingau polvilhado com açúcar.

— Não estou com muita fome — falei.

— Acho que você devia comer alguma coisa, pequena. Está sem comer nada desde ontem. Vai fazer bem para a sua garganta e a sua barriguinha.

Pensei em gritar e xingar e jogar a tigela no chão, mas estava cansada demais para me comportar mal. A enfermeira Howard foi fazendo clique-claque até outra garota e eu peguei uma colherada do mingau. Parecia gelatina e manteve o mesmo formato na colher, mas quando coloquei na boca tinha menos gosto de vômito do que parecia. Quando engoli senti uma camada gosmenta de leite na garganta, e o meu dente podre não doeu, porque não precisei mastigar. A enfermeira Howard voltou quando eu estava raspando o que tinha sobrado do açúcar com o dedo.

— Estava com fome no fim das contas, pequena? — ela falou.

— Por que eu estou aqui? — perguntei.

— Você sabe que está num hospital, não sabe?

Fiz que sim com a cabeça. Na verdade eu não sabia antes que ela falasse, mas não queria parecer burra. Ela pôs a bandeja do café da manhã no chão e sentou na beirada da cama.

— Você está no hospital porque ontem engoliu uma coisa que não devia. Uns comprimidos. Lembra? Estavam em um tubo de doces. Você deve ter pensado que eram doces. Lembra?

— Eram confeitos de chocolate — falei.

Ela balançou a cabeça.

— Então, na verdade não eram. Eram comprimidos. Que os adultos usam para dormir melhor. Não são para crianças, de jeito nenhum. Então, quando você engoliu esses comprimidos, acabou passando mal.

— Ah.

Ela passou a língua nos lábios.

— Alguém deu esses doces para você? — perguntou.

Ela pôs a mão na minha. Vi as unhas dela, curtas e arredondadas. As minhas tinham comprimentos diferentes, algumas quebradas, outras tão compridas que até ficavam curvadas, todas cheias de sujeira. Eu dobrei os dedos para ela não ver.

— Eu não lembro como consegui — falei. — Devo ter encontrado em algum lugar. Talvez no chão. Não lembro.

A enfermeira Howard pareceu decepcionada. Ela pegou a bandeja e levantou, deixando uma marca nos lençóis.

— Bom. Acho que você pode pensar um pouco melhor. Hein?

— Eu estava morta? — perguntei. — Antes de vir para o hospital. Quando engoli os comprimidos. Eu estava morta?

Ela deu risada.

— Claro que não. Se estivesse morta não estaria falando comigo agora, não é mesmo?

Ela claramente não entendia os diferentes tipos de morte. Pensar nas pessoas voltando a viver fez a minha garganta se apertar, e eu olhei para o outro lado da cama.

— O que foi? — ela perguntou.

— Cadê as minhas roupas?

— As roupas que você estava usando quando chegou? Estão guardadas em algum lugar. Não se preocupe. Ninguém vai perdê-las.

— Eu preciso delas agora. — A minha voz saiu bem pesada e molhada, e eu odiava quando ficava assim, mas tinha que continuar falando. — É importante.

— Por quê?

— Tinha coisas importantes nos meus bolsos.

— Ah, tinha? Bom, acho que ainda...

— Eu preciso delas *agora* — gritei.

A enfermeira Howard arregalou bem os olhos, em seguida saiu fazendo clique-claque. Ela desapareceu pela porta no fim do quarto branco e eu estava quase saindo para correr atrás, mas ela voltou depressa, trazendo as minhas roupas dobradas em uma pilha.

— Prontinho — falou, deixando as roupas na minha cama. — Tudo certo agora?

Não respondi. Estava ocupada demais enfiando as mãos nos bolsos da minha saia. Os meus dedos se fecharam em torno da bolinha de gude, e eu assenti.

— Sim. Tudo certo.

Depois de saber que a minha bolinha de gude estava segura, eu não precisava mais das minhas roupas, então joguei tudo no chão e voltei para a cabeceira da cama. O menino com o braço quebrado tinha devolvido a bandeja do café da manhã e estava virando as páginas de um livro ilustrado com a mão boa. Do lado dele na cama tinha uma sacola cheia de brinquedos e livros e pacotes de doce. Fiquei segurando a minha bolinha de gude na palma da mão, então se ele me olhasse ia ver que alguém tinha vindo trazer brinquedos para mim também.

Era uma chatice ficar sentada na cama sem ninguém para conversar e nada para fazer, então fiquei contente quando um homem de branco e enfermeiras fazendo clique-claque com os sapatos apareceram. Ele tinha um estetoscópio no pescoço, que eu sabia que chamava estetoscópio porque tinha um estetoscópio no kit de médico que a Donna ganhou da vó dela no Natal e ela nunca deixava ninguém brincar com ele. O médico de branco não falou comigo, só com as enfermeiras, que balançavam a cabeça e tagarelavam e faziam anotações no papel. Ele tinha cabelo escuro e dedos finos, e pelo jeito não deixava ninguém mexer no estetoscópio dele também.

— Deitada na cama, por favor — ele falou, colocando luvas de plástico.

Duas enfermeiras vieram, tiraram os lençóis de cima de mim e me fizeram deitar retinha, como se estivesse em um caixão. O médico levantou minha camisola de hospital e apertou a minha barriga inchada com os dedos finos. Eu não estava vestindo nada embaixo daquela camisola, nem a calcinha. Meu corpo estava todo à mostra, e meu rosto ficou vermelho. Ele pegou um bastão em forma de lápis que acendeu com um clique e apontou para os meus olhos. A luz ficou flutuando na minha frente por um tempão quando ele tirou o bastão dali. Depois que ele escutou o meu peito com a parte da frente e de trás do estetoscópio, tirou as luvas brancas e deu para uma das enfermeiras. Ela pegou com a ponta dos dedos e jogou na lata de lixo no pé da cama, como se estivessem sujas só porque encostaram em mim.

— Ora, você teve muita sorte, mocinha — o médico falou. — Se não tivesse sido trazida às pressas para o hospital, não estaria aqui agora.

— Óbvio que não. Eu ainda ia estar no parquinho.

Ele levantou uma sobrancelha escura e um canto da boca fina e rosa.

— Você não vai fazer mais nenhuma bobagem como essa de novo, certo? — perguntou.

Eu sabia que ele queria me ver fazendo que não com a cabeça, mas não fiz isso. Fiquei olhando bem para ele, apertando a bolinha de gude embaixo dos lençóis, até ele ir embora com a cara franzida, cercado de enfermeiras.

Quando ele foi embora o tempo congelou de novo, ficou grosso como o meu mingau. Olhei pela janela no fim do quarto branco, mas só dava para ver telhados e chuva. Falei para uma enfermeira que precisava ir no banheiro, e ela me trouxe uma panela fria de metal. Ela puxou minha camisola de hospital e me ajudou a sentar naquela coisa, lá mesmo no quarto branco, com todo mundo olhando. Quando o xixi saiu, parecia que eu estava pondo giletes para fora de mim. Eu não chorei. Nunca chorava.

Depois de anos de tempo congelado, as portas do quarto branco abriram de novo e a mamãe apareceu.

— Chrissie! Minha *Chrissie*! Minha *menina querida*! *Coitadinha* de você!

Ela veio até a cama e se jogou em cima de mim, me segurando nos braços. Eu estava comendo arroz-doce com geleia em uma tigela de porcelana, que caiu do meu colo. Vi o doce se espalhar pelo chão em bolotas gosmentas cor-de-rosa. Fiquei torcendo para alguém me trazer mais. A mamãe estava com cheiro de perfume espalhado por cima da sujeira, e por trás tinha o outro cheiro, o cheiro de mulher que me dava vontade de vomitar. A minha camisola de hospital ficou molhada por causa da chuva acumulada nas roupas dela. Por cima do ombro da mamãe, vi que a enfermeira Howard estava vindo.

— Olá — ela falou quando a mamãe me soltou. — Você deve ser a sra. Banks.

— Sim, sim. Sou eu.

— Prazer em conhecer, sra. Banks. Estamos cuidando muito bem da Christine.

A mamãe assentiu e passou um dedo na minha bochecha.

— Obrigada, enfermeira. Eu estava morrendo de preocupação. Vim assim que pude. Eu estava trabalhando, e a minha irmã só me ligou hoje de manhã. Vim direto para cá. Minha pobre Chrissie, tão corajosa...

A mamãe não tinha irmã. Nem a que íamos visitar no litoral, nem a que contou para ela que eu estava no hospital. Ela era uma grande mentirosa, e das mais sujas. A enfermeira Howard sorriu, porque não sabia que era uma mentira grande e suja. A mamãe sentou mais para cima na cama e passou um braço pelas minhas costas. A mão dela ficou logo acima do meu cotovelo, onde terminava a manga da camisola de hospital.

— Christine foi uma menina muito corajosa — a enfermeira Howard falou. — Como a sua irmã deve ter contado, ela estava muito mal quando chegou. De alguma forma ela conseguiu arrumar uns comprimidos, comprimidos para dormir, e tomou vários. Achamos que ela deve ter pensado que eram doces.

O braço da mamãe ficou tenso atrás das minhas costas.

— Isso é a cara da minha Chrissie — ela falou, com uma voz exagerada. — É uma menina gulosa. E descuidada. Põe qualquer coisa na boca, tudo o que encontra, até as coisas do armarinho de remédios.

— Os comprimidos estavam em um tubo de doces — falou a enfermeira Howard. A voz dela era bem mais baixa que a da mamãe, mas mesmo assim ela conseguiu fazer a mamãe parar de falar. — Christine fez uma lavagem estomacal e está bem melhor hoje. Obviamente, queremos saber onde ela conseguiu os comprimidos. Se alguém deu para ela de caso pensado, é um assunto que cabe à polícia. — Ela olhou para a mamãe e depois para mim, e amenizou o tom de voz. — Eu queria mesmo perguntar outra vez para você, querida: conseguiu pensar melhor em como foi que conseguiu esses doces? Onde você encontrou?

Os dedos da mamãe se fecharam com força em cima do meu cotovelo. Eu apertei os dentes.

— Não lembro — falei. — Acho que encontrei por aí. Não lembro mesmo.

A mamãe deu um tapinha no meu joelho.

— Pois é, enfermeira, é como eu falei. Ela põe qualquer coisa na boca. Tem uns tipos horríveis no lugar onde moramos, enfermeira. Com certeza você ouviu falar no caso do menininho. Eu faço de tudo para manter a Chrissie em segurança, mas às vezes preciso pegar um trabalho longe de casa, e o pai dela não é tão presente quanto eu gostaria. Sempre tem alguém para cuidar dela, mas nunca dá para saber se vão cuidar direito, não é mesmo? Eu falei para a minha irmã: "Cuide bem dela, ela é tudo para mim". Eu não posso fazer muito mais que isso, não é? Não é culpa minha se a minha irmã não cuida direito dela quando estou fora, trabalhando.

Dava para ver que a enfermeira Howard não estava prestando muita atenção no que a mamãe estava falando. Ela olhava para outras coisas, como os nós no cabelo dela e os rasgos na meia-calça. Não sei se ela percebeu que tudo aquilo eram só mentiras e mais mentiras. Não sei se eu queria que ela percebesse. Quando a mamãe não sabia mais o que falar, a enfermeira Howard abriu um sorriso forçado e foi embora fazendo clique-claque. A mamãe virou para mim e prendeu o meu cabelo atrás das orelhas. Ela não me olhou nos olhos. Ficou falando em uma voz bem alta e melosa:

— Ah, coitadinha da minha Chrissie. Que azar, Chrissie. É muito azar uma criança achar um tubo de doces que na verdade eram comprimidos. Muito azar. Pena que ela não lembra onde foi que encontrou isso. — Ela segurou o meu rosto com a mão e apertou minhas bochechas até a minha boca abrir. — Mas ela não lembra *mesmo*. Não é?

Sacudi a cabeça.

— Ótimo — ela falou, largando o meu rosto, mas ainda dava para sentir os dedos dela lá, apertando as minhas bochechas até os dentes. — Ótimo. Porque, se ela lembrar onde conseguiu os comprimidos, outras coisas podem começar a ser lembradas também. Coisas que ela não quer que ninguém saiba.

Ela colocou a boca perto da minha orelha. Dava para sentir o cheiro mais forte do que nunca. De podre. De sangue.

— Sobre o Steven — cochichou.

Quando ela sentou de novo, aí sim olhou nos meus olhos. Ficamos olhando uma para a outra até o ar entre nós começar a pulsar. As mãos dela estavam na cama, e eu parei de encarar e olhei para elas. Virei uma delas com a palma para cima e levantei até o meu rosto. Ela me deixou mexer o braço dela como se fosse o de uma boneca. Coloquei a mão dela na minha bochecha e depois a outra. Então me inclinei para a frente, até apoiar a cabeça no peito dela. A mamãe sabia o que eu tinha feito. Era a única pessoa no mundo que sabia o que eu tinha feito. Tive vontade de entrar na barriga dela, porque eu sentia que nós duas éramos assim próximas, estávamos juntas, amarradas pelo nó do segredo.

Ela me deixou por um tempo com a cabeça no peito dela, que subia e descia no ritmo da respiração. Depois levantou. Eu continuei de cabeça baixa. Não vi quando ela pegou a bolsa e saiu andando pelo corredor entre as camas. Só percebi que ela tinha ido embora porque ouvi a porta no fim do quarto abrir e fechar.

O primeiro dia da primavera

A menininha na cama do lado da minha estava sentada chorando, e eu deitei de costas para ela, encolhida como um ponto de interrogação. Senti um calorzinho no fundo da barriga, como o brilho que sobra depois que uma vela é soprada. A mamãe sabia o que tinha acontecido com Steven. Ela sabia e não contou para ninguém. Não contou para ninguém porque não queria que eu fosse para a cadeia, queria que eu ficasse com ela, queria me proteger. E as pessoas só protegem aquilo que gostam.

JULIA

Quando voltei para a sala, Molly já tinha perdido o interesse na TV. Estava plantando bananeira no sofá. Eu não sabia se plantar bananeira era uma boa ideia com o pulso quebrado, mas estava exausta demais para me importar. A mamãe estava encostada na parede, me vendo passar o gesso da Molly pela manga do casaco. Minha última visita tinha terminado em gritaria — "Fora da *minha casa!*", "Eu *nunca mais* volto aqui!" — e foi segura, porque não tinha ido além da superfície. Nós conseguimos gritar uma com a outra e mesmo assim manter o nó de sentimentos soterrado, o nó que dizia: "Eu vou voltar. Eu preciso de você e você precisa de mim". Dessa vez não teve pirotecnia. Não tinha motivo para gritaria. Nós duas sabíamos que eu não ia voltar. Ela nos acompanhou até a porta, e eu saí de lá me sentindo como uma bolha na pele: com a casca grossa, mas cheia de porcaria dentro, esperando para escorrer para fora. Continuei andando sem olhar para trás.

— A gente vai para casa agora? — Molly perguntou quando chegamos às escadas.

— Sim.

— Promete?

— Prometo — respondi, como se isso fosse mais que uma palavra idiota.

O primeiro dia da primavera

Precisamos voltar andando pelas ruas até chegar ao ponto de ônibus. Quando passamos pelo parquinho, Molly deslizou os dedos na grade.

— Parece um parquinho legal — ela disse meio que para ninguém, mas para mim também.

Olhei por cima da cerca. O cimento tinha sido coberto com uma camada mais macia, a mesma que cobria o chão embaixo do trepa-trepa da escola da Molly, e os brinquedos novos eram tão coloridos e firmes que eu precisei me esforçar para lembrar dos postes e das traves de metal em que me pendurava com Linda e Donna e William.

— Vá em frente, então — falei.

— Quê? — Molly perguntou.

— Pode brincar um pouco.

— Mesmo?

— Sim. Só um pouquinho.

Ela abriu o portão, correu para o gira-gira e começou, pegou impulso com os pés e sentou quando estava rodando, depois pegou mais um pouco de impulso para não ficar devagar. As palavras se acumulavam na minha garganta — "Cuidado com o pulso, dobra mais os joelhos, mais devagar" —, mas engoli todas elas. Quando empurrei Molly no balanço, ela gritou: "Mais alto! Mais alto!", e eu mandei ver com força nas costas dela, fazendo ela voar na direção do céu. Não fazia diferença se ela voasse do assento e despencasse em um arco. Eu só estaria trocando um impacto por outro.

Quando ela cansou do balanço fui sentar no banco, coloquei a bolsa no colo e peguei a lata que encontrei atrás da TV da mamãe. Os cartões pareciam ainda mais espalhafatosos sob a luz do sol. Abri o de cima.

Querida mãezinha,
Desejo a você um ótimo aniversário. Espero que você tenha toda a felicidade que merece.

Mãezinha, sinto muito a sua falta quando estou aqui. Penso em você sem parar, o tempo todo querendo que você pudesse vir para cá e me levar para casa. Sei que é culpa minha que estamos separadas. Queria poder compensar isso. Me desculpa por tudo o que eu fiz.
Com todo o meu amor, mãezinha.
Chrissie

Abri os outros bem devagar, empilhando um por um no banco quando terminava de ler.

Amo você de todo o coração, mãezinha.

Você não fez nada para merecer uma filha tão ruim.

Eu choro todo dia por causa do sofrimento que causei a você.

Você é a melhor mãe que alguém poderia querer.

Foram todos escritos com caneta preta, com letras que aumentavam e encolhiam pela página, e nenhum tinha sido escrito por mim. Era a letra da mamãe. Eram as palavras da mamãe.

No fundo da lata tinha uma foto dobrada de nós duas. Estávamos nos degraus da frente de casa, ela de roupão, eu de vestido verde xadrez. O vestido da Linda. A mãe dela tinha lavado e passado e me mandado levar comigo para casa, com uma camiseta limpa e uma calcinha limpa e meias limpas também.

— Por que você está me dando isso? — perguntei quando ela me entregou a sacola. Eu estava na frente da casa dela, fazendo de tudo para não ter que ir embora.

— Amanhã é o primeiro dia de escola — ela respondeu. — Você precisa estar limpa e bem-vestida. Eu fiz a mesma coisa para a Linda.

— Por quê?

— Todo mundo precisa de roupas limpas para o primeiro dia de escola.

— Mas você não gosta de mim — falei.

Ela me olhou de um jeito estranho. Eu não sabia se ela ia gritar ou suspirar ou me expulsar de lá e voltar para a cozinha e fazer mais bolinhos. Só quando estava quase desistindo de esperar para descobrir, ela ajoelhou e me puxou para junto do peito macio dela. Eu não conseguia colocar os braços em volta dela porque estavam presos pelos dela, e não sabia se ia conseguir colocar os braços em volta dela mesmo se estivessem livres, porque na maior parte do tempo ela era brava e resmungona comigo, e na maior parte do tempo eu não gostava dela. Mas apoiei a cabeça no ombro dela. Foi bom. Ela tinha cheiro de leite quente e de domingo à tarde.

— Ah, Chrissie — ouvi ela falar. — O que nós vamos fazer com você?

Quando coloquei as roupas limpas no dia seguinte, fiquei com uma sensação esquisita na pele: estavam duras e macias ao mesmo tempo. Fui até a rua esperar Linda e a mãe dela passarem. Elas subiram a ladeira de mãos dadas, e o pai da Linda estava lá também, então ela estava se balançando entre os dois. Estava todo mundo de roupa de igreja. Eu estava atravessando o caminho do jardim quando ouvi a mamãe atrás de mim, colocando um saco de lixo na lixeira.

— Bom dia, Chrissie! — o pai da Linda gritou lá do portão.

— Por que vocês estão com roupas de igreja? — perguntei.

— É um dia importante, né? O primeiro dia de escola só acontece uma vez na vida. Alguém já tirou uma foto sua?

— Não — falei.

A mamãe tentou voltar para dentro de casa, mas o pai da Linda falou:

— Espera um pouco, Eleanor, vamos tirar uma foto de vocês duas rapidinho.

Ela virou devagar, como esperando que, se demorasse bastante, ele ia mudar de ideia e desistir da foto. Ele simplesmente esperou. Quando ela virou para ele e ficou parada como uma estátua, fiquei assim também, e ele levantou a câmera até o rosto e fez um clique-estalo-clique.

Na foto nós estamos lado a lado nos degraus da frente de casa, só olhando, sem encostar uma na outra. Tem um espaço entre nós, sem nada para preencher o vazio. Nem um braço. Nem uma mão. O vestido da Linda parecia um saco limpo e engomado no meu corpo, e a camisola da mamãe estava bem baixa no peito. Nós parecíamos dois fantasmas.

Peguei o primeiro cartão de novo. A mamãe nem tentou disfarçar a letra — as pontas e curvas eram as mesmas dos bilhetes com os endereços que ela me entregava quando se mudava. Eu ainda tinha esses papéis, em um maço na minha bolsa. Percebi também que era a mesma letra das mensagens de ódio que ela levava para me mostrar em Haverleigh, os bilhetes com palavras violentas que ela dizia ter encontrado na porta de casa. Fiquei me perguntando se alguma vez ela sentiu todo o peso desse comportamento estranho e triste. Era uma atitude que não ia fazer sentido para ninguém, mas para mim fazia. "Eu estou aqui, eu estou aqui, eu estou aqui", ela estava falando enquanto escrevia as ameaças dela para ela mesma. "Vocês não vão me esquecer."

Coloquei tudo de volta na lata, com a foto do primeiro dia de escola por cima. Eu ainda lembrava desse dia: o cabelo grisalho da srta. Woodley, o leite e o almoço da escola. Mais que tudo, eu lembrava do balanço do vestido da Linda ao redor dos meus joelhos, e que nós fingimos que éramos irmãs, porque nossas roupas tinham o cheiro do mesmo sabão em pó.

Molly fez uma cena quando avisei que era hora de ir embora do parquinho, mas aí eu falei que quem visse cinco carros vermelhos primeiro ia ser a ganhadora, e ela cedeu. Enquanto andávamos pela rua, olhei para a porta das casas e pensei em quem morava atrás de cada uma na época que eu era Chrissie. *Donna e William. Betty. Sra. Harold. Vicky e Harry*. Eu sabia que a maioria já tinha se mudado de lá, mas era bom pensar que todos ainda estavam atrás daquelas paredes, como se a vida nas ruas tivesse parado depois que eu fui embora.

Demorei um pouco para reconhecer a casa, porque a porta tinha sido pintada e a mureta da frente era nova. Atravessamos o caminho do jardim e tocamos a campainha e ela apareceu, com um menino pequeno no colo e um "Olá!" nos lábios. Que desapareceu assim que ela me viu.

— Linda — falei. O menino escondeu o rosto no pescoço dela.

— Está tudo bem — ela disse para ele.

— Mamãe — ele falou.

— Pois é. Nós pensamos que fosse a sua mãe, não é? Tudo bem. Ela chega daqui a pouco.

— Quem é essa? — ele perguntou, apontando o dedo para mim. Ela baixou o braço dele.

— É feio apontar, né? Essa é outra moça. Uma que a Linda conhece.

Ela não estava olhando para mim. Estava se balançando sem sair do lugar, e eu não sabia se era para acalmar o menino ou ela mesma. Molly começou a me puxar pela parte de trás da jaqueta.

— O que foi? — sibilei.

— Preciso ir no banheiro — ela sibilou.

— Não dá para esperar? — sibilei.

— Estou quase explodindo — ela sibilou.

— Podem entrar — Linda falou, interrompendo nossos sibilos.

— Tudo bem. Não precisa.

— Ah, precisa sim. Ela está com vontade de ir ao banheiro. Vem, querida.

Ela recuou para o corredor e Molly entrou. Eu fechei a porta atrás de nós. A casa era a mesma que eu lembrava, só que reformada, com tinta bege nas paredes e abarrotada de crianças, como um pequeno zoológico. Elas pareciam sair de dentro de todos os armários e de trás de cada porta, a maioria em um estado de alegre seminudez. Tinha desenhos colados nas paredes, brinquedos empilhados nos cantos e um cheiro de batata cozida no ar.

— É a porta que dá para ver daqui — Linda disse para Molly. — A que fica no alto da escada. Não tem trinco, mas pode ficar tranquila que ninguém vai entrar.

— Essa é a minha filha — falei quando Molly subiu, como se, até esse momento, a identidade dela fosse um mistério. Eu não sabia se já tinha chamado ela de filha antes. Era uma palavra rígida, que saía dura e pontuda da boca. Linda já devia saber dela. Saiu nos jornais quando nos encontraram, falaram no rádio. Homens que pelas vozes pareciam ser gordos e carecas perguntando: "Nós podemos realmente confiar que uma *assassina de crianças* seja capaz de criar a *própria filha?*" Era o que estava tocando no mercadinho da esquina enquanto eu contava moedas para comprar um pacote de absorventes. Quando ouvi isso, saí para a rua correndo com o carrinho de bebê. Só criei coragem para ir comprar em outro lugar quando senti o sangue encharcar a minha calcinha e começar a escorrer pelas pernas, deixando uma trilha pegajosa.

— Ah, sim — Linda falou. — Molly, certo? Molly Linda.

— Ah. Então você recebeu.

Em todas as minhas vidas, eu sempre escrevi para Linda. De cada um dos meus quartos em Haverleigh, de quando eu era Lucy. Contei coisas que ninguém devia saber — meu endereço, meu telefone, cada nome que me davam. Tinta preta preenchendo retângulos brancos. A escrita era mais ansiosa quando eu era pequena. *Você já tem uma nova melhor amiga? É a Donna? Sua mãe teve outro bebê? Você vai vir me visitar?* Eu entregava as cartas para a governanta, perguntava se ela sabia o endereço da Linda, perguntava se ela *tinha certeza* que sabia o endereço da Linda, e a resposta era sim, sim, ela vai receber a carta, não se preocupe, Christine. Ela nunca escrevia de volta. Continuei escrevendo e ela continuou não escrevendo de volta. Às vezes eu imaginava as minhas cartas presas com um elástico em uma gaveta na sala da governanta, porque na verdade ela não sabia o endereço, mas não queria admitir. Assim eu me sentia melhor. Não era que Linda não ligasse. Ela só não sabia quanto eu ligava. A última carta que escrevi foi quando Molly era bebê, quando eu tinha acabado de virar Julia. *Provavelmente você nem recebe nenhuma dessas cartas. Provavelmente nem mora mais nesse endereço. Eu só queria dizer que tive uma menininha. O nome dela é Molly Linda.*

Quando Molly desceu a escada a campainha tocou, e Linda colocou a mão no meu braço.

— Olha só — ela disse. — Vai ficar um caos por aqui por mais ou menos meia hora. Todas as crianças que eu tomo conta vão embora a esta hora.

— Já estamos indo — falei.

— Vocês não precisam ir. Quer dizer, se não quiserem. Se você esperar meia horinha para eu arrumar e despachar todo mundo, vai ficar tudo tranquilo. A Molly pode ficar brincando com as outras crianças. Elas estão... sabe como é...

Ela fez um gesto meio vago, e fiquei me perguntando o que aquilo significava. "Elas estão enlouquecidas?" "Estão quase peladas?" "Estão se multiplicando enquanto conversamos?"

— Mas não precisa ficar. Quer dizer, se não quiser. Pode fazer como quiser. Eu tenho que cuidar disso.

Linda cumprimentou a mulher que estava na porta e pôs o menino no colo dela. Ele começou a chorar na mesma hora. Molly veio ficar do meu lado.

— Quer ficar aqui mais um tempinho? — perguntei para Molly.

Ela olhou para o jardim, onde as crianças estavam espalhadas, brincando com bolas e bambolês enquanto escurecia.

— Quero — falou e me puxou para dentro da casa.

CHRISSIE

Fui liberada do hospital dois dias depois. Eu não queria ir embora. Fingia que estava tossindo e fingia que estava espirrando e dizia que a minha barriga estava doendo, que a minha cabeça estava doendo, que tudo estava doendo. Mesmo assim disseram para a mamãe que eu podia ir embora. Quando estávamos indo, a enfermeira Howard falou:

— Se cuida, Chrissie.

Eu queria que ela tivesse falado: "Cuida da Chrissie, mamãe". A mamãe não falou comigo no ônibus. Ficou sentada bem retinha e fumou dois cigarros com a mão tremendo. Quando o ônibus deixou a gente na frente da igreja, ela saiu andando sem me esperar. Nem tentei alcançar ela.

Linda me tratou ainda melhor nos dias seguintes porque eu tinha ficado muito mal. Até a mãe dela me tratou melhor que o normal. Quando eu ficava lá na hora do jantar, ela me dava a mesma quantidade de comida que dava para Linda (normalmente não era assim) e não obrigava Linda a lavar as mãos depois de brincar comigo (normalmente era assim). Linda contou para Donna que eu fiquei tão mal que quase morri, porque foi isso que falei para ela. Donna não quis admitir, mas ficou muito impressionada, e me deixou dar uma volta na bicicleta dela logo da primeira vez que pedi. Se eu soubesse que as pessoas iam me tratar tão bem só porque fui parar no hospital, teria tentado ir para o hospital muito antes.

Voltei para a escola na segunda, mas a srta. White não me tratou muito melhor, e tratou Linda ainda pior. Quando estávamos fazendo contas ela pediu para Linda ler as horas no relógio da parede da classe, apesar de saber que Linda era lerda para ler as horas. Linda ficava olhando para o relógio sem dizer nada, e a srta. White ficava repetindo "Que horas são, Linda?", e Linda continuava calada. Eu quase consegui ouvir o coração dela disparado lá do outro lado da sala. O restante do pessoal saiu para brincar, mas a srta. White não deixou Linda ir. Disse que ela precisava ficar lá sentada, na sala vazia, até dizer a hora certa.

Depois de sair para o parquinho, fui olhar pela janela da sala. Dava para ver o rosto da Linda de lado. A boca dela estava virada para baixo como se ela fosse chorar, e por baixo da carteira ela contorcia os dedos com tanta força que estavam ficando vermelhos. Não dava para ver lá de fora, mas eu sabia que estavam, porque a ponta dos dedos dela ficava vermelha quando ela contorcia daquele jeito. No fim ela saiu para brincar porque a srta. White queria ir para a sala dos professores tomar uma xícara de chá. Eu falei para a professora que estava tomando conta de nós que precisava ir no banheiro. Eu não fui no banheiro. Fui até a sala, subi numa cadeira, arranquei o relógio da parede e joguei no chão. Não quebrou porque era feito de plástico, então virei o mostrador para cima e pulei várias vezes em cima, até os números ficarem escondidos por uma teia de aranha de rachaduras. Deixei lá no chão mesmo e voltei a brincar. Quando a srta. White viu ela olhou para Linda, mas sabia que Linda nunca ia fazer uma coisa dessas. Só tinha uma pessoa na classe malcriada o suficiente para fazer uma coisa dessas. Ela esperou todo mundo começar a fazer a lição para me chamar até a mesa. O relógio estava na frente dela.

— Você sabe o que aconteceu com o relógio, Chrissie? — perguntou.

— Quebrou — falei.
— Sim, quebrou. Você sabe como quebrou?
— Deve ter caído da parede.
— E como isso pode ter acontecido?
— Provavelmente foi soprado.
— Soprado?
— É. Pelo vento.
— Pelo vento?

Apontei para uma folha sendo arrastada pelo chão no parquinho lá fora.

— Está ventando hoje — falei. — Olha só as folhas.

Ela bufou. Fiquei com vontade de falar: "Deve ter caído da parede de tanto você bufar, srta. White", mas achei melhor não.

— Você ainda vai acabar se metendo em uma encrenca muito séria um dia, Christine Banks — ela falou.

— Porque eu sou uma semente podre? — perguntei.

Ela deu uma risadinha de deboche.

— Onde você ouviu isso?

— Me falaram. Eu sou uma semente podre. Mas não vou me meter em encrenca nenhuma, não.

— Ah, não? Porque vai começar a se comportar?

— Não. Porque ninguém nunca vai conseguir me pegar.

— Volte para o seu lugar — ela mandou.

— Sabia que eu estava no hospital, professora? — falei. — Estava mesmo. Me deram uns doces para comer, mas na verdade eram comprimidos. Me envenenaram.

— Quem deu os comprimidos para você? — ela perguntou.

Lembrei da mamãe entregando o tubo na minha mão, encostando a boca no meu rosto. Com aqueles lábios que pareciam casca de árvore. Parecia que tinha uma pena voando dentro da minha barriga. *Pode ser que ela goste de mim agora. Pode ser que eu tenha melhorado.*

— Alguém — falei. — Eu fui envenenada por alguém. Fiquei ruim da barriga por vários dias. Eu quase morri.

A srta. White puxou uma pilha de lições e começou a corrigir.

— Ah, claro, Chrissie. Claro.

Na hora do recreio do dia seguinte, fui buscar as garrafas de leite no parquinho, mas a srta. White falou:

— Não, Chrissie. Sua vez de ser a monitora do leite já passou. Caroline, você pode ir, por favor?

Caroline levantou devagar, olhando para mim.

— Mas essa tarefa é minha — falei. — É a minha tarefa como monitora.

— Essa tarefa era sua, mas agora é a vez de outra pessoa — a srta. White falou.

— Mas eu fiz isso ontem.

— Pois é. Para você ver como é uma menina de sorte. Você foi a monitora do leite por um tempão. E é por isso que agora estou passando a vez para outra pessoa. — Ela bateu palmas. — Vamos lá, Caroline. Vapt vupt.

Caroline saiu pela porta e voltou arrastando o engradado de garrafinhas de leite. Estava toda ofegante e fazendo parecer que estava muito pesado, então fui pegar no lugar dela, mas a srta. White pôs a mão no meu ombro.

— Christine? Eu preciso repetir? É a vez de outra pessoa agora. Vamos, Caroline. Isso está demorando demais. Vapt vupt.

Fiquei parada do lado da srta. White enquanto Caroline distribuía as garrafinhas de leite, olhando para a carona feia dela.

— Você só fica falando "vapt vupt" para parecer a Mary Poppins — falei. — Mas você não é nem um pouco parecida com a Mary Poppins. Ela é boazinha. Não é cruel que nem você. Você é a mais cruel de todas.

— Já chega, Christine. — O rosto dela estava ficando vermelho. Mary Poppins nunca ficava vermelha desse jeito. — Vá se sentar lá no corredor. Você vai ficar sem recreio hoje. E só volte quando resolver controlar o seu temperamento.

— Mas e o meu leite? — perguntei.

— Acho que você já bebeu leite suficiente por um bom tempo.

— Mas e o meu *biscoito*?

— Você pode ficar sem também. Ninguém vai morrer por isso — ela falou.

Fui saindo da sala, mas quando passei pela última fileira de carteiras estendi o braço e acertei com tanta força as garrafinhas que estavam lá que elas foram voando até a parede. O leite se espalhou por toda parte. Vários alunos gritaram. A srta. White deu um berro. Eu me virei.

— Só estou indo sentar no corredor, como *você* mandou. E só derrubei algumas garrafinhas sem querer. É só leite. Ninguém vai *morrer* por isso.

No corredor, encostei na parede embaixo dos ganchos de casaco e deslizei até o chão para sentar com os joelhos no peito. Era um dia de calor. Assim que saí da sala senti o cheiro do leite amarelado, e as gotas formando bolhas azedas no carpete. Em pouco tempo iam começar as férias de verão. Um mês e meio sem escola. Um mês e meio sem o leite e o biscoito do recreio, sem o almoço da escola e sem os doces dos aniversariantes. A minha barriga fez o barulho de um trem passando lá longe.

Uma nova família estava mudando para o número 43. No sábado eu sentei na mureta do outro lado da rua e fiquei vendo o pai descarregar as caixas de um caminhãozinho. Ele levava duas por vez, uma embaixo de cada braço, e continuou indo e voltando até o caminhãozinho ficar vazio e a casa ficar cheia. Devia ter criança na casa também, porque algumas caixas (muitas caixas, a maioria das caixas) estavam cheias de brinquedos, e devia ser uma menina, porque um dos brinquedos era uma boneca que era um bebê com um vestido rosa bufante. Meninos não brincavam com bonecas, principalmente bonecas com vestido rosa bufante. O pai saiu da casa com duas canecas de chá e duas fatias de bolo em dois pratos, e entregou uma caneca e um prato para o motorista, e ficou encostado no caminhãozinho enquanto eles conversavam. Eu estava longe demais para ouvir o que os dois estavam falando, mas depois de um tempo o motorista devolveu o prato vazio e o pai se despediu dele. O caminhãozinho passou por mim rugindo, e o pai voltou para dentro da casa.

Se eu não tivesse visto o pai dando um pedaço de bolo para o motorista, podia não ter batido na porta do número 43, mas a minha barriga estava cheia de ácido e espaço vazio e naquele momento não tinha nada que eu queria mais no mundo do que um pedaço de bolo em um prato. Então pulei da mureta e fui andando até a porta da frente, que era verde. Estendi a mão e dei três tapas fortes. Fiquei ouvindo os passos lá dentro.

Foi a mãe que atendeu, e quando me viu abriu um sorriso que era daqueles que chegavam até o fim das bochechas. O cabelo dela estava espalhado em várias direções diferentes, e era amarelo como o do Steven, e não embaraçado e escuro como o da mamãe. Atrás dela, o corredor da casa estava cheio de caixas que o pai tinha levado para dentro, algumas já esvaziadas até a metade. Pensei que era provavelmente por isso que o cabelo dela estava espalhado em várias direções diferentes.

— Olá, pequena — ela falou.

Não falei nada, porque estava reparando em uma coisa, aí logo depois reparei em outra. A primeira coisa que reparei foi que ela era a mulher que não me adotou, a mulher bonita que estava lá quando a mamãe me largou na agência de adoção, a que disse que eu era grande demais. A segunda coisa que reparei foi que ela não lembrou de mim. Estava me olhando com a cabeça inclinada para o lado, com uma mecha do cabelo amarelo caindo por cima da testa, e os olhos dela não estavam distraídos do jeito que ficam quando alguém lembra de alguma pessoa. Estavam atentos do jeito que ficam quando alguém encontra uma pessoa pela primeira vez.

— Posso ajudar, pequena? — ela falou, porque eu não disse nada.

— Eu sou a Chrissie — falei. — Moro aqui na rua. No número 18.

— Ah, é mesmo? Que ótimo. Nós acabamos de mudar. Como você pode ver! — Ela apontou para as caixas.

— Eu sei. Vi o caminhão. Só vim ver se vocês precisam de ajuda para tirar as coisas das caixas.

Era mentira, eu não estava com a menor vontade de tirar coisas de caixa nenhuma, mas queria ser convidada para entrar e ganhar um pedaço de bolo em um prato. E acima de tudo, agora que eu sabia quem ela era, queria ver a criança que tinha sido escolhida no meu lugar.

— Ah, benza Deus — ela falou. — Que menina boazinha. Bom, não precisa ajudar com as caixas. O Pat cuida disso. Mas entre mesmo assim. Tem bolo de frutas lá na cozinha, e com certeza a minha menininha vai adorar conhecer você.

Minha menininha. Minha menininha. Minha menininha. Ela podia ter escolhido um menininho. Podia ser um menininho, assim ia ter doído um pouco menos.

No corredor eu tive que tomar cuidado para não pisar nas coisas que saíam de dentro das caixas. Uma estava cheia de pratos floridos, outra de guardanapos de tecido e toalhas de mesa, mas no resto só tinha coisas de criança. Livros ilustrados de capa dura com os cantos mordidos ou páginas faltando. Um kit de médico em uma maleta vermelha quadrada, igual ao da Donna, só que mais novo e sem o fecho quebrado. A boneca com o vestido rosa bufante estava em uma caixa com um carrinho de bebê de brinquedo e um bercinho de brinquedo e um cadeirão de brinquedo. Eu me inclinei para ver melhor, e a mulher bonita pôs a mão no meu ombro.

— Uma loucura, né? Todos esses brinquedos para uma criança só. Eu mimo mesmo a minha menininha. Mas acho que a sua mãe deve fazer o mesmo com você.

Ela passou por mim para abrir a porta lateral do corredor, então não me viu sacudindo a cabeça. Não me viu estendendo a mão para sentir o calor no meu ombro onde ela tinha encostado. Ela pegou a caixa com as coisas de boneca e entrou em um cômodo que eu sabia que era a sala, porque sabia que todas as casas da rua tinham os mesmos cômodos nos mesmos lugares.

— Querida! — ela chamou. — Tem uma surpresa especial para você aqui! Olha só... uma menina veio visitar você! Uma menina grande que mora aqui na rua!

Uma menina grande. Grande demais. Uma menina grande demais para amar.

Ela me chamou, e eu fui desviando das caixas até chegar na porta. A sala estava quase vazia, mas tinha um sofá que parecia novo encostado em uma das paredes e uma TV em uma mesinha na outra parede. A menininha estava sentada no meio de um tapete branco no chão. Ela tinha cabelo cor de tigre. Era Ruthie.

A mulher bonita agachou e me chamou para mais perto. Senti que estava sendo chamada para ver um cachorrinho caro, e tive vontade de falar que não precisava, porque já conhecia Ruthie. Eu sabia tudo sobre Ruthie e os milhares de brinquedos e a mãe que vestia ela que nem boneca e comprava tudo o que ela quisesse. Só não sabia que essa mãe era a mulher bonita que podia ter sido a minha mãe.

— Quantos anos ela tem? — perguntei.

— Você tem três, não é, meu anjo? — a mulher bonita falou, se inclinando para passar a mão no rosto da Ruthie.

O cabelo dela estava preso dos dois lados da cabeça e amarrado com fitas da mesma cor do vestido rosa. Ela estava igualzinha a quando apareceu no parquinho com Donna: limpa e arrumadinha, como as bonecas que a mãe da Linda tinha na estante da sala de casa.

Ruthie parecia feita de porcelana, e a mulher bonita encostava nela do mesmo jeito que a mãe da Linda mexia nas bonecas, devagar, com os dedos, não com as mãos. Eu queria perguntar para a mulher bonita se ela tinha escolhido Ruthie e não eu porque Ruthie era bonita e eu feia, ou se foi porque ela tinha três anos e eu oito, e em que momento entre os três e os oito anos uma criança fica grande demais para amar.

Ruthie ignorou todos os carinhos. Não falou para a mulher bonita que já me conhecia nem que eu tinha batido no braço dela e empurrado ela do gira-gira. Ela não parecia muito interessada em mim, só no xilofone de metal que estava martelando.

— Como você é esperta, Ruthie! — a mulher bonita falou. — Está mostrando para a Chrissie como você toca bem o xilofone, não é?

Ruthie fechou a cara e martelou um pouco mais. Pensei que, se isso era tocar bem o xilofone, então eu não ia querer ouvir alguém tocar mal o xilofone. Parecia um monte de latas vazias sendo jogadas na lixeira. Eu sabia que devia ficar olhando para Ruthie, mas em vez disso fiquei olhando para a mulher bonita olhando para Ruthie. Ela estava absorvendo a menina inteira, até os ossos, como se Ruthie fosse uma balinha de menta na língua dela, ou uma lata de refrigerante que fica salgada depois de encostar nos lábios suados.

— Bom, quem quer um pedaço de bolo? — a mulher bonita perguntou.

Ela esfregou as mãos, mas elas não fizeram aquele ruído de coisa raspando das mãos da mamãe. A pele era tão macia que o som saía suave. Eu fiz que sim com a cabeça, e Ruthie também, mas quando a mulher bonita virou para ir até a cozinha Ruthie gritou:

— Mamãe, eu quero de chocolate, não esse ruim com uva-passa.

A mulher bonita deu sua risada de fada.

— Francamente, Chrissie. Eu passei a tarde inteira fazendo um bolo de frutas delicioso, e quando estava tirando do forno a Ruthie veio me dizer que não gosta de uva-passa! Mas por sorte a senhora simpática da loja da esquina nos arrumou um de chocolate, né, Ruthie?

— Era a sra. Bunty? — perguntei.

— A senhora da loja da esquina? — a mulher bonita falou. — Não sei. Por quê?

— Porque se era a sra. Bunty, ela não é simpática. Na verdade ela é horrível e cruel.

— É mesmo? — a mulher bonita falou. — Bom, essa senhora parecia bem boazinha. Ela adorou você, não foi, Ruthie?

Ruthie fez que sim com a cabeça, como se estivesse falando: "Bom, eu sou pequena e bonita e minhas roupas combinam, então todo mundo gosta de mim, mesmo velhas cruéis que não gostam de ninguém além de Deus".

— Qual você vai querer, pequena? — a mulher bonita perguntou. — O de frutas ou o de chocolate?

— Os dois — respondi. E então, quando lembrei: — Por favor.

Ela deu risada.

— Aí está uma garota que sabe o que quer, hein? Você pode ganhar um de cada, claro.

Quando ela foi pegar o bolo, Ruthie tirou a boneca da caixa e pôs um cobertor em cima.

— A bebê vai dormir agora — ela gritou, não exatamente para mim, apesar de não ter mais ninguém na sala. — A bebê sempre dorme de manhã. É a hora da soneca. Ela é bebê. Eu não tenho mais hora da soneca. Eu não sou bebê.

— Para de gritar — falei.

— Para quem é bebê, a hora da soneca é de manhã — ela gritou. — Eu não faço soneca de manhã. A minha bebê vai fazer a soneca da manhã. Ela é bebê.

— Faz quanto tempo que você mora com essa mulher? — perguntei.

— A minha bebê...

— A mulher que acabou de sair daqui. A mulher que fez o bolo.
— A mamãe?
— Ela não é a sua mãe de verdade, né? Você foi até a agência de adoção? Foi lá que ela viu você?
— Vamos, bebê! — ela gritou na cara da boneca. — Está na hora do café da manhã!

Ela pegou a boneca pelo tornozelo. Eu achei que podia ser melhor para a boneca ser adotada também.

— Faz quanto tempo que você mora com essa mulher? — perguntei de novo, quase gritando. — Faz quanto tempo que ela é sua mãe?

Eu ia sacudir ela até me ouvir se a mulher bonita não tivesse entrado com uma bandeja. Ela colocou a bandeja no meio do tapete, porque não tinha mesinha, e deu para Ruthie o prato com o bolo de chocolate, pegou para ela o prato com o bolo de frutas e deu para mim o prato com os dois bolos. Lembrei de mastigar com o lado direito da boca, então o bolo não me machucou, só encheu a minha barriga. Ruthie só brincou com o dela — arrancou a casquinha de chocolate e enfiou o dedo na cobertura. Ficou cheia de manchas marrons na boca, e a mulher bonita cuspiu em um guardanapo de pano e limpou tudo. Se eu soubesse que ela ia fazer isso, tinha tentado sujar a minha cara também.

Eu tinha acabado de beber meu suco quando o homem que estava desempacotando tudo entrou com outra caixa de brinquedos. Quando Ruthie viu, largou a boneca e foi correndo até ele, que passou a mão na cabeça dela. Eu nunca tinha visto dois adultos beijarem e fazerem tanto carinho em uma criança. Dava quase para esquecer como eram as bochechas e a cabeça da Ruthie, porque não passavam nem um segundo sem a mão de um adulto em cima. Ela aguentava os beijos e os carinhos do mesmo jeito que as pessoas aguentam mordidas de percevejo na cama: é uma coisa irritante, mas você sabe que eles não vão parar, então é melhor tentar ignorar.

O primeiro dia da primavera

— Pat, essa é a Chrissie — a mulher bonita falou para o homem que estava desempacotando tudo. Ela colocou as mãos no meu ombro, e a minha barriga se revirou. — Ela mora aqui na rua. No número 18, foi o que você disse, né, pequena?

— É.

— Ela veio conhecer a Ruthie. A Ruthie está toda contente porque tem outra menina para brincar.

O homem que desempacotava tudo se abaixou para apertar a minha mão.

— Prazer em te conhecer, Chrissie. — Ele usava óculos com armação fina e dourada nas pontas, e tinha duas manchinhas de vapor na parte de baixo das duas lentes. — Eu sou o pai da Ruthie. Que bom para ela ter uma menina grande para brincar.

— Pois é — falei.

Grande demais, pensei.

— Como estão as coisas? — a mulher bonita perguntou quando o homem que estava desempacotando tudo sentou no sofá.

— Até que estão indo bem. Já coloquei a maioria das caixas no lugar certo. Agora só falta desembalar. Está frio lá em cima.

— Você já colocou o aquecedor no quarto da Ruthie? Precisa deixar ligado por umas duas horinhas antes da soneca dela.

— Sim, está ligado. — Ele se encostou no sofá, juntou os dedos em cima do peito e fechou os olhos.

A mulher bonita olhou para mim e falou:

— Francamente, esse meu marido, dormindo no meio da manhã!

E eu lancei para ela um olhar como quem diz: "Pois é, francamente, esse seu marido, dormindo no meio da manhã!" Eu me senti quentinha quando trocamos esse olhar, como se nós duas estivéssemos enroladas embaixo de um cobertor, quase encostando uma no nariz da outra. Então veio a voz da Ruthie, um cacarejo alto, e ela se meteu entre nós.

— O meu quarto é grande, papai? — ela gritou.

— O seu quarto é do tamanho perfeito para uma menininha como você — ele respondeu. — Por que você não leva a Chrissie lá em cima e mostra para ela?

No corredor, o frio me gelou os ossos. Estava sol lá fora, mas a casa estava gelada, do jeito que as casas ficam quando ninguém mora nelas por muito tempo, como as casas do beco ficaram depois que as pessoas mais pobres deixaram de morar lá. Ruthie subiu a escada na frente, com os pés de sola macia batendo na madeira. Quando chegamos no corredor de cima, eu vi a porta aberta e percebi que o quarto dela era igual o meu, em uma casa que era igual a minha, em uma vida que deveria ser a minha. Lá dentro, sentei na cama, sem nem ouvir Ruthie tirar mais brinquedos das demais caixas, e o meu tique-taque começou como se uma luz tivesse acendido dentro de mim. Estava ressoando dos meus ouvidos até a ponta dos meus dedos, tão alto que eu pensei que ia explodir. Quando o meu corpo todo estava pulsando, afastei as cobertas, agachei e fiz xixi no colchão. Fez um barulho diferente do que fez na casa azul, mais abafado, e o xixi fez uma poça redonda antes de encharcar o colchão. Isso fez o tique-taque se acalmar. Quando terminei, puxei as cobertas de volta para cobrir a mancha molhada.

Ruthie tinha parado de gritar. Estava me olhando com aqueles olhos grandes e sérios.

— Isso é para ir embora na privada — ela falou.

— *Você* é para ir embora na privada — respondi.

Ela não parecia ter percebido que essa foi uma resposta muito inteligente e cruel, porque não se assustou nem chorou. Só voltou a tirar os brinquedos das caixas e a jogar no chão.

Eu queria fazer um monte de coisas naquele quarto. Queria cortar um pedação da minha pele, molhar as mãos no sangue e passar no chão para deixar trilhas cor de cereja. Queria esvaziar as caixas de brinquedo, encher os braços e jogar tudo pela janela. Queria correr até a loja de ferragens e roubar umas latas de tinta spray, depois voltar correndo e escrever palavras feias nas paredes, as mesmas palavras que rabisquei nas paredes da casa azul. Queria entrar no guarda-roupa. Queria me encolher toda e conseguir deitar no chão daquela caixa grande de madeira. Queria ficar para sempre no quarto bonito da Ruthie, com a mãe bonita da Ruthie. Mas sem a Ruthie.

JULIA

Descrever o horário das cinco às cinco e meia na casa da Linda como caótico seria o mesmo que descrever um tornado como uma brisa leve. Era difícil até contar o número de crianças presentes, porque elas não paravam quietas e a maioria parecia tudo igual, mas achei que devia ser no mínimo doze. Eram desde meninos e meninas de uniforme de escola até um bebê em uma cadeirinha de descanso, que olhou feio para nós quando entramos na cozinha. Sentei diante de uma mesa de jantar coberta de tigelas com restos de torta inglesa de carne. Fazia um tempão que eu não comia. Se Linda não ficasse entrando e saindo toda hora, eu teria comido aquelas sobras com as mãos mesmo. Molly foi para o jardim e começou a ensinar uma menina mais nova a brincar com o bambolê. A campainha parecia tocar a cada poucos segundos, e a cada toque Linda pegava uma criança diferente e devolvia para a mãe ou o pai. Ela sorria para mim toda vez que entrava e me lançava um olhar como quem diz: "Não é uma loucura? Uma maluquice? Eu, Linda, tomando conta de todas essas crianças!"

Às quinze para as seis, a confusão já era menor.

— Ufa — ela disse. — Desculpa. Essa é a hora mais agitada do dia.

— Quando vão vir buscar os outros? — eu perguntei.

— Quem?

Olhei para o jardim, para as crianças ao redor da Molly: um pequenininho, duas meninas gêmeas e um menino mais velho.

— Ah. Esses são meus.

— Todos eles?

— Sim.

— Mas são quatro.

— Em breve vão ser cinco.

— É mesmo? — falei, tentando não olhar para a barriga dela. — Quando?

— Só em outubro. Ainda falta um bom tempo.

— Acho que eu não daria conta de mais de uma.

— Não?

— Não.

Essa foi uma das coisas que fiquei pensando no trem, durante o sossego que tive enquanto Molly estava emburrada. *Talvez eu possa voltar para cá*, pensei. *Posso encontrar outra pessoa para ir para a cama e começar de novo com outro bebê e não estragar tudo. Eu posso fazer melhor. Posso obedecer com mais atenção o que o livro diz. Eu sou boa em recomeçar. É a única coisa em que eu sou boa.* Foi uma coisa bem desanimadora para pensar, porque eu sabia que não ia dar certo. Se Molly era uma bênção e não ter filhos era uma coisa neutra, então ter um filho que não era Molly era uma maldição. Eu podia jogar a minha vida pela janela e começar outra quantas vezes quisesse, mas com ela isso nunca daria certo. Ela não era descartável.

Vi quando Molly tirou o casaco e jogou na grama. Gritei para ela trazer para mim. Ela veio fazendo cara feia.

— Essa menina é muito ruim no bambolê — falou.

— Sem grosseria — falei.

— Mas é verdade.

Ela ficou ali parada por um instante, olhando para as tigelas na mesa.

— Está tudo bem, querida? — Linda perguntou.

— Não. Na verdade eu estou com muita, *muita* fome.

— Eu compro alguma coisa para você mais tarde — falei, mas Linda já estava de pé.

— Você pode comer torta de carne, Molly. Tem um montão aqui. Ainda está fresquinha. — Ela olhou para mim. — Aceita também?

Eu queria recusar, mas também queria comer. As duas vontades ficaram disputando espaço dentro de mim até Linda pegar duas tigelas no armário.

— Vou pegar um pouco para você. Não precisa comer se não quiser.

Nós comemos na mesa. Parecia que éramos duas crianças que Linda tomava conta. A torta era densa, com bastante carne moída e batata empelotada. Molly comeu até os lábios dela ficarem tingidos de laranja. Linda tirou as outras tigelas da mesa para lavar, parando para elogiar alguma coisa das crianças a cada poucos minutos. Molly terminou de comer e voltou para o jardim.

— Não sabia se você ainda morava aqui — falei quando Linda sentou.

— Ah, sim, ficamos por aqui mesmo — ela respondeu. — Não tinha por que mudar. Ficamos com a casa depois que a mamãe e o papai morreram. O Pete continuou aqui por um tempo, mas aí foi para a África.

— África?

— É. Ele é missionário. Temos o maior orgulho dele. Está fazendo um trabalho lindo.

— Uau. — Senti vontade de perguntar se ele ainda tinha um pé troncho e se ela lembrava do dia em que tentei levar ele para o beco, mas não me pareceu uma coisa muito útil para comentar. — Sinto muito pelos seus pais.

— Ah, sim. Eles eram bem novos. A mamãe ficou mal um tempão, mas com o papai foi de repente.

— Eu sinto muito.

— Tudo bem. Vai entender... Então nós ficamos com a casa, eu e o Kit. O meu marido. Fazia mais sentido ficar. E ele fez uma reforma. Trabalha com construção. Colocou janelas francesas e tudo. Tinha um problema com algumas vigas. O que sustenta o peso da casa ou algo assim. Então demorou um tempão. Mas valeu a pena. Assim a cozinha ficou muito mais clara. Porque está virada para a direção certa. Nunca lembro que direção é essa, mas é a certa. Para o sol.

— Onde você conheceu ele?

— Na igreja. Lembra que sempre tinha ajudantes na escola dominical? Uns adolescentes? Nós fizemos isso. Foi assim que nos conhecemos. E aí casamos. Logo depois do colégio.

— Mas vocês tinham... o que, dezesseis anos?

— Nós já estávamos prontos. O casamento foi lindo. Bem chique. Tinha salmão.

— Ah, é?

— E não enlatado. O peixe *de verdade*.

— Uau.

Desejei ter alguma coisa para responder — "O peixe de verdade, é? Boa escolha. No meu casamento teve frango de verdade" —, mas as nossas vidas pareciam distantes demais. Quando eu tinha dezesseis anos, estava no quinto quarto diferente em Haverleigh, que eu dividia com Nina. Ela tinha o rosto todo marcado de cicatrizes, porque uma das outras garotas jogou caramelo fervendo na cara dela no dia que chegou. Corri até lá quando ouvi a gritaria. Ela estava se debatendo no chão, com a mão nas bochechas e a pele fazendo bolhas como geleia quando ainda está na panela. A água fervendo geralmente queima só por um tempo, mas o caramelo gruda que nem cola. A pele dela continuou queimando por um tempão. Nina ficou na enfermaria por um período depois disso, e quando voltou nunca ficava muito no quarto. A cada duas semanas ela engolia alguma coisa que não devia — água sanitária, pilhas, letras do jogo de palavras cruzadas — e precisava ir para o hospital. Enquanto Linda estava arrumando a casa e tendo filhos, eu estava guardando as cobertas da cama vazia da Nina, me perguntando se ela ia voltar ou se daquela vez tinha engolido alguma coisa que ia acabar com a vida dela de vez.

— O pai da Molly...? — Linda falou, pondo a mão para trás.

— Não. Ele não participa em nada.

— Ah. Deve ser difícil. Eu não ia dar conta sem o Kit.

— Mas você tem uns quinhentos filhos.

Ficamos olhando os quinhentos filhos e a filha única correrem pelo jardim. Molly estava jogando frisbee com o menino mais velho e acabou acertando o menorzinho na lateral da cabeça. Ele entrou na casa aos berros.

— Me desculpa — eu disse. — Molly. Vem aqui e pede desculpa.

— Ah, não, que bobagem — Linda falou, afastando a cadeira da mesa e pegando o menininho no colo. — Foi sem querer, foi sem querer.

Ela foi com ele até um armário, pegou um biscoitinho de um pote e colocou na mãozinha dele. O choro acabou na hora, como uma torneira que foi fechada. Do lado de fora estava quase escuro, e as crianças pareciam reluzir enquanto corriam, como se os membros delas estivessem acesos por dentro. O menininho deitou a cabeça no ombro da Linda.

— Preciso começar a arrumar as crianças para ir para a cama — ela falou.

— Ah, sim. Claro. Desculpa. Nós já vamos indo — respondi.

— Quanto tempo daqui até a sua casa?

— Algumas horas. Umas quatro, acho.

— Você não pode fazer isso. Só vai chegar em casa à meia-noite. A Molly tem o que, cinco anos?

— A gente dá um jeito.

— Por que não dormem aqui?

— Está tudo certo. Nós já vamos indo.

— Por que vocês não dormem aqui?
— Não dá. E nós já demos trabalho demais para você.
— Ora essa. Eu só servi um lanche para vocês. Nós nem conversamos direito. Eu quero que vocês fiquem. Por favor. Por favor, me deixa fazer essa gentileza por você.

Passei boa parte da hora seguinte zanzando pelos corredores, sentindo que estava sobrando. Linda era mais do que capaz de executar sozinha o ritual do banho e da hora de dormir, mesmo com uma criança extra, mesmo quando essa criança era Molly, que estava empolgada e se sentindo toda confiante com a quebra de rotina. Linda disse que ela não precisava tomar banho se não quisesse tirar a roupa em uma casa desconhecida, mas quando chegou no alto da escada ela já estava pelada e logo em seguida pulou na banheira com as gêmeas, esquecendo até do gesso em torno do pulso. Ajudei ela a vestir o pijama do Homem-Aranha que Linda achou no fundo da gaveta do filho e coloquei pasta de dente no dedo para esfregar na boca dela. Fiquei impressionada que o processo de tomar banho e trocar de roupa e escovar os dentes levava o mesmo tempo para cinco crianças e para uma. Quando estavam todos limpos e com cheiro de menta, Linda juntou todo mundo para contar uma história, e eu mesma me senti como se estivesse em uma história, porque não sabia que esse tipo de alegria anárquica existia fora dos livros. Sentei com as costas apoiadas no guarda-roupa e escutei enquanto ela lia — seu jeito de apontar para as palavras e pronunciar as letras. Quem visse Linda naquele momento não ia acreditar em como ela era aos oito anos, debruçada sobre o livro na sala de aula, com as mãos vermelhas de tanto apertar a carteira. Pensei no que eu tinha falado para a mamãe. *Se quiser, você aprende. Na maior parte do tempo é bem difícil e chato, mas não é impossível. Você só precisa querer de verdade.*

Quando ajeitei Molly no sofá no andar de baixo, ela puxou o cobertor até o queixo e soltou um suspiro.

— Eu gostei daqui — ela falou.
— Ah, é?
— É divertido.
— É mesmo.
— E gostei daquela mulher.
— Humm.
Levantei para sair da sala, mas ela sentou no sofá.
— Onde você vai?
— Só até a cozinha — falei.
— Você não vai ficar?

Essa pergunta não devia ser surpresa. No mundo dela, não existia uma alternativa em que eu não ficava sentada do lado da cama até ela dormir. Ouvi a porta da frente se abrir, Linda chamar e um homem responder. E sentei de novo.

— Vou. Claro que vou.

Ela dormiu em questão de minutos, e quando fui até a cozinha Linda e o homem estavam sentados na mesa. Fiquei acanhada. Ele tinha os olhos afastados e uma barba rala.

— Esse é o Kit — disse Linda. — Eu estava contando que nós éramos amigas. Na época da escola.

— Muito prazer — ele falou. — Eu não conheço muitas amigas da Linda.

— Ah, sim. Bom, obrigada por me receber na sua casa. E por deixar nós duas dormirmos aqui.

— Não seja por isso. Você é que foi corajosa de aceitar o convite. É uma loucura por aqui. E na verdade nós nunca sabemos quantas pessoas vão acabar dormindo aqui no fim da noite.

Linda pegou pratos no armário e serviu mais torta de carne. Ela me deu um prato sem nem perguntar se eu queria comer de novo. Kit tomou uma garrafa de cerveja, e depois que a torta acabou tomamos sorvete de chocolate em tigelas pintadas pelas crianças. Às nove horas, Kit levantou e se espreguiçou.

— Me desculpa, mas é melhor eu ir deitar. Tenho que estar na obra amanhã às seis.

Lembrei da mamãe, saindo antes do amanhecer de cabeça baixa, arrastando os pés. Afastei ela da cabeça.

— Prazer em te conhecer, Donna — ele falou enquanto subia. — Espero ver você de novo em breve.

Então ficamos só nós duas, Linda e eu. No fim, sempre tínhamos sido só nós duas.

— Me desculpa — ela falou. — Eu detesto mentir. Isso faz muito mal. Eu só não sabia se você queria que ele soubesse. Achei mais seguro inventar algum outro nome. E eu não sabia como você queria ser chamada. Então entrei em pânico e falei que você era a Donna.

— Bom, isso é imperdoável — respondi. — Eu não tenho cara de batata.

Ela deu risada.

— Eu ia perguntar se você lembrava disso.

— Eu tinha orgulho disso — falei. — Ela ficava maluca.

— É Julia, né? — ela falou, levando as tigelas de sorvete para a pia. — O seu nome novo.

— É. Mas prefiro que você não me chame assim. Pode me chamar de Chrissie.

Haverleigh foi o último lugar onde eu pude ser Chrissie. Foi o último lugar em que pude me apegar às pessoas com todas as forças, o último lugar onde eu desafiava os outros quando levava bronca. Em Haverleigh eles sabiam das coisas: os colchões eram de borracha, e tinha cestos de roupa suja e lençóis extras nos quartos, então se você acordasse com tudo molhado de manhã podia trocar a roupa de cama antes da ronda sem ninguém ficar sabendo. Quando cheguei lá não sabia o que eram as rondas, e uma cuidadora entrou no meu quarto bem na hora que eu estava tirando o lençol molhado da cama. Fiquei paralisada e me encolhi inteira, por causa do círculo molhado na parte de trás da minha camisola. A cuidadora foi para o outro lado da cama e soltou os cantos do lençol.

— O que você está fazendo no meu quarto? — perguntei.

— Só estou fazendo a ronda. Achei que você ia precisar de ajuda para arrumar a cama.

— Eu não quero a sua ajuda. Não gosto de você. Você é feia. Não gosto da sua cara. Não quero mais você fazendo ronda aqui. Quero outra pessoa. Qualquer uma que não seja você.

Ela embolou o lençol e jogou no meu cesto de roupa suja.

— Infelizmente hoje sou eu — falou.

— Eu derrubei água. Estava bebendo na cama e deixei cair nos lençóis.

Não tinha pia no quarto, e ninguém podia beber nada na cama, então não tinha como eu derrubar água na parte de trás da camisola nem se quisesse.

— Ah, nossa — ela respondeu. — Que azar.

Pegou um lençol limpo no guarda-roupa e estendeu em cima do colchão.

— Um monte de crianças derruba água na cama, sabe. É por isso que tem os lençóis extras no guarda-roupa. Não tem problema. Por que você não escolhe uma roupa para vestir? A maioria dos meninos ainda não levantou. Vou levar você para tomar banho.

Eu molhei a cama na minha última noite em Haverleigh, depois nunca mais. O mundo aqui de fora me transformou em uma casca seca. Era uma vida solitária e segura. Nada podia me atingir se eu não tivesse nada por dentro. Às vezes eu achava que sentia falta não de Haverleigh, mas de quem eu era quando estava lá. Às vezes eu achava que sentia falta era da Chrissie.

— A Donna ainda mora aqui? — perguntei.

— Não — Linda respondeu. — Ela mudou para a cidade. A maioria do pessoal da nossa idade foi embora. Não sobrou muita coisa por aqui. Você começa a perceber isso quando não é mais criança.

— E a família do Steven, onde está? — perguntei.

— Foram para o interior. Depois da campanha. Você ficou sabendo? Da campanha?

Eu tinha visto na TV da sala de convivência de Haverleigh. A cara da mãe do Steven bem grande na tela, parecendo muito mais velha. O cabelo que caía pelas costas dela era comprido e fino e quebradiço, e os ombros estavam cheios de caspa. Na época fazia anos que Steven tinha morrido, mas ela ainda parecia corroída pela tristeza, como alguém que teve as tripas arrancadas e espalhadas pelo asfalto para apodrecer.

— Isso não está certo — ela disse na entrevista. — Ela pegou o que, nove anos? Nove anos em um lugar não muito diferente de um internato. Nunca nem viu uma cela de prisão. E agora querem que ela seja solta? Para recomeçar? E a justiça para o meu filho? O Steven não teve chance de recomeçar. Eu não tenho. Ela merece prisão perpétua. Não, uma ova. Ela merece pena de morte.

Ela estava agarrada a uma foto do Steven, a mesma que aparece na capa do livro da Susan. E estendeu na direção da pessoa que estava fazendo a entrevista.

— Olha só para ele — mostrou. — Olha bem para ele. Olha para ele e me diz se aquela criatura monstruosa merece a liberdade. Ele morreu sem a mãe por perto. Morreu apavorado. É o pior pesadelo de uma mãe: o filho morrer sem você por perto, apavorado. Ela é a escória da humanidade.

Era isso que acontecia com crianças como Steven: ficavam congeladas naquele estado perfeito, sempre puras, porque só chegaram aos dois anos de idade. A maioria das crianças vivia o suficiente para aprontar e decepcionar as pessoas e fazer bobagens, e não eram perfeitas, estavam simplesmente seguindo a vida. Crianças como Steven não continuavam seguindo a vida e viravam perfeitas em vez disso. Era uma espécie de troca. Eu não me importava muito com as coisas que a mãe dele falava sobre mim. Eram verdade. A escória era como aquela sujeira sebosa que boiava em cima das superfícies líquidas, espalhada e difícil de juntar. Era assim que eu me sentia: como se estivesse à deriva pelo mundo, esperando para ser recolhida e descartada.

Linda arrancou um fio de cabelo e começou a dar nós.

— Você entende, né? — ela falou. — Por que ela não conseguiu perdoar você. Quer dizer... imagina se fosse com a Molly.

Senti vontade de gritar. "Linda, só o que eu faço é imaginar que podia ser com a Molly", senti vontade de urrar. "Tudo o que eu faço, desde que ela nasceu, é imaginar que podia ser com a Molly. Às vezes eu me pergunto se já enxerguei a Molly como ela é de verdade, porque não vejo o rosto dela quando olho para ela. Vejo um rosto com a vida sendo arrancada de dentro do corpo. E tem momentos em que eu esqueço disso, quando a Molly está rindo, e me pego gostando dela, e aí lembro que não posso. Por causa do que eu tirei de outras pessoas, que nunca vão poder curtir a risada ou o sorriso ou o crescimento do filho delas. Nunca mesmo. Eu quero que elas me perdoem, mas sei que não dá, porque eu não ia me perdoar se tivesse sido com a Molly. Às vezes acho que eu não preciso de prisão perpétua, porque tive a Molly. Ela é a minha sentença. Enquanto ela estiver comigo, eu não tenho como esquecer o que fiz. Nunca. Nunca *mesmo*."

— Eu devia desistir na verdade, não é mesmo? — falei. Minha voz saiu mais grossa, como se o meu nariz estivesse entupido, e eu me forcei a rir para mostrar que não estava chorando.

— Como assim? — Linda perguntou.

— Eu nunca vou conseguir voltar no tempo. E nunca vou conseguir desfazer o que eu fiz. Então não adianta. É tudo inútil. Eu devia desistir.

— "Tudo" o quê? Do que você devia desistir?

— De tudo. De tentar tanto.

— Porque as pessoas não vão perdoar você?

— É.
— Acho que você devia pensar no contrário de desistir.
— Quê?
— Duvido que perdoem você, não importa o que fizer. Você poderia levar a vida mais infeliz possível porque fez isso com eles e mesmo assim não ser perdoada. Ou então poderia levar uma vida normal, simplesmente tentar, como todo mundo, tentar fazer o que for melhor para você e a Molly. E eles não iam perdoar você. Não iam perdoar você em nenhum dos dois casos. Não tem como você mudar nada para o filho deles. Mas para duas pessoas você tem como fazer as coisas ficarem melhores.
— Uma só. A Molly.
— Duas. A Molly e você.
Não falei nada. A inutilidade de tudo entupiu a minha garganta como gordura endurecida em um ralo, e não era a inutilidade de tentar fazer as pessoas me perdoarem. Era a inutilidade de imaginar um futuro para duas pessoas que logo iam ser separadas.
— Vão levar ela embora — eu disse. Não queria que parecesse que eu estava retrucando, mas foi assim que saiu. Curto e grosso.
— Quem? O conselho tutelar? — Linda perguntou.
— É.
— Por quê?
— Eu não sou uma mãe muito boa, pelo jeito.
— Acho que ninguém se sente uma mãe muito boa, na verdade.
Dei risada. Saiu com um toque mesquinho.
— Como se você não fosse perfeita — falei.
— Eu? — ela disse. — Como assim? Você não viu o estado desta casa? Está um caos. Eu tenho mais filhos do que posso sustentar, e logo vou ter mais um. Quer dizer, eu amo todos eles, adoro ser a mãe deles. Claro que sim. E sou melhor nisso do que em qualquer outra coisa. Mas perfeita? Nem de longe. Não chego nem perto.
— Para mim você parece muito boa.

Ela olhou para baixo e manchas rosadas apareceram em suas bochechas. Percebi que devia ser a primeira vez que eu falava que Linda era boa em alguma coisa. Ela não conseguiu segurar o sorriso. Era óbvio que eu queria voltar no tempo e desfazer os erros maiores, mas naquele momento senti que ia me contentar só com os menores. Eu queria poder voltar para quando tinha oito anos, só para ser mais legal com Linda, para poder falar que ela era boa em plantar bananeira e boa em ser minha melhor amiga.

— Por que você acha que vão levar a Molly embora? — ela perguntou, esfregando o rosto com a manga da blusa, como se isso fosse tirar a vermelhidão de lá.

— O pulso dela — respondi.

— Quebrou?

— É.

— Coitadinha. A Lily quebrou o pulso no ano passado.

— Sério?

— É, no começo ela até gostou do gesso e tudo o mais, só que no fim acabou ficando bem entediada. Queria nadar, esse tipo de coisa. E no outro ano o Jason quebrou a perna, e a Charlotte fez um corte horrível na cabeça. Um pouco mais para baixo e teria perdido o olho. Nesse ano, a impressão que deu foi que nós vivíamos no pronto-socorro.

— Você não ficou preocupada?

— Ah, fiquei. Mas eles são resistentes, esses pequenos. Eles se recuperam.

— Eles não são resistentes. Podem se machucar feio. E bem fácil. Antes até de você perceber o que está acontecendo.

— Não é bem assim. Foi um acidente.

— Ela estava em cima de uma mureta. Não era para estar, mas ela subiu quando eu não estava olhando. Tentei fazer ela descer. Puxei ela pelo braço. Ela caiu.

— Pois é. Um acidente. O Jason quebrou a perna porque eu tropecei e derrubei ele da escada. Ele foi rolando desde lá de cima. Fiquei me sentindo péssima, mas você precisa virar a página. Porque foi sem querer.

Ficamos sentadas por um tempo sem falar nada. Estava escuro lá fora, e as janelas francesas viraram meio que um espelho, e dava para ver nós duas na mesa. Nosso reflexo como mulheres, que parecia errado. Na minha cabeça ainda éramos duas meninas magrelas roubando doces e andando em cima de muretas e plantando bananeira.

— Por que você veio aqui? — Linda perguntou.

— Na verdade não sei. Acabei de descobrir que querem levar a Molly. Foi ontem. Isso me fez ter vontade de voltar aqui.

Era até difícil acreditar que a ligação da Sasha tinha sido tão recente. O tempo entre aquele momento e esse se expandiu como chiclete esticando para fora da boca, pareciam semanas, não horas. Pensei em ver quanto tempo tinha passado desde a conversa que não aconteceu. Mas percebi que não ia ganhar nada com isso.

— Então você não veio por causa da ligação? Isso não influenciou em nada? — ela perguntou.

— Quê?

— Eu tentei ligar para você algumas vezes. E algumas semanas atrás você atendeu. E eu pensei que, ligando para aquele número que diz quem foi que telefonou, você podia ter descoberto que era eu. E podia ter tido a ideia de vir me ver.

A voz dela foi ficando mais baixa enquanto falava aquilo, até virar só um sussurro, mal formando as palavras. Foram palavras arrancadas com esforço. Como uma lata sendo aberta com o abridor.

— Foi você? Era você que estava me ligando?

— Só algumas vezes. Não queria te assustar nem nada. É que você me passou seu número da última vez que me escreveu.

— Por que você ligou? Você nunca tinha feito isso. Nem respondeu as minhas cartas.

— É, eu sei. Desculpa. Eu fiquei me sentindo muito mal por isso. Mas sabe como é, eu continuo sem o menor jeito, Chrissie. Não sei escrever direito até hoje. Não queria que você soubesse que eu ainda sou assim. Era mais fácil ligar.

— Mas por que só agora?

— Pelo mesmo motivo que você, acho. Pareceu que era a hora certa. Eu tinha acabado de descobrir que estava grávida. Sempre penso em você quando engravido, desde que fiquei sabendo da sua menininha. Sempre quis saber como foi que você lidou com isso. Esse é o último bebê que nós vamos ter. Não vou engravidar de novo. Isso me fez querer falar com você.

Por um instante, uma janela para um mundo diferente se abriu, um mundo onde Linda e eu engravidamos juntas e Molly foi criada com as gêmeas dela. Doeu de um jeito brilhante e quente, como olhar direto para o sol.

— Eu pensei que fossem os jornais ligando — falei. — Pensei que a nossa assistente social tivesse contado para a imprensa sobre mim.

— Por que ela ia fazer isso?

— Por que não?

— Porque é obrigação dela cuidar de vocês.

Pensei em coisas para responder: "Ninguém nunca cuidou de mim", ou "Não é obrigação de ninguém cuidar de mim", ou "Ela não tem obrigação nenhuma de cuidar de mim". Fiquei fazendo círculos com a unha no tampo da mesa.

— Eu pensei que você me odiasse — falei.

— Bom, eu não odeio — disse Linda.

— Mas isso é só porque você é muito cristã.

Ela sorriu só com metade da boca.

— Eu sou cristã mesmo. Mas, ainda que não fosse, não ia odiar você.

— Você sentiu a minha falta?

Era o tipo de pergunta insuportável — infantil e carente —, e precisei olhar para a Linda da janela, não a que estava do meu lado, enquanto esperava a resposta.

— Senti — ela falou.

— Eu tratava você muito mal.

— Não. Você só provocava. E sempre me defendia, né?

— Eu era um monstro.

— Você era minha amiga.

Apoiei os pés em cima da cadeira e enfiei a cara entre os joelhos, colando os lábios nos dentes.

— Melhor amiga — falei com a boca grudada na calça jeans.

Era o mesmo que eu tinha dito na minha cela, no dia do julgamento que me deixou mais chateada. Não fiquei chateada quando a mãe da Donna foi depor e me chamou de "problemática" e "perversa" e "diabólica". Não fiquei chateada quando a mãe do Steven levantou e falou que eu devia ser enforcada e esquartejada (porque na verdade eu nem sabia o que isso queria dizer). Fiquei chateada mesmo quando chegou a vez da mãe da Linda.

— De onde a senhora conhece Christine? — perguntou o homem da peruca branca.

— Ela era amiga da minha filha, Linda — falou a mãe da Linda.

— Amiga próxima? — falou o Peruca Branca.

— Acho que a Chrissie diria que sim — falou a mãe da Linda. — A Chrissie diria que elas eram melhores amigas. Mas a minha Linda é amiga de todo mundo, na verdade. Sempre tem um monte de meninas lá em casa, tanto que às vezes não consigo nem saber quantas. A Chrissie era só mais uma.

Senti uma pontada na barriga e coloquei a mão em cima. Dava para sentir a minha pulsação por baixo da palma. Fiquei perguntando se o meu coração tinha caído lá para o estômago.

— Mas a senhora tinha bastante contato com Christine — falou o Peruca Branca. — Disse em seu depoimento que ela passava um bom tempo na sua casa. Mais do que na casa dela.

A mãe da Linda olhou para o lado, para o banco onde a mamãe estava sentada sozinha. Depois se virou para o Peruca Branca.

— Acho que ela não tinha muito motivo para voltar para casa — falou.

— O que a senhora quer dizer com isso?

— A mãe da Chrissie, Eleanor. Ela tinha lá suas dificuldades.

— Que tipo de dificuldades?

— Dificuldades da vida. Desde que a Chrissie era pequena. Lembro de uma vez que passei com o carrinho da Linda na frente da casa dela e ouvi choro de bebê, e não era um choro normal, não era como deveria ser. Ela estava berrando. Se esgoelando. Isso acontecia o tempo todo, e eu sempre passava direto, porque ninguém quer se meter, né? Mas um dia eu pensei que aquilo não era certo e bati na porta. Demorou um tempo, mas ela apareceu, a Eleanor, com a Chrissie no colo. Nem tive chance de dizer nada, ela já foi me dando a criança no colo. "Ela só chora, eu não aguento mais, pode levar", ela falou e bateu a porta na minha cara.

— E o que a senhora fez? — perguntou o Peruca Branca.

— O que eu podia fazer? Ela era um cisquinho de gente. Metade do tamanho da Linda, e a Linda já não era grande. Levei ela para casa e dei uma mamadeira. Três mamadeiras, na verdade... Fiquei com ela algumas horas, ela estava esfomeada. Depois voltei e a Eleanor abriu a porta e pegou ela do meu colo como se fosse a coisa mais normal do mundo. Como se fosse totalmente normal entregar sua bebê para passar a tarde com uma desconhecida.

— E a senhora não contou isso para ninguém? Para o conselho tutelar? Para a polícia?

— Eu pensei a respeito, claro. Não pensei em outra coisa por um bom tempo. Mas o que eu ia dizer? "Conheço uma bebezinha que chora muito." Eu ia fazer papel de idiota. E às vezes eu via a Eleanor na igreja com o carrinho, às vezes o pai estava junto, e eu pensava:

Bom, eles estão dando um jeito. Estão se virando bem. Eu não podia fazer isso com ela. Denunciar outra mãe.

— Sobre Christine e a mãe. Do ponto de vista de alguém de fora, como era a relação entre as duas conforme ela foi crescendo?

A mãe da Linda foi se virando ainda mais, até ficar de costas para a mamãe.

— A Eleanor fez de tudo para se livrar da Chrissie — ela falou. — Como eu disse, não sei qual era a questão, se ela não queria uma filha, se não sabia como lidar com uma criança, se não sabia lidar com *aquela* criança. Enfim. Mas, vendo como era a vida das duas, era difícil acreditar que ela se importava o mínimo que fosse com a Chrissie.

Essas palavras borbulharam no meu peito como vômito subindo pela garganta.

— Cala a boca — falei, alto o bastante para as pessoas olharem para mim. — Cala a boca, cala a boca, cala a boca.

A mãe da Linda não olhou. Continuou virada para o juiz.

— Eu sempre fiz o melhor que pude pela Chrissie — ela falou. — Eu dizia para o meu marido: "Precisamos fazer o máximo possível por essa menina, ela não tem quase nada na vida". É nisso que nós acreditamos, no que Ele nos ensina. Eu fiz o meu melhor por um tempo. Quando ela era pequena. Recebia em casa, dava comida, dava umas roupinhas da Linda. Mas ela foi crescendo. Foi ficando mais durona. Parei de ficar agradando, porque se eu continuasse ela não ia mais sair de lá, e eu não queria que ela ficasse com a Linda o tempo todo. Não queria que as pessoas vissem as duas como um parzinho.

Ela tossiu uma tosse molhada e limpou alguma coisa do rosto.

— Ela fez coisas horríveis. Fez, sim. Mas é só uma criança. Precisava que pessoas como eu olhassem por ela, e eu não fiz isso. Eu falhei com ela. Todos nós falhamos. Ela é só uma garotinha.

Ela olhou para mim por cima do ombro. E foi como se não conseguisse manter os olhos retos. Eles baixaram para o chão, embaixo da minha gaiola de vidro, depois para o banco onde estava a mãe do Steven.

— Me desculpa — ela falou.

Coloquei as mãos na cara. E não falei. Eu gritei.

— *Eu odeio você, eu odeio você, eu odeio você.*

Fiquei gritando e ofegando e batendo os pés no chão, primeiro um, depois o outro, como se estivesse correndo ou marchando. Os guardas me seguraram pelos braços e me levaram escada abaixo, para uma cela. Eles me seguraram até eu cansar de espernear e berrar. Depois foram embora.

— Nós somos melhores amigas, *sim* — sussurrei quando estava sozinha. — Eu e a Linda somos melhores amigas, *sim*. E eu *não* precisava de você. E a mamãe se importa comigo, *sim*.

Sentada ali na mesa, Linda ficou calada por um tempão, enquanto meu rosto queimava e minha garganta ardia, e então ela falou:

— Isso mesmo. Melhores amigas.

E foi tão baixinho que só eu ouvi. Mas eu ouvi. E trouxe aquilo para dentro de mim.

— Obrigada — falei.

— É melhor você ir dormir — ela falou. — Deve estar cansada.

— É. Provavelmente.

Mas eu não queria parar de conversar. Durante aqueles anos passei horas imaginando as coisas que ia falar para ela quando nos reencontrássemos, e não tinha dito quase nada. Era igualzinho o que aconteceu com a mamãe: aqueles não eram os desabafos que eu tinha ensaiado, eram encontros surreais com pessoas bem diferentes das que viviam na minha cabeça. Achei que talvez fosse ser sempre assim, mesmo se conversasse com elas durante um mês, porque eu não tinha como tirar de cima de mim um fardo que me pertencia.

— Você vai voltar para casa amanhã? — ela perguntou.

— Talvez. Não sei.

— Eles vão vir atrás de você?

— Vão. A Molly é protegida pela justiça. Eu tenho que fazer o que eles mandarem. Não posso levar ela para onde quiser. Seria considerado sequestro.

— Ok.

Se Linda ficou chocada, conseguiu fazer isso não aparecer na voz.

— Mas não sei se vamos voltar amanhã — falei. — Estava pensando em esperar eles virem atrás da gente. Pode demorar vários dias.

— Acho melhor encarar a situação de uma vez. Acho que eles vão reagir melhor se você voltar e assumir o seu erro.

— Pode ser melhor se eles levarem ela de uma vez.

— Por quê?

— Parece a coisa certa, né? Eu perder ela. Foi o que eu fiz com outras pessoas, então é o que devia acontecer comigo.

— Tipo o que, olho por olho?

— Meio que isso.

— Mas não é assim que funciona, né? Você já pagou pelo que fez. Passou um bom tempo na prisão. Não pode continuar sendo castigada para sempre.

— Eu não fui para a prisão. Era um Lar.

— Mas não um lar de verdade. Nem um lugar em que você foi porque quis. Você não era livre.

Fiquei rangendo os dentes de trás até sentir um pó cobrir a minha língua. Era difícil explicar as liberdades que eu tinha em Haverleigh e que me faziam falta — a grama pinicando a pele quando eu descia rolando os barrancos do lado de fora, o cheiro das velas de aniversário — e ainda mais difícil admitir que as perdas por ficar lá tinham sido bem menores que os ganhos. Por trás das camadas de culpa e complicações, três coisas eram verdade: Haverleigh me deu o que eu precisava; eu ter ido para lá tinha um preço; não fui eu que paguei esse preço. Era lá que *eu* ia escolher ficar se pudesse, e se voltasse no tempo ia escolher de novo, de novo e de novo, e se o lugar ainda existisse era onde eu e Molly íamos estar, implorando para os cuidadores nos acolherem.

No tribunal, um dos perucas brancas falou que por causa das coisas que fiz eu perdi a minha infância, e que isso já era castigo suficiente. Ele estava certo e errado ao mesmo tempo. Eu perdi algo naquela primavera — uma leveza preciosa —, mas, mesmo sem isso, eu ainda podia correr pelas ruas e subir nas árvores e plantar bananeira com a minha melhor amiga. Coisas que quem estava morto não podia fazer. Agora eu estava mais velha, e vivia com um peso tão grande nos ombros que parecia que a minha espinha ia partir ao meio, mas de vez em quando me deixava levar pela vida com Molly de um jeito que me fazia esquecer quem eu era e me livrava desse peso, deixava ele um pouco ali no chão. Quem tem um filho morto não consegue fazer isso.

Um grito alto me assustou — "Mãe, mãe, mãe" —, mas Linda não se mexeu.

— Pode ir — falei.
— É a Molly, não?
— *Mãe, mãe, mãe.*

Mas esse não é o meu nome, pensei enquanto levantava. Atravessei o corredor e entrei na sala. Molly estava sentada no sofá, esfregando os olhos com os punhos fechados.

— Está tudo bem — falei. — Tudo bem.

Ela soluçou e engasgou. Ajoelhei do lado dela. Coloquei uma das mãos nas costas dela.

— Está tudo bem, Molly. Você teve um pesadelo. Só isso.
— Eu... acordei... e... você... não... estava... aqui — ela soluçou.
— Pensei... que... tinha... ido... embora... e... me... deixado... aqui... sozinha...

Tinha um espaço no sofá onde ela estava deitada, e eu me acomodei ali, puxando ela para o meu colo. Fiquei surpresa por isso parecer tão automático; o meu corpo não tinha feito isso tantas vezes para saber fazer sozinho. Os braços dela agarraram o meu ombro, e fiquei surpresa de novo, porque os nossos corpos se encaixavam tão bem, apesar de não parecerem mais se encaixar direito desde que ela saiu de dentro de mim. Ela afundou o rosto no meu pescoço, deixando a minha pele molhada de baba e catarro. Essa umidade me fez sentir que nós duas éramos como duas poças de água salgada se fundindo, sem saber onde começava uma e terminava a outra. A língua dela encostava em mim enquanto ela ofegava. Senti um puxão no couro cabeludo e vi uma mecha do meu cabelo na mão dela. Haverleigh voltou à minha mente de um jeito que pareceu um soco no estômago.

Quando os cuidadores não me deixavam mais roubar comida para comer à noite, comecei a comer mais nas refeições. Três vezes por dia, até passar mal. Eles começaram a fazer meu prato antes que eu entrasse no refeitório, e me deixavam na mesa do canto, enquanto os outros ficavam na mesa com os bancos. E naquela noite eu gritei ainda mais.

— O que foi, Chrissie? — a minha cuidadora favorita perguntou quando entrou no quarto.

— Estou com *fome* — gritei.

— Não está não, amorzinho. Você comeu bem no jantar. Está de barriga cheia.

— Estou com *fome*. Estou *mesmo*!

Ela sentou no chão do lado da minha cama. A maioria dos cuidadores não chegava assim tão perto de mim, porque eu me comportava muito mal. Eu parei de gritar. Só murmurei:

— Estou com *fome*, estou com *fome*, estou *mesmo*.

— Você precisa dormir. Vamos lá. Deite.

Pus a cabeça no travesseiro. Ela estava perto o suficiente para eu conseguir agarrar uma mecha do cabelo dela.

— Estou com *fome*, estou com *fome*, estou *mesmo* — fiquei sussurrando até os meus olhos ficarem pesados, e um pouco antes de fecharem murmurei: — Me chama de amorzinho de novo.

— O que foi, amorzinho?

Então eu dormi, e quando acordei de manhã ela não estava mais lá. Eu ainda estava com um tufo de cabelos castanho-claros enrolados nos dedos, embaraçados e quebrados.

Apertei Molly com mais força junto de mim. Ela choramingou, e senti a mão dela se abrir e fechar no tecido da minha blusa. Ela gostou daqui. Gostou da Linda. Mas precisava de mim.

— Eu não deixei você sozinha, amorzinho — falei com a boca no ombro dela. — Eu não deixei você.

CHRISSIE

Depois que saí do hospital, ficava fora de casa o máximo possível. Eu sabia que se fizesse algo para irritar a mamãe ela podia contar para a polícia sobre Steven, ou podia me dar mais doces-que-eram--comprimidos, e eu não queria nenhuma das duas coisas. Às vezes a mamãe se irritava quando eu ficava tempo demais fora, dizendo que era porque eu não amava ela. Só que ela se irritava mais quando eu estava em casa, porque quando estava em casa eu fazia coisas irritantes como pedir comida. Eu concluí que provavelmente ela me deu os doces-que-eram-comprimidos para me transformar em uma menina boazinha em vez de malcriada e que, se me visse, ia perceber que eu ainda era malcriada e podia tentar outra coisa para me fazer ficar boazinha. Então o mais seguro era ficar longe.

— Sua mãe deve querer saber onde você está, Chrissie — a mãe da Linda sempre falava quando eu ainda estava na casa dela na hora do jantar. O que ela queria dizer com isso era: "Eu queria saber por que você ainda está aqui, Chrissie", mas eu fingia que não entendia.

— Ah, não — eu sempre respondia. — Ela nunca quer saber onde eu estou.

A mãe da Linda não continuou me tratando bem por muito tempo depois que eu saí do hospital.

Ainda tinha policiais nas ruas, e eles seguiam batendo de porta em porta para falar com as crianças, e as mães tagarelavam sobre isso por cima da mureta dos jardins. A mãe da Linda não era muito de tagarelar. Ela nunca estava com as outras mães. Provavelmente porque era muito velha. A pessoa pode ter um ataque do coração de tanto tagarelar se for assim tão velha.

No domingo, fiquei na igreja depois da missa para ajudar Linda e a mãe dela a colocar as almofadas para os joelhos de volta nos bancos, e a mãe do Robert ajudou também. Ela ficava suspirando e resmungando: "Não sei não, ah, não sei não". A mãe da Linda não falava nada, então a mãe do Robert começou a suspirar e a resmungar "Não sei não, ah, não sei não" cada vez mais alto, até que no fim pôs as mãos na cintura e falou:

— Eu não deveria contar para você, é sério. Não deveria mesmo.

— Não precisa me contar nada — a mãe da Linda falou.

— Eu não deveria contar mesmo. Não com as meninas aqui — falou a mãe do Robert.

— Não. Com certeza não — a mãe da Linda respondeu e foi até o armário pegar a vassoura. A mãe do Robert foi atrás.

— Você ouviu o que andam dizendo, não é? — ela falou.

— Acho que não — falou a mãe da Linda, começando a varrer o corredor entre os bancos, e a mãe do Robert ficou esperando ela perguntar o que andavam dizendo. Quando percebeu que isso não ia acontecer, começou a ir atrás dela de novo.

— Sobre o motivo de estarem fazendo todas essas perguntas para as crianças? Você ouviu falar, não?

A mãe da Linda continuou varrendo.

— Isso é fofoca. Não vale a pena ouvir.

— Estão dizendo que deve ter sido uma criança que fez aquilo — a mãe do Robert falou. Por um tempo, a mãe da Linda parou de varrer e ficou com a vassoura parada no chão. Depois recomeçou. — Você me ouviu? Uma criança que fez aquilo? — a mãe do Robert repetiu.

— Ouvi — a mãe da Linda respondeu.

— Que horror, né? Uma história de arrepiar. Estou arrepiada até os ossos desde que ouvi isso.

Ela não parecia arrepiada até os ossos. Parecia uma criança quando vai para a escola no dia do aniversário e põe o chapeuzinho de aniversariante — toda estufada e vermelha. Linda estava do outro lado da igreja, arrumando a caixa de materiais da escola dominical, então não escutou elas, mas eu estava logo atrás, agachada entre dois bancos. Fiquei bem abaixada para elas não me verem.

— E é claro que você fica pensando... — a mãe do Robert falou.

— Não necessariamente — a mãe da Linda falou. Ela ficou varrendo o mesmo lugar por um tempão, apesar de já estar limpo.

— Ah, fica, sim. Eu estou fundindo a cabeça, mas não conheço as crianças mais velhas. Não tenho filhos do tamanho da Linda... E deve ter sido uma criança mais velha, não?

Eu tinha tirado o cardigã antes de começar a arrumar as almofadas. Ele estava no encosto do banco mais perto da mãe da Linda. Ela pegou, sacudiu e ficou segurando.

— Você tem alguma ideia? — perguntou a mãe do Robert.

A mãe da Linda dobrou o meu cardigã e colocou de volta no banco. Então foi até o armário para guardar a vassoura.

— Linda — ela chamou. — Vamos. Já estamos indo.

Linda foi correndo até ela, e eu segui as duas para fora da igreja e pela rua. A mãe da Linda estava segurando ela pelo pulso e andando depressa. Quando chegamos no alto da Marner Street, ela virou para mim.

— Vá em frente. Para a sua casa.

— Mas eu quero brincar com a Linda — falei.

— A Linda está indo para casa comigo.

— Então eu vou também.

— Não, Chrissie. Você não vai. Não é a sua casa.

Ela foi arrastando Linda pela rua. Vi as duas ficarem cada vez menores, até atravessarem o caminho do jardim da casa. Aí elas já estavam tão longe que eu não consegui ver se Linda virou para me olhar ou não. Quando eu estava agachada no meio dos bancos na igreja, a mãe dela varreu umas nuvens de poeira em cima de mim, e naquela hora eu estava sentindo os pedacinhos de terra agarrados nos pulmões como uma película de pó.

Sobrava um monte de horas para gastar quando eu tentava não passar muito tempo em casa. De dia eu brincava na rua, com Linda e William e Donna e agora Ruthie. Os outros iam para casa na hora do jantar, mas eu não. Ficava na rua até escurecer e os meus olhos ficarem pesados, aí entrava de mansinho em casa, subia a escada e deitava na cama com a coberta puxada até a cabeça.

No sábado eu estava sentada na grama do jardim do Bull's Head sozinha, porque era hora do jantar e todo mundo tinha ido para casa. Um homem saiu para fumar, e quando eu olhei vi que era o papai.

— Papai?

Ele precisou espremer os olhos para me ver.

— Chris?

— Pensei que você estava morto ainda — falei.

As mãos dele estavam moles, e ele não conseguia acender o cigarro, então fui segurar para ele. A chama encostou na ponta, que ficou laranja.

— Valeu — ele falou, dando uma tragada bem comprida. — Acabei de voltar, sabe?

— Quando?

— Agorinha. Na semana passada, ou na outra, talvez.

— Por que você não foi me ver?

— Sabe como é. Tinha coisas para resolver. Estava indo ver você agora. Hoje mesmo. Só parei para beber uma coisinha.

Ele sentou no degrau, e eu na frente dele. O papai sempre me dizia que a primeira coisa que fazia quando deixava de estar morto era vir me ver. Não parava nem para guardar a mala em algum lugar, vinha direto me ver. Ele sentia a minha falta esse tanto quando não estávamos juntos.

— Por que você não foi direto me ver? — perguntei.

— Deus do céu, Chris. Dá um tempo. Estou vendo você agora, não estou?

Baixei a cabeça até o peito. Se ele tivesse ido antes, eu não ia ter ficado doente por causa dos doces, porque ele ia estar lá para me proteger.

— Como estão as coisas? — ele perguntou. — O que você anda aprontando?

Levantei o queixo na direção dele e olhei bem na cara dele.

— Eu estava no hospital — falei.

— Quê?

— A mamãe me deu uns comprimidos num tubo de doces. Falou para eu comer tudo. Eu quase morri.

Ele pôs a mão no queixo. Esfregou, esfregou, esfregou. Coçou, coçou, coçou. Colocou o cigarro de novo na boca, depois tirou e amassou na sola do sapato. Quando ficou com as duas mãos livres, colocou elas nos cabelos e começou a puxar e a soltar, e a pele da testa dele se esticava e depois ficava solta de novo.

— Eu tive que ficar no hospital por vários e vários dias — falei. — Eles precisaram sugar tudo da minha barriga. Se não tivessem feito isso depressa, eu teria morrido.

— Não me diz isso, Chris — ele falou, ficando de pé, e o cabelo dele estava de pé também, todo espetado. — Por favor. Não me diz isso, por favor.

— Mas você pode me ajudar. Agora que está vivo. Eu posso cuidar de você para você não morrer de novo e você pode me levar embora.

— Não, eu não posso. — A voz dele parecia uma janela com uma rachadura que deixava a chuva entrar. — Não posso.

— Mas você falou que ia. Disse que da próxima vez que viesse me ver ia me levar. Você *falou*.

— Desculpa, Chris. — Ele virou para entrar no pub. Tentei ir atrás, mas ele me empurrou. — Desculpa. Eu sinto muito. Não posso.

— Você vai morrer de novo? É por isso?

— Puta que pariu. Para com essa porra dessa conversa de morrer. Você tem oito anos, Chris. Já está grande demais para acreditar nisso. Para.

Tinha uma mosca subindo pelo batente da porta. Ele esmagou ela com a mão fechada, deixando a mancha de um corpo preto-azulado na madeira pintada de branco. Normalmente eu adorava ficar olhando coisas mortas. Quando achávamos passarinhos mortos no parquinho, eu cutucava eles com gravetos para espalhar as tripas melequentas pelo chão, enquanto Donna, Linda e as outras meninas ficavam gritando. Só olhei para a mosca morta o suficiente para ver que uma das asas tinha se separado do corpo e estava ali grudada sozinha, como um caquinho de vidro. Depois olhei para o outro lado.

— A mamãe nunca me dá comida — falei. — Eu sinto muita fome. Às vezes acho que vou morrer de tanta fome.

— Para de me contar isso — ele quase gritou. — Eu não posso escutar essas coisas.

— Você falou que ia me levar embora.

— Eu não posso. Desculpa. Eu sinto muito.

Ele entrou de novo no pub. Corri até a cerca de madeira no fim do jardim e chutei tão forte que uma das tábuas rachou. O meu rosto estava vermelho. Eu queria entrar, abrir caminho entre aqueles homens fedorentos e achar o papai.

"Eu nunca acreditei", tive vontade de gritar. "Nem uma vez. Nunca mesmo. Eu sempre soube que pessoas mortas não voltam. Provavelmente nem Jesus voltou de verdade depois de morrer, provavelmente ficou bem quietinho na caverna para todo mundo pensar que ele estava morto e depois saiu para deixar todo mundo chocado. Eu nunca achei que você estava morto quando foi embora, e nunca achei que você tinha voltado a viver quando aparecia para me ver, e quando matei Steven eu sabia que ia ser para sempre, não por um dia ou uma semana ou um mês. Eu sabia que ele nunca mais ia voltar, e era isso que eu queria. Eu vou matar muita gente, e essas pessoas vão continuar mortas para sempre, e é *isso* que eu *quero*."

Não fazia diferença se eu acreditava que o papai tinha morrido, ou se eu não tinha percebido que Steven nunca mais ia voltar. Detestava a sensação de outras pessoas acharem que eu era burra, mais do que qualquer outra coisa no mundo. Não queria que o papai me achasse burra. Olhei para a porta dos fundos durante um tempão, vendo as formas escuras de homens se torcerem e contorcerem uns ao redor dos outros. Não consegui ver o papai. Estava me coçando toda, como se tivesse centopeias andando na minha pele e os pés delas fossem feitos de agulha. Eu não queria estar sozinha. Queria estar com Linda. Ela sabia como era ruim ser chamada de burra. Fui até a casa dela e toquei a campainha.

— A Linda pode sair? — perguntei quando a mãe dela abriu a porta.

— Não.

— Posso entrar, então?

— Não.

— Por que não? — perguntei.

— Está quase na hora do jantar.

— O que vai ter para comer?

— Ensopado.

— Eu gosto de ensopado — falei.

— Você não vai entrar aqui, Chrissie — ela falou. — Eu não quero mais você brincando com a Linda. Você precisa ir para casa. Para a *sua* casa.

Ela mexeu os pés no capacho da porta, e cheguei a pensar que fosse ajoelhar e me abraçar, como tinha feito no primeiro dia de escola. Eu não teria achado nada ruim. Teria gostado, na verdade. Mas ela voltou para o corredor e fechou a porta. Eu fiquei ali parada, pensando em tudo que poderia ter falado se ela não tivesse fechado a porta.

"Você não tem como fazer a Linda e eu não sermos amigas. Nós somos melhores amigas. Você não pode mandar duas melhores amigas não brincarem juntas. Isso é praticamente um crime. Você não tem como fazer eu não vir aqui. Vou esperar até você sair, até só o pai da Linda estar em casa, e aí vou voltar. Ele vai me deixar entrar. Você não tem como me obrigar a ir para casa. Eu não tenho casa. Só um lugar para dormir. Você não tem como me obrigar a ir para lá."

A minha garganta estava ardendo e dolorida de vontade de falar todas aquelas palavras. Comecei a esfregar e apertar ela e depois fiquei com as mãos paradinhas, descansando no lugar onde a minha pulsação batia. O sangue latejava embaixo dos meus dedos e as palavras latejavam na minha cabeça.

Eu estou aqui. Eu estou aqui. Eu estou aqui.
Tique-taque. Tique-taque. Tique-taque.

Quando saí de casa na manhã seguinte, o mundo parecia feito de luz branca e forte, e eu feita de barulho. Não era um fervilhar — não o fervilhar que eu tinha antes, como o daquele pozinho doce que estoura na boca. Era um rugido áspero, que fazia arder lá embaixo da minha barriga, me incomodando no lugarzinho onde o meu corpo virava um segredo. Como um tigre grunhindo. Como uma chama queimando. Tinha faíscas na ponta dos meus dedos das mãos e dos pés, que me faziam correr rápido como nunca tinha corrido, mas não era com estalo-borbulhado-fervilhado, era com grunhido-rugido-rosnado. Olhei para o alto da rua enquanto corria ladeira acima, e parecia que alguém tinha jogado tinta azul

no buraco entre os telhados e o céu. Eu precisei espremer os olhos para enxergar direito, e quando fiz isso faisquei ainda mais. O meu corpo não era eletricidade. Era lava. Pisão-estouro-estrondo. Tique-taque-tique-taque.

Cheguei na loja de doces bem na hora que a sra. Bunty estava saindo para pendurar a placa na rua. Quando me viu, foi logo colocando as mãos na cintura.

— Ora essa, Chrissie. Já chega disso. Você sabe que eu não vou deixar você entrar para afanar coisas.

— Não vou afanar nada. Eu tenho moedas.

Ela deu uma risada que parecia um peru gorgolejando. O queixo dela balançou, o que também fazia ela parecer um peru.

— Ah, e eu sou a rainha de Sabá.

— Não. Óbvio que não. Mas eu tenho moedas — falei, tirando elas do bolso e colocando bem na cara dela.

— De quem você roubou isso? — ela perguntou.

— De ninguém. Eu ganhei.

— De quem?

Pensei no papai, cambaleando para fora do pub enquanto eu andava para casa, me pegando pelo cotovelo com a mão quente. Ele enfiou a mão no bolso, tirou algumas moedas, colocou na minha mão e falou:

— Toma, é tudo o que eu tenho, vai lá comprar alguma coisa para comer.

Quando ele cambaleou de volta para dentro do pub, ouvi ele ir até o balcão e pedir para Ronnie mais uma bebida. Então não era tudo o que ele tinha. Era tudo o que tinha sobrado depois de pagar pelo que era importante de verdade para ele.

— Ninguém — falei para a sra. Bunty. — Mas eu não afanei nada. Elas são minhas. E eu quero comprar uns doces.

A sra. Bunty bem que ia gostar de falar que eu não podia, mas aí o vigário apareceu para comprar um jornal e ela teve que fingir que era boazinha para não ir para o inferno. Peguei o potão de pirulitos no balcão e tentei abrir a tampa. Era dura, e as minhas mãos ficavam escorregando.

— Precisa de ajuda, mocinha? — o vigário perguntou, estendendo a mão.

— Não.

Com um último puxão, a tampa se mexeu.

— Ora — o vigário falou. — Que mãos fortes você tem, hein?

— É. Tenho mãos bem fortes mesmo.

Comprei um pirulito e um saco de jujubas, apesar de não gostar de pirulitos nem de jujubas. A sra. Bunty pegou as minhas moedas como se eu tivesse feito xixi nelas. Me arrependi de não ter feito isso.

Quando cheguei na casa da Ruthie, atravessei o caminho do jardim e apertei a campainha embaixo do número na porta. Ninguém atendeu, então toquei de novo e de novo, até a mulher bonita aparecer. Ela não estava tão bonita. Ainda estava de camisola e roupão, apesar de já ter passado da hora do café da manhã, e o cabelo estava saindo para fora dos bobes como se fossem minhocas amarelas. O rosto dela estava com cor de água suja depois de lavar louça.

— Ah, oi, Chrissie — ela falou.

Ruthie saiu da sala, veio correndo e deu um esbarrão nela por trás, com tanta força que ela quase caiu em cima de mim. Isso era típico da Ruthie, pensei. Sempre fazendo a vida da mulher bonita ficar pior. Ela estava usando um vestido com mangas bufantes de um xadrez vermelho e branco, e os pés estavam enfiados em meias brancas cheias de frufrus e sapatos de couro vermelho. A maleta de médico era vermelha também, e ela estava carregando pela alça, então estava combinando dos pés à cabeça. Tinha até fitas vermelhas no cabelo laranja dela, fazendo parecer que a cabeça estava pegando fogo.

— Posso levar a Ruthie no parquinho? — perguntei.

Quando Ruthie ouviu a palavra "parquinho", bateu as mãozinhas gordas com força e se pendurou no braço da mulher bonita. Toda vez que a mulher bonita se soltava, Ruthie se agarrava nela de novo e ficava sacudindo a mão dela.

— Por favor, mamãe! Parquinho, mamãe!

— Me solta! — ela quase gritou, puxando a mão para longe.

Ruthie pareceu chocada, e eu também fiquei. Foi a primeira vez que eu vi a mulher bonita quase gritar. Ela ficou com as bochechas vermelhas, as manchas descendo pelo pescoço.

— Me desculpe, Ruthie — ela falou, passando a mão no cabelo da menina. — Desculpa, anjinho. A mamãe ficou ranzinza. A mamãe grita quando fica ranzinza.

— Ela pode ir, então? — perguntei.

A mulher bonita olhou para a rua, para os carros que passavam e os cacos de garrafas de cerveja espalhados nas sarjetas.

— É muita gentileza sua, mas a Ruthie machucou o joelho hoje de manhã. Enquanto estava brincando no jardim. Foi um arranhão feio. Acho melhor ela ficar em casa hoje.

A mulher bonita fazia bastante isso: inventava histórias para Ruthie não sair para brincar. Os joelhos da Ruthie estavam aparecendo por baixo do vestido, e nós três olhamos ao mesmo tempo. No esquerdo tinha uma linhazinha rosa do tamanho e do formato de um corte feito por uma folha de papel. Até Ruthie olhou para a mulher bonita como se ela estivesse maluca.

— Nós só vamos até o parquinho — falei. — Eu dou a mão para ela. Não tem nenhuma rua perigosa para atravessar.

A mulher bonita olhou para fora de novo. Aposto que provavelmente estava torcendo para ouvir um trovão ou um pequeno terremoto — qualquer coisa que servisse de motivo para Ruthie não sair. O céu estava azul como vidro marinho e a terra não estava tremendo nem um pouco, e quando olhou para o céu aberto a mulher bonita estremeceu, se curvou para a frente e fez um barulho de quem estava passando mal. Quando levantou, estava ainda mais com aquela cor de água de louça suja. Ela empurrou Ruthie para mim.

— Sim. Sim. Claro. Podem ir. Divirta-se bastante, Ruthie. E cuidado. Vejo você daqui a pouco.

Ela correu lá para cima e entrou no banheiro. Nós ouvimos ela vomitando. Fiquei pensando que se precisasse cuidar da Ruthie todo dia eu provavelmente ia ficar doente também.

Quando passamos pelo parquinho, Ruthie empurrou o portão, mas eu puxei ela para trás pela gola do vestido.

— Vem — falei, segurando o pulso dela. — Nós não vamos entrar aí.

— Parquinho! — ela resmungou, tentando se soltar, mas eu era mais forte.

— Não. Parquinho não.

Ela parecia estar tomando fôlego para gritar tão alto que até a mulher bonita ia ouvir a quatro ruas de distância, então enfiei uma jujuba na boca dela para não deixar isso acontecer. Ruthie ficou tão surpresa que por um tempo não fez nada. Aí mastigou e estendeu a mão para pedir outra.

— Mais.

Mostrei o saco de jujubas.

— Só se você continuar andando, e sem reclamar.

As casas do beco pareciam ainda mais abandonadas debaixo daquele céu perfeito. Quando chegamos na casa azul, Ruthie sentou na grama alta do lado de fora.

— Cansei.

Ela se largou de um jeito que acabou deitando no chão. Fiquei olhando para aquele cabelo laranja se espalhando entre a grama. Como um tigre. Como uma chama.

— Vem — falei. Ela não se mexeu, então tirei o pirulito do bolso e balancei na cara dela. — Você quer? — Ela fez que sim com a cabeça e tentou pegar, mas eu puxei de volta. — Só se vier aqui comigo.

Assim que ela passou pela porta, já ficou com a ponta dos sapatos marcada e a poeira se agarrou nas meias brancas. Ela ficou bem quieta, apesar de já ter acabado a jujuba que tinha na boca. Deixei ela subir a escada na minha frente para não acabar caindo antes de chegar lá em cima. O quarto no andar de cima era mais claro que o resto da casa por causa do buraco no telhado. A mancha de umidade embaixo do buraco tinha aumentado. Lembrei de ter abaixado e feito xixi ali. Ruthie entrou e olhou para o buraco. Ela soltou uma risadinha alta e ardida.

— Olha! — ela gritou. — Tem um buraco! Um buraco no céu.

Ela sentou em uma das almofadas de sofá perto da mancha de umidade e começou a tirar as coisas de dentro da maleta do kit de médico.

— Brinca de médica comigo — ela gritou. — Você é a doentinha.

Ela colocou o estetoscópio nas orelhas e começou a apertar a outra ponta nos braços e nas mãos.

— Não é assim, Ruthie — falei. Fui até lá e tentei tirar da mão dela. — Vou mostrar como é que faz.

Ela berrou e puxou de volta.

— É *meu* — gritou. — A médica é *eu*.

As bochechas gorduchas dela ficaram vermelhas, e fiquei com vontade de dar um chute nela, mas em vez disso chutei o restante das coisas do kit de médico. A faixa de gaze que a mulher bonita passou um tempão enrolando se desenrolou e se espalhou como uma língua branca e comprida pelo chão. Fui até o outro lado do quarto, passando os dedos na parede. As minhas tripas estavam fervendo. Lava e eletricidade.

— Brinca de *médica*! — Ruthie gritou.

Ela gritava demais. Eu quase nunca ouvia ela falar sem gritar. Tantos gritos e tantos brinquedos e tanto, tanto, tanto amor. Ela tinha amor escapando pelas dobrinhas de banha. Dava para ver na pele dela. Eu sabia o que procurar. Já tinha visto no Steven.

Encostei na parede e senti um arrepio nos braços, levantando os pelos e formando bolinhas na pele. As faíscas estavam em toda parte

— no meu rosto, no pescoço, na barriga, me fazendo ferver até não conseguir nem ficar de pé direito. Tomei impulso na parede com um pé e corri até o outro lado do quarto. Não tinha espaço suficiente. Não dava para correr até expulsar as faíscas das minhas pernas. Eu olhei para o céu. Aquele azul queimou os meus olhos. Eu queria subir no buraco e sentar no telhado e rugir até ficar sem voz.

Ruthie estava me olhando.

— O que você tá fazendo? — ela perguntou.

Tapei os ouvidos com as mãos. Não conseguia me livrar daquela vozinha horrível, ardida e resmungona, que ficava passeando dentro de mim como uma lombriga.

— Vem — falei. — Eu vou brincar. Mas eu sou a médica. Me dá o estetoscópio.

Ela devia estar mesmo cansada de brincar sozinha, porque me entregou na hora.

— Agora deita — mandei.

— Num quero. Num vou deitar. Sou a doentinha sentada.

Balancei o pirulito na cara dela de novo.

— Você quer? — perguntei.

Ela fez que sim. Tirei da embalagem, e quando Ruthie deitou enfiei na boca dela. Ela ficou lá chupando aquilo feito uma idiota.

— Boa menina — falei e coloquei o estetoscópio no pescoço. — Certo. Tem algum problema com a sua garganta?

Passei os dedos no lugar onde o corpo dela se juntava com a cabeça. Ela fez que sim.

— Tosse — ela falou sem tirar o pirulito da boca.

— Posso tentar fazer melhorar? — perguntei.

O estetoscópio ficou pendurado, me atrapalhando. Tirei do pescoço e joguei de lado. Coloquei a mão aberta em cima da garganta dela, fechando os dedos perto do chão, com o dedão parado no lugar onde a pulsação dela batia. Quando a minha mão inteira estava no pescoço dela, usei a outra também. Quando pisquei, o mostrador do relógio piscou atrás das minhas pálpebras. Os dois ponteiros estavam juntos no alto.

— Vou fazer uma massagem no seu pescoço — falei. — Isso vai fazer a tosse passar.

Deixei as mãos mais duras. Ela jogou a cabeça para trás.

— Machuca — ela choramingou.

Ela foi um pouco para o lado e acabou deitada bem no meio da mancha de umidade no chão. Vi um inseto com casco nas costas subir no cabelo dela. Continuei segurando.

— Não vai doer mais. Vou fazer passar. Depois disso vai ficar melhor. Só preciso fazer uma vez. Mais uma vez. Tudo vai ficar melhor depois disso. Eu prometo.

Apertei o pescoço dela. Apertei com tudo o que tinha dentro de mim: tudo o que estava borbulhando e rugindo e arranhando. Foi tudo descendo pelos meus braços para a minha mão, e eu usei tudo para apertar o pescoço da Ruthie. Ela enfiou as unhas nos meus pulsos, mas não doeu, porque a mulher bonita cortava bem as unhas dela, fazia meias-luas certinhas. As mãos dela eram fracas e as minhas eram fortes. Eu ouvia o choramingo dela como se estivesse longe, ela era como uma mosca zumbindo dentro de um armário fechado em outro cômodo de outra casa em outro país. Simplesmente afastei isso da cabeça. Afastei tudo da cabeça a não ser as minhas mãos no pescoço dela, os meus olhos nos olhos dela, o som dos pés dela batendo no chão. Ela estava deitada no lugar onde eu tinha feito xixi, e eu procurei aquela sensação proibida e gostosa. Não estava lá. Minha barriga não fervilhou dessa vez, só tinha lugar para ódio e mais ódio e mais ódio e para o som dos pés da Ruthie batendo no chão, cada vez mais devagar, até parar. Ruthie parou. Tudo parou.

Continuei com as mãos no pescoço dela por um tempo depois que ela morreu. A pele dela era macia. Macia como uma pétala de flor. Tão suave que eu não sabia onde eu terminava e ela começava. O pirulito tinha caído da boca dela e deixado um rastro grudento na bochecha. Os olhos ainda estavam abertos, mas ela parou de piscar, e os círculos marrons saltados pareciam bolinhas de gude enfiadas na cabeça dela.

Quando terminei de matar Steven, eu sentei em cima dos calcanhares e sacudi as mãos, e me senti aquecida e cansada e não com fome, pelo menos uma vez não senti fome, e pensei: *Não dá para se sentir melhor que isso.* Olhei para Ruthie e tentei sentir essa sensação de novo. Tentei com tanta força que pensei que as minhas tripas fossem pular para fora, porque foi assim que me senti enquanto tentava. Fazendo força. Me espremendo. Coloquei a mão no ombro dela e dei uma sacudida de leve. E um tapinha na cara.

— Agora volta — cochichei. — Não fica aí morta. Eu não queria fazer isso. Volta.

Ela continuou quieta. Continuou parada. Sacudi de novo, passei a mão na bochecha dela, coloquei a cara em cima da boca dela e soltei um bafo quente. Falei bem no ouvido dela:

— Volta. Volta, por favor.

Ela continuou quieta. Continuou parada. O céu no buraco em cima da gente estava bem azul, e o sol quente batia no meu pescoço, mas eu estava gelada por dentro. Estava cansada. As minhas mãos doíam. Ruthie estava morta. Ela nunca mais ia voltar a viver. Levantei a cabeça e olhei para o buraco no céu. E uivei, uivei, uivei.

JULIA

Na casa da Linda, o caos da manhã começou com tudo logo às seis. Acordei com uma das gêmeas aproximando a cara a um dedo da minha e gritando:

— SAI DO SOFÁ. A GENTE PRECISA VER TV.

Linda foi colocando o uniforme escolar em cada corpinho e despejando cereais em tigelas e não parecia ligar que ninguém escutava o que ela dizia com a barulheira do desenho animado. Molly e eu estávamos prontas para ir embora às oito. Precisamos ficar paradas na porta por um tempo, porque Linda gritou da cozinha:

— Espera um pouco, eu só preciso descobrir se o Mikey engoliu uma coisa ou não.

Ela apareceu no corredor com Mikey no colo. Ele estava com um sorriso orgulhoso no rosto.

— O que ele engoliu? — perguntei.

— Só um brinquedinho. Mas é bem pequeno. E acho que nem engoliu. Tenho quase certeza que não. E se engoliu... bom, eu logo vou descobrir.

Fiquei surpresa pelos filhos da Linda ainda estarem vivos.

— Nós vamos indo — falei.

— Ah, sim. Vida que segue.

Mikey tossiu, e Linda colocou ele no chão para dar uns tapinhas nas costas dele. Ele se inclinou para a frente, fez força e cuspiu alguma coisa na mão dela. Era a cabeça de uma bonequinha, que ela limpou na camiseta.

— Muito bem, rapazinho. Está melhor agora?

Ele fez que sim com a cabeça e voltou correndo para a cozinha.

— Ufa. Uma coisa a menos para me preocupar.

— Sabe, quando você perguntou se eu tinha vindo porque você ligou? — perguntei.

— Ah, foi bobagem minha. Não esquenta com isso.

— Eu vim para ver você — falei. — Não sabia que era você me ligando. Mas era você quem eu queria ver, de verdade.

Não era mentira. Era Linda que eu queria: não com o meu cérebro, mas com o meu corpo. Durante anos fiquei me agarrando à mamãe, porque sempre diziam que a sua mãe era a pessoa que preenchia o vazio dentro de você quando você se sentia mal, mas ela nunca fez isso por mim. Ela me deu restos e migalhas de afeto, e depois de falar com ela de novo percebi que era tudo o que foi capaz de me dar, mas não era o suficiente para mim. Ela nunca ia me dar o suficiente. Eu sabia disso porque, quando a mamãe me disse o que queria, falou em voltar e fazer as coisas de um jeito diferente por ela. Não falou em melhorar as coisas por mim.

Só uma pessoa na vida da Chrissie gostava dela de um jeito normal, um amor que estava sempre lá, do mesmo jeito que as pessoas gostam de sal ou de tomar sol. Linda podia não saber amarrar os sapatos nem falar as horas, mas era muito boa em dar amor, em ser companheira, em se doar sem esperar nada em troca. Era ela a pessoa que eu precisava ver mais uma vez antes de perder Molly e de tudo parar. Eu sabia disso, porque não estava mais com fome. E não só por causa da torta de carne e do sorvete de chocolate e dos cereais. Por causa da Linda.

— Obrigada — ela falou, rolando a cabeça da boneca entre os dedos. — Eu não sabia se te falava isso ou não. Se não ia deixar você sem jeito. Mas queria que você soubesse que nós sempre rezamos por você. Eu e o Kit, sempre. Ele sabe de você, só não sabe que você é você, se é que isso faz sentido. Depois que rezamos para a família e para todo mundo que conhecemos que precisa chegar até Ele, nós sempre terminamos com você.

— A gente vai para casa agora? — Molly perguntou bem alto.

— Vamos, sim — respondi, e depois para Linda: — Obrigada. Isso não me deixa sem jeito, não. É muito legal da sua parte.

— Eu não tenho nada para levar no mostre-e-conte — Molly falou.

— Não tem problema — falei.

— Eu preciso de *alguma coisa*.

— Mostre-e-conte, é, Molly? — Linda falou. — Eu tenho uma coisa que você pode usar. Já queria dar para a sua mãe mesmo. Obrigada por me lembrar.

— Ela não precisa de nada — falei.

— O que é? — Molly perguntou.

Linda entrou na casa e subiu a escada.

— Isso não é tão importante assim, sério mesmo — cochichei para Molly.

— É o *mostre-e-conte* — ela cochichou de volta.

Linda voltou antes do que eu imaginava. Fiquei impressionada por ela conseguir encontrar qualquer coisa tão depressa em uma casa que era um ninho fervilhante de caos. Ela pôs uma bolinha de gude do tamanho de um quebra-queixo na palma da mão da Molly. O sol bateu na superfície dela, que refletiu todas as cores do mundo.

— Você acha que a sua classe vai gostar de ver isso? — ela perguntou, sem olhar para mim.

Molly passou a bolinha de uma mão para a outra.

— É só uma bolinha de gude? — ela perguntou.

— É uma bolinha de gude muito especial — Linda falou.

— Por quê?

— Porque era da sua mãe.
— Ela faz alguma coisa especial?
— Bom. Não. Mas é bem bonita.
— Você tem alguma outra coisa?
— Não sabia que você tinha guardado isso — eu disse para Linda.
— Claro que guardei. — Ela olhou para a bolinha equilibrada na palma da mão da Molly e depois baixou os olhos para o chão. — Era o que eu tinha de você comigo, né? E ajudou. Ajudou quando eu mais senti sua falta.

Senti um puxão no laço que nos manteve unidas por dezessete anos. Dei um passo para a frente e abracei Linda. Ela era quente e larga, e me abraçou com tanta força que eu senti que viramos uma mulher só. Quando Linda me soltou eu atravessei o caminho do jardim e o portão. Ela ficou na porta, e Mikey apareceu e se pendurou na perna dela, que parecia alta e firme, como um farol na beira do mar. Eu não sei por que pensei nisso, mas foi a imagem que me veio na cabeça, e com força. Um farol.

No trem Molly comeu um sanduíche do tamanho do braço dela, depois dormiu com a cabeça em cima da embalagem. Não dava para ver o rosto dela, só o cabelo escuro. Eu me sentia cansada da cabeça à ponta dos pés, mas não consegui dormir, e viajar com o banco virado para trás me deixava enjoada, mas não troquei de lugar. Ficar sentada do lado da Molly significava sentir o calor do corpo dela, me sentir fundida a ela. E isso ia tornar tudo ainda mais doloroso quando nos separassem. Antes do fim da semana, ela ia estar com um casal infértil em uma casa de três quartos, ganhando estrelinhas num quadro por comer os legumes e fazer a lição de casa direitinho. Pensei em escrever uma carta para os pais novos dela: contar sobre os livros de leitura, quais programas de TV ela gostava, que ela estava precisando de um vestido de festa. Eles podiam ir com ela à loja de departamentos. Podiam tirar fotos dela na porta de casa, vestida com cetim e frufrus. As pessoas conseguem fazer essas coisas se não precisam lembrar de perninhas pálidas e imóveis despontando de uma saia xadrez branca e vermelha.

O meu futuro estava decidido também. Eu ia ser presa por desrespeitar a ordem judicial, e se não fosse para a prisão ia me matar. Essa era outra conclusão que não dava para negar: sem Molly, não existia alternativa. Eu ia fazer isso antes de poder sentir medo, antes de voltar para casa. Aquele lugar estava impregnado de Molly: as marcas da altura dela no batente da porta, o cheiro dela nos lençóis. Eu não podia entrar lá sozinha. Ia entrar no mar em vez disso.

Fiquei rolando a bolinha de gude em cima da mesinha do trem. Os meus pensamentos iam se desenrolando, líquidos e escorregadios. Quando parei de tentar me segurar, eles se voltaram para Linda. Imaginei ela na casinha caixa de fósforo com as janelas francesas abertas, crianças saindo das gavetas e de baixo das tábuas do piso, sujas e quase peladas. Imaginei Kit chegando para o jantar, abraçando ela por trás, dando um beijo no rosto dela. Imaginei o bebê novo crescendo dentro dela. Linda não parecia ter vergonha da quantidade de filhos que fez. Quando precisei contar para Jan que estava grávida da Molly, senti uma vergonha de revirar o estômago. Estava na sala dela na delegacia de polícia, sentada do outro lado da mesa. Ela respirou fundo pelo nariz e olhou para tudo quanto foi lado até conseguir parar de parecer tão irritada.

— Você já pensou no que vai fazer? — ela perguntou, olhando para a minha barriga e tentando decidir quanto estava irritada.

Ela respirou fundo de novo. Estava muito irritada.

— Na verdade não — respondi, porque não tinha pensado.

— Bom, você quer ter o bebê?

Pensei naquele aglomerado de células novas dentro de mim, como bolhas ou girinos, uma coisa que eu tivesse engolido sem querer. Jan sabia quem eu era. Sabia o que eu tinha feito. Me senti como se Steven e Ruthie estivessem entre nós, como se os corpinhos gelados deles estivessem estendidos em cima da mesa.

— Eu não posso matar mais ninguém — sussurrei.
— Como? — Jan falou.
— Eu vou ficar com o bebê. Ele é meu.

Jan foi nos ver no hospital. Molly estava limpa e vestindo um macacãozinho azul. Falei para Jan que ela pesava quase quatro quilos, e Jan falou que ela era bem grande, e eu quase dei risada. Molly era a menor pessoa que eu já tinha visto. Depois de ficarmos em silêncio por um tempo, Jan se ajeitou na cadeira.

— Eu preciso perguntar, você sabe — ela falou.
— Sei.
— Você pode ter mudado de ideia. Não tem vergonha nenhuma nisso. É uma mudança muito grande para qualquer um.

Molly estava mamando, toda preguiçosa, com os olhos quase fechados. Era golpe baixo, pensei, colocar ela no meu peito assim que saiu do meu corpo, nos amarrar com uma corrente de ferro sem nem me perguntar se eu queria.

Concentre sua atenção aqui, Chrissie. O que você está vendo?
Cama. Cobertas. Molly.

— Ela ia passar fome sem mim — falei.
— Ela ia tomar leite na mamadeira — Jan respondeu.
— Ela não ia gostar.
— Ela ia se acostumar.
— Ela ia passar fome antes de se acostumar.
— Talvez.

A boca da Molly soltou meu peito e ela começou a acordar. Coloquei a mão atrás da cabeça dela, e ela começou a mamar de novo, me segurando com uma das mãos.

— Ela gosta de mim — eu disse. — Ela parece gostar de mim de verdade.
— Sim — Jan concordou. — Você é tudo para ela.
— Eu quero ficar com ela.
— Ok — disse Jan. — Muito bem. Então é isso.

O primeiro dia da primavera

* * *

Molly levantou a cabeça, espremendo os olhos. A embalagem do sanduíche estava grudada no rosto dela, e quando ela tirou ficou com as marcas na pele.

— Estou com dor no pescoço — ela falou.

Tirei a jaqueta e dei para ela.

— Toma. Dobra isso e põe na janela. Vê se consegue dormir assim. O seu pescoço ficou na mesma posição por tempo demais.

Ela não fechou os olhos na mesma hora. Ficou olhando pela janela, com a cabeça balançando conforme o trem chacoalhava nos trilhos.

— A vovó foi uma boa mãe? — ela perguntou.

— Não muito.

— Ela não sabia como ser mãe?

Eu nunca tinha pensado desse jeito antes, mas concluí que podia ser isso mesmo. A mamãe era uma inútil; não era cruel. Ela não me queria, por isso tentou me dar embora. Descobriu que eu tinha matado Steven, então tentou me matar. Podia ter sido para me castigar, ou para me proteger, ou nenhuma das duas coisas. Podia ser porque ela estava cansada de tentar amar uma criança que ela sentia que era uma estranha para ela e não conseguir. Eu nunca mais ia ver a mamãe, e podia escolher como ia lembrar dela. Decidi que ela era alguém que não sabia como ser mãe. Decidi que ela era incorrigível e descuidada e negligente, e que se importava comigo só o suficiente para eu ter algum significado. O suficiente para lembrar da minha idade. O suficiente para guardar nossa foto do primeiro dia de escola. Decidi que ela não era cruel.

— Não — respondi. — Acho que não.

— Então você vivia triste o tempo todo?

Inclinei a cabeça para um lado e depois para o outro, e senti o pescoço estalar. Eu não sabia a resposta certa para isso. O mais fácil ia ser falar: "É, eu vivia triste o tempo todo, Molly. Eu sentia uma tristeza horrível, terrível, da hora que acordava até quando ia dormir, o dia todo, a semana toda, o ano todo. Eu era tão triste que precisei matar outras pessoas. Foi o único motivo por que eu fiz isso, Molly. Porque era muito triste".

Não ia ser uma mentira completa. Quando eu lembrava dos meus oito anos, lembrava da fome que contorcia o meu cérebro em formas afiadas, e da vergonha de acordar com os lençóis molhados, e da sensação de que ninguém no mundo inteiro me queria. Ninguém no mundo inteiro nem gostava de mim de verdade. Mas também lembrava de correr atrás de William e Donna pela Copley Street me sentindo tão leve que parecia que ia sair voando pelo céu. De roubar doces pelas costas da sra. Bunty e fazer uma sirene alta e longa com a boca enquanto fugia. De andar pelas muretas do jardim do sr. Jenks até a casa assombrada com minhas pernas finas e fortes. Da coceira das queimaduras de sol e do cheiro de giz de cera na sala de aula e do gosto de marzipã das sementes de maçã. De brincar de TV com Linda. De aprender brincadeiras de palmas com Linda. De plantar bananeira com Linda.

Lembrei do dia que me levaram para a delegacia, para longe da casa azul e do buraco no céu. Quando terminaram de me fazer perguntas, me deixaram em uma sala vazia. Uma policial estava sentada em uma cadeira de plástico no canto. Ela não olhava para mim. Balancei as pernas e bati as mãos na mesa e fiquei estalando a língua. Ela não olhava para mim. Acabei desistindo de tentar fazer ela olhar para mim. Apoiei o rosto na mesa e fechei os olhos. A sala estava fria, e quando passei a boca no braço senti os pelos arrepiados com os lábios.

— Me arruma um cobertor? — pedi para a policial. Ela não respondeu. Ela nem olhou para mim.

Na delegacia não tinha como saber se era dia ou noite, porque não tinha janela e a luz ficava acesa o tempo todo. Depois de um tempo me colocaram em uma cela com uma cama presa na parede e uma privada e um sanduíche de queijo em uma bandeja. Um pouco mais tarde voltaram, levaram a bandeja embora, me deram um travesseiro. Achei que isso queria dizer que era hora de dormir, então tirei os sapatos e deitei. A cama era muito maior que eu, porque as celas não eram feitas para crianças. Se você tem menos de dez anos, geralmente não vai para uma cela nem vai a julgamento porque, não importa o que tenha feito, você é só uma criança e não tem culpa de nada. Eu tinha só oito anos, mas mesmo assim fui para a cela e tive um julgamento. Algumas coisas eram tão ruins que você deixava de ser criança se fazia.

Os meus olhos estavam começando a fechar quando ouvi destrancarem e abrirem a porta da cela. Sentei na cama. A mamãe estava lá. Ela entrou e o guarda fechou a porta.

— Eu estou logo ali — ele falou. — Se precisar de alguma coisa é só bater na porta.

A mamãe encostou na outra parede, então ficamos uma de frente para a outra. Ficamos só olhando uma para a outra um tempão, depois eu estendi os braços e levantei. Era um gesto que eu tinha visto as criancinhas fazerem: Steven pedindo colo para a mãe, Ruthie pedindo colo para a mulher bonita. Eu não sabia por que estava fazendo aquilo.

A mamãe cruzou os braços.

— Para com isso, Christine. Você está parecendo uma criança.

Aí ela foi até a porta e bateu, e o guarda deixou ela sair. Fiquei com os braços estendidos. Continuei assim até todo o sangue descer, até parecer que eram só dois bastões se projetando do meu corpo. Depois deitei e dormi.

Nas semanas do julgamento me colocaram em um quartinho no porão escuro e enorme da prisão. Eu não sabia como era o lado de fora do prédio, porque quando me traziam dentro do furgão me cobriam com um cobertor que tinha cheiro de suor e casca de batata. Na primeira vez eu fiquei esperneando e gritando, e precisaram me carregar, um policial de cada lado. Pensei que estavam me levando para cortarem a minha cabeça ou ser pendurada em uma cruz.

— Não façam isso, não façam isso, eu não quero morrer — gritei.
— Ninguém vai morrer, Christine — o policial da direita falou.
— Ninguém *mais* vai morrer — falou o da esquerda, que era o que eu gostava menos. Mordi ele, que soltou um palavrão.

Quando entramos no meu quarto eu vi que não tinha nem cruz nem guilhotina, então parei de me debater. Eles me colocaram na cama e eu fiquei parada feito uma lesma, olhando para o teto branco e vazio. Não tinha nada no quarto a não ser a cama e uma TV em uma prateleira no canto.

— Você vai se acalmar agora? — o policial da direita perguntou.
— O que foi aquilo, hein? Por que você achou que a gente ia te matar?

Cruzei os braços e virei para a parede. Do jeito que ele falou, parecia que eu era uma tonta por achar que eles iam me matar, só que não era assim que as coisas funcionavam. Nunca dava para saber quando alguém ia tentar matar você. Era só ver o que aconteceu com Steven e Ruthie.

Toda manhã eles me cobriam com o cobertor de casca de batata e me colocavam em uma jaula no furgão para me levar para o tribunal. Eu ficava encostada na grade de metal e deixava os chacoalhões espantarem os meus pensamentos. Percebi que não sentia nada durante aqueles trajetos, e sabia que era por causa dos chacoalhões. No tribunal eu sentava em uma gaiola de vidro e ficava olhando para aquela sala toda de madeira, com cem milhões de olhos virados para mim. No começo eu gostei dessa sensação de todo mundo me olhando. Fiquei formigando, quase fervilhando, quase Deus. Só que o julgamento durou dias e mais dias, e logo eu parei de gostar. As pessoas ficavam se revezando para levantar e falar que eu não prestava, e eu não ligava de falarem que eu não prestava, mas me incomodou ter sido tanta gente, e todo mundo demorar tanto para falar o que queria. Fiquei cansada e inquieta na minha gaiola. Às vezes, quando a pessoa de pé falava por muito tempo, eu apoiava a cabeça no parapeito na minha frente e fechava os olhos. Um guarda sempre batia no meu ombro e me mandava sentar. Eu sempre deitava a cabeça de novo. E sempre batiam no meu ombro de novo. Isso fazia o tempo passar mais depressa, porque era quase uma brincadeira.

Quando entrava na minha jaula no fim do dia estava sempre cansada, tanto que os meus olhos coçavam e o meu rosto doía. Depois de voltar para a prisão, me colocavam no meu quarto e me davam o jantar em uma bandeja de plástico, e eu comia tão depressa que ficava com soluço. Depois deitava na cama e fechava os olhos e desaparecia. Não parecia que eu estava dormindo. Era como se eu estivesse saindo do mundo.

Os fins de semana na prisão eram a pior parte, porque não tinha furgão nem tribunal nem ninguém olhando para mim a não ser o guarda do lado de fora do quarto. Os dias passavam como melaço escorrendo por uma peneira: grudentos e lerdos. De manhã traziam o meu café embaixo de uma tampa toda suada. Quando acabava eu punha a bandeja no chão e esperava a hora da outra refeição. A TV ficava tagarelando no canto, mas não era o canal dos programas para crianças, e ela estava em um lugar alto demais para eu alcançar os botões. Às vezes eu contava quantos passos conseguia dar de um canto do quarto para o outro: vinte e cinco se eu colocasse o calcanhar de um pé bem na frente do dedão do outro. Às vezes eu plantava bananeira apoiada em uma daquelas paredes brancas e limpas. Não era a mesma coisa que o muro de plantar bananeira.

O último dia do julgamento foi no meu aniversário de nove anos. Quando eu entrei na minha gaiola de vidro, vi a mulher bonita sentada do lado da mãe do Steven no banco comprido de madeira. Ela parecia pálida e gorda de um jeito que significava que ia ter um bebê. Passei um tempão olhando para a barriga dela do outro lado do vidro. Depois apoiei a cabeça no parapeito. Aquilo não fazia nenhum sentido. Eu tinha matado Ruthie porque, se não era para eu ser a menininha da mulher bonita, ninguém mais ia ser. E ela ia ter um bebê só dela. Eu sabia que ia ser outra menina. Simplesmente sabia. E não ia poder matar ela porque ia estar na prisão, e isso significava que ela ia viver e crescer tendo a mulher bonita como mãe, e ganhar brinquedos e vestidos e beijos. O guarda bateu no meu ombro e me mandou sentar, mas eu não sentei. Estava cansada demais.

Tive que fazer força para levantar quando o juiz me mandou ficar de pé. Ele me olhou bem no olho e falou que eu ia para um Lar, e eu já sabia que *Lar* era só uma palavra diferente para *prisão*, e fiquei com vontade de dizer: "Você não pode fazer isso. Não pode me mandar para a prisão. É meu aniversário. Não é justo". Ele usou palavras como *perversa* e *inconsequente* e *diabólica*, depois o guarda me pegou pelo cotovelo e me levou embora, e eu percebi que nunca mais ia ver o muro de plantar bananeira. Nunca mais ia ver Linda. E senti vontade de correr até a mesa do juiz e esmurrar a madeira e rugir: "Mas foi sem querer! Eu não matei de propósito! Eu retiro o que fiz! Eu retiro o que fiz! Me manda *de volta*!"

Eu não rugi. Na verdade nem falei. Os gritos das mulheres explodiram ao meu redor, e eu olhei em volta só por tempo suficiente para encontrar a mamãe sentada no banco dela. Ela não estava gritando. Não estava chorando. Estava com os lábios contraídos em uma linha reta. Deixei os guardas me tirarem de lá sem espernear nem morder. No fundo eu sabia que as pessoas não podiam voltar no tempo. No fundo eu sabia que as pessoas não voltavam a viver depois de morrer. Tinha um monte de coisas que eu não sabia sobre morrer — como era a sensação, como funcionava, quase tudo, na verdade —, mas uma coisa que já tinha aprendido era que durava para sempre. Quando uma pessoa que você conhecia morria, você não morria junto. Você seguia em frente e ia passando por fases e épocas tão diferentes que pareciam outras vidas, mas mesmo nessas outras vidas os mortos continuavam mortos. Não importava se você estava feliz ou triste, se pensava neles ou não, se sentia falta deles ou não. Se não fosse para sempre não era morte de verdade, era só alguém que se importava tão pouco com você que desaparecia.

Fiquei quieta enquanto voltava para a cela e continuei quieta quando me trancaram lá dentro. Deitei na cama, coloquei os dedos na garganta e contei as batidas do coração — uma, duas, três, quatro, cinco, seis, sete, oito, nove. Às vezes quando ia para uma idade nova eu usava ela como meu número da sorte, então o meu número da sorte era a minha idade e eu podia ter sorte sem nem precisar me esforçar. Decidi que nove não ia ser o meu número da sorte.

Passei o dedo pela janela do trem e deixei uma mancha gordurosa. Quando pensei na minha vida antiga lembrei do sofrimento, mas também da liberdade vertiginosa e eufórica, e essa liberdade era o que eu queria para Molly. Liberdade do apartamento e das funcionárias esnobes da escola, da rotina que eu prendia ao redor dela como se fosse uma camisa de força, porque era o único jeito de garantir alguma segurança. Eu podia ter falado que vivia o tempo todo triste, e com isso ia ficar mais à vontade, mas também ia ser uma covardia. Eu fui feliz também além de triste, porque foi o céu também além do inferno. E eu peguei tudo aquilo, mastiguei e digeri, e fiz coisas que deixaram duas famílias bem longe do céu, vivendo só no inferno. Essa era a verdade. Toda hora, todo dia. E sempre ia ser a verdade.

— Eu era muito triste. Mas não o tempo todo — falei. — Às vezes ficava feliz. E às vezes com raiva. A ponto de fazer mal para as pessoas.

Eu tinha aberto a porta para mais perguntas — "O que você fez com elas? Empurrou? Bateu? Quem eram? Elas revidaram?" —, mas não veio nenhuma outra. Molly tinha voltado a dormir. Estava de boca aberta, e um fio transparente de baba escorria pelo queixo dela. Eu não tinha lenços de papel comigo. A saliva deixou manchas escuras na camiseta dela.

Pensei em quando levava Molly para a escola e me esforçava para respirar no meio da aglomeração de outras-mães, vendo ela desaparecer lá dentro e me perguntando se aquele ia ser o dia que a diretora ia me ligar para me contar que ela tinha atacado outra criança, o dia que eu ia descobrir que, apesar de tudo o que tinha feito, não consegui impedir que ela fosse como eu. Pensei no pânico que sentia quando olhava no relógio e via que estávamos cinco minutos atrasadas para o almoço, o jantar, o banho, a hora de dormir, o ritual torturante do livro de leitura, como se cada momento perdido fosse um fracasso, e no esforço que eu fazia para ouvir os meus pensamentos por cima da barulheira dos programas infantis na TV. Pensei em quando sentava no meu colchão e ficava olhando ela dormir, com o rosto amarelado por causa da faixa de luz que entrava pelo corredor. Pensei nas vezes que levei as roupas dela até o nariz para ver se precisavam ser lavadas, sentindo o cheiro de giz de cera e almoço de escola. Pensei em quando trouxe ela de volta do parquinho com o joelho ralado, os braços em volta do meu pescoço como se fosse uma corrente. Foi o inferno e também foi o céu, e agora estava tudo acabado. Ela ia esquecer de mim.

    Enfiei a mão na bolsa e procurei uma caneta. O braço quebrado da Molly estava estendido em cima da mesa, e eu mexi nele bem devagar para ela não acordar. Não tinha sobrado muito espaço, mas encontrei um lugarzinho que dava para colocar o meu nome.

    Mamãe.

CHRISSIE

Voltei do beco toda encurvada, como uma velha. Sabia que as minhas tripas iam cair se eu ficasse de pé direito. Precisei fazer o caminho mais comprido na volta, porque não queria passar na frente da casa da mulher bonita e aguentar ela me perturbando para saber onde estava Ruthie. Eu não estava nem um pouco a fim de alguém me perturbando. O caminho mais comprido me fez passar na frente da igreja e do relógio da igreja, e eu vi que estava chegando perto das dez horas. Eu só tinha ficado com Ruthie por meia hora. Parecia mais meio ano.

Quando bati na porta da casa da Linda, o pai dela atendeu e sorriu para mim de um jeito que a mãe dela com certeza não ia ter sorrido.

— Tudo bem, Chrissie? — ele falou com a boca cheia de torrada. Os cantos da boca dele estavam sujos de manteiga e geleia. — Você deve ter vindo chamar a Linda.

Ele limpou a boca com a manga e transferiu a geleia gosmenta e laranja para a camisa, deixando um rastro parecido com o de um caracol. Ele parecia não saber daquela história de que Linda-não--pode-mais-brincar-com-Chrissie.

— Olha só esse céu — ele falou, apontando para cima. Eu olhei. Meus olhos arderam por causa de tanto azul. — Perfeito. Um belo dia de primavera. — Ele olhou de novo para mim. — Você está bem, Chrissie? Está meio pálida.

— Estou, sim.
— Tem certeza?
— Tenho. Posso subir para o quarto da Linda?
— Claro, claro. Sobe lá. Se precisar de algo estou na oficina.

Linda estava só com um sapato, pulando em um pé só enquanto procurava o outro.

— Está vendo o meu sapato? — ela perguntou.

Sentei na cama dela.

— Não.
— Pensei que tinha deixado aqui ontem.
— Não importa. Eu não quero sair.

Ela veio sentar do meu lado.

— O que você quer fazer, então?
— Eu posso deitar um pouco?
— Hã?

Tirei os sapatos, subi na cama e deitei a cabeça no travesseiro. Ela se curvou por cima de mim e olhou bem na minha cara.

— Você está doente? — perguntou.
— Não. Só quero deitar um pouco.
— Ok.

Ela me empurrou para o lado e ficamos deitadas com os pés do lado da cabeça uma da outra. Apoiei a cabeça na sola descalça dela. A pele era macia e fria.

— Linda?
— Oi.
— Se eu fosse embora, o que você ia fazer?
— Sei lá.
— Pensa.
— Arrumar uma nova melhor amiga, eu acho.

Não gostei muito de ouvir ela falar isso. Ela falou como se fosse ser bem fácil.

— É — falei. — Se você mudasse de casa, eu ia arrumar uma nova melhor amiga. E acho que vou arrumar outra mesmo. Na verdade eu nem gosto de você.

— O seu pai vai te levar embora? — ela perguntou.

Mexi o pé no travesseiro perto da cabeça dela, e uma das unhas do meu pé enroscou no cabelo dela. Ela gritou. Puxei com força, mesmo sabendo que ia machucar.

— Ai! — Ela se desenroscou de mim. — Doeu.

— O meu pai não vai me levar embora — falei.

— Por que não?

— Porque eu sou uma semente podre.

— Ah.

— Eu nem queria que ele me levasse embora, para começo de conversa.

— Por que não?

— Não gosto dele.

— Mas ele é legal. Deu aquela bolinha de gude para você.

— Cala a boca.

Nenhuma das duas falou nada por um tempo. A luz do sol passava pelos galhos da árvore do lado de fora e jogava sombras rajadas no carpete. Dava para sentir o cabelo dela roçando os dedos do meu pé.

— Então como você vai embora? — ela perguntou.

— Pode acontecer. Eu posso ir embora sozinha.

— Pode nada. Você é criança.

— Eu posso fazer o que quiser — falei.

Pete começou a choramingar lá embaixo, e o pai da Linda começou a cantar para ele. Eu sabia que era uma música inventada, porque tinha o nome do Pete. O pai da Linda vivia inventando músicas com o nome da Linda e do Pete no meio, e quando eu estava lá ele colocava o meu também. Eu adorava quando ele fazia isso.

— Sua nova melhor amiga não vai ser tão boa quanto eu — falei.

— Não sei, não. Pode ser melhor.

— Mas provavelmente não.
— É. Provavelmente não.
— Você vai sentir minha falta?
— Vou.
— Vai me escrever?
— Eu sou péssima em escrever.
— É. Mas se eu escrever você vai ler as minhas cartas?
— Provavelmente. Se as palavras não forem difíceis demais.
— Eu não vou usar as difíceis.
— Então tá. Eu vou ler.

Eu ainda estava com o rosto apoiado no pé dela e virei a cabeça para o lado para encostar a boca no osso redondo debaixo do dedão. Dei um beijo nela ali. Ela deu uma risadinha.

— Por que você fez isso?

Sentei. Não tinha mais nada fervilhando na minha barriga, nem pozinho doce, nem lava, nem eletricidade, só um espaço vazio, como se alguém tivesse enfiado a mão dentro de mim e tirado tudo que estava lá dentro.

— Vem, Linda — falei. — Vamos sair.

Do lado de fora, a casa azul parecia igualzinha a quando eu entrei lá com Ruthie. Linda ficou saltitando e tagarelando enquanto íamos para o beco, mas eu não falei nada. Só fiquei olhando para trás o tempo todo para ver se a mulher bonita estava vindo atrás de mim. Não sabia quanto tempo ia demorar até ela querer saber onde Ruthie estava, e aí não ia demorar muito para ela perceber que não estava no parquinho, e aí não ia demorar muito para todo mundo sair atrás dela. Só de pensar nisso já me senti cansada.

Eu subi primeiro a escada caindo aos pedaços. Ruthie estava lá deitada do jeito que eu deixei, com o vestido embolado em volta da calcinha e o cabelo laranja todo bagunçado. Quando cheguei mais perto, vi que tinha um monte de formiga no pirulito que caiu da boca

O primeiro dia da primavera

dela. Uma delas tinha subido na bochecha dela, seguindo o rastro de baba grudenta que caiu pelo canto da boca. Agachei do lado dela, tirei a formiga e esmaguei entre os dedos.

— Ela está dormindo? — Linda perguntou, agachando do outro lado.

— Não — falei.

— Está doente?

— Não.

Eu não queria continuar ouvindo ela tentar adivinhar, então falei:

— Ela morreu.

— Como?

— Eu que matei.

— Não pode ser.

— Pode, sim.

Ela levantou, começou a andar para trás e só parou quando bateu na parede. As minhas pernas estavam começando a ficar dormentes, então pus o bumbum no chão e apoiei o queixo nos joelhos. Estava com uma dor forte na garganta, que não lembrava de já ter sentido alguma vez. Pensei que devia estar pegando amidalite. Linda foi deslizando pela parede como um ovo mexido deslizando para o prato e sentou com os joelhos colados no peito também, então ficamos como um espelho uma da outra. Ruthie estava deitada entre nós duas, ainda menor do que quando estava viva.

— Por favor, não me mata — Linda falou.

— Não vou matar — falei.

— Você matou o Steven? — ela perguntou. — Foi por isso que escreveu essas coisas?

Ela olhou para a parede atrás de mim. Eu nem precisei me virar. As palavras estavam marcadas do lado de dentro das minhas pálpebras. Era o que eu via toda vez que piscava.

Eu estou aqui. Eu estou aqui. Eu estou aqui. Vocês não vão me esquecer.

Steven estava marcado do lado de dentro das minhas pálpebras também. Estava lá toda vez que eu piscava, quando eu ia dormir, o joelho dele na minha barriga, as minhas mãos na garganta dele. Eu espremendo toda a vida de dentro dele, até ele ficar largado embaixo de mim como um tubo de pasta de dente vazio, até estar tão morto que eu sabia que não ia voltar a viver por muitos e muitos dias. E depois eu deixando o corpinho dele jogado no chão, correndo para encontrar Linda no muro de plantar bananeira. Eu virando de cabeça para baixo do lado dela. E depois a mãe da Donna passando correndo, com os peitos balançando, os choros rasgados e eu fingindo que estava surpresa como todo mundo porque um menininho foi achado morto na casa azul.

— Matei — respondi. — Fui eu que matei ele.

Eu tinha me imaginado falando isso muitas vezes, e na minha cabeça sempre pareceu uma coisa incrível. Mas em voz alta parecia horrível. Linda não falou que não era mais minha melhor amiga e que eu não ia poder ir na festa de aniversário dela. Falou a outra coisa que sempre falava quando eu fazia alguma coisa que ela não gostava.

— Vou contar para a mamãe.

Ela foi levantando encostada na parede sem tirar os olhos de mim, como se achasse que eu fosse pular em cima dela se ficasse de pé depressa demais. Eu continuei sentada. Estava cansada demais para matar de novo. Estava cansada demais para fazer qualquer coisa.

— Tudo bem.

Linda pôs um braço para trás do mesmo jeito que fazia quando a srta. White queria que ela falasse as horas na escola, do jeito que sempre fazia quando estava com medo ou não sabia o que fazer. Ela parou de se mover.

— Por que você fez isso? — perguntou.

— Isso o quê?

— Matar eles.

Um calor subiu pelo meu rosto. Coloquei as mãos nas bochechas para ela não ver que estavam ficando vermelhas.

— Foi um acidente — falei baixinho.
— Não dá para matar as pessoas por acidente.
— Eu pensei que eles iam voltar — falei baixinho.
— As pessoas não voltam mais depois que morrem.
— Eu tive vontade, só isso.
— Mas por quê?
— Porque não era justo.
— O quê?
— Tudo.

Uma pessoa que tinha uma mãe que fazia bolinhos e um pai que punha o nome dela nas músicas não ia conseguir entender o que era justo ou injusto.

— Por que você me fez vir aqui? — ela perguntou.
— Porque sim.
— Mas agora eu vou contar para a minha mãe. E todo mundo vai saber que foi você.
— Pois é — falei.
— Você quer que as pessoas saibam que foi você? — ela perguntou.
— Antes eu queria.
— E agora?
— Agora eu só estou cansada — falei.

Não era exatamente verdade. O que eu sentia era diferente de cansaço, era mais que cansaço. O que eu sentia era o que senti quando estávamos brincando de esconde-esconde e eu entrei de fininho na igreja para me esconder debaixo do altar. Eu me encolhi toda e fiquei ouvindo o meu coração disparado dentro do peito, sentindo o cheiro empoeirado dos hinários e das coisas chatas e velhas. Donna era quem tinha batido cara e estava procurando. Esperei ela vir me encontrar. Quanto mais ela demorava, mais empolgada eu ficava, porque tinha cada vez mais certeza que ia ganhar dela. Esperei até os meus joelhos ficarem dormentes. Esperei até as minhas costas travarem. Esperei até o frio da igreja entrar nos meus ossos e me deixar toda dura e dolorida. Era uma sensação solitária, ficar escondida.

No fim eu saí de baixo do altar e voltei para as ruas. Encontrei Linda espiando nas moitas do lado do estacionamento. Quando me viu ela abriu um sorriso.

— Olha você aí! — falou.

— Era para a Donna estar procurando — falei.

— Ela cansou. Foi para casa comer. Todo mundo foi.

— E por que você não foi? — perguntei.

Ela pareceu confusa.

— Estava faltando encontrar você.

— Você podia ter desistido. Que nem todo mundo.

— Eu não queria desistir. Queria encontrar você.

— Por quê?

— Porque a brincadeira é essa.

— Mas você podia ter saído da brincadeira. Podia ter ido brincar de outra coisa sem mim. Por que você queria me achar?

— Sei lá. Você é minha melhor amiga. Eu gosto de você.

Abracei ela. Linda era mais alta que eu, então o meu rosto ficou colado nos ossos do ombro dela. Apertei tão forte que parecia que nós duas íamos virar uma menina só. Apertei e apertei e senti o cheiro dela e pensei: *Eu amo você, amo você, amo você.*

Foi assim que eu me senti depois que matei Ruthie — não forte e borbulhante que nem depois de matar Steven, e sim fria e dormente que nem quando eu estava agachada debaixo do altar. Tinha perdido a graça. Eu não queria mais continuar escondida. Só queria Linda.

— Você vai para a prisão — ela falou.

Linda não parecia que ia me abraçar ou dizer que gostava de mim dessa vez.

— Pois é — falei.

— Provavelmente pelo resto da vida.

— Pois é.
— Você não vai sentir falta da sua mãe? — ela perguntou.
— Não — respondi.

Ela deu um passo para o lado e ficou mais perto da escada, mas não desceu. Ainda estava com a mão para trás, segurando a ponta de uma das tranças. Quando puxou, a cabeça dela se inclinou para trás e a pele do pescoço se esticou. Dava para ver as veias por baixo. Quase dava para ver o sangue dela pulsando.

— Eu vou ter que arrumar uma nova melhor amiga — ela falou.
— Vai ser a Donna? — perguntei.

Ela encolheu os ombros.

— Pode ser. A Donna ou a Betty.
— A Donna tem bicicleta.
— A Donna, então.

A dor na minha garganta se espalhou para o peito. Eu me senti como se estivesse sendo aberta, como um livro que racha na lombada, e então veio o choro, e eu entendi por que nunca tinha sentido aquela dor na garganta antes. Porque era a dor do choro, e eu nunca chorava.

— Você está chorando — Linda falou. — Você nunca chora.

Eu não fiz nenhum barulho de choro. Deixei as lágrimas escorrerem pelo rosto e caírem no vestido, onde fizeram manchas molhadas do tamanho de moedas. Do mesmo jeito que eu tinha visto Susan chorar quando bebemos leite no muro de plantar bananeira. Parada e em silêncio. Eu não tinha entendido naquela hora; era um jeito bem estranho de chorar. Mas agora eu entendia. Era o jeito como você chorava quando estava cansada até os ossos, quando sentia que não tinha mais força dentro de você para fazer nada a não ser chorar.

— Você está triste porque eu vou ter uma nova melhor amiga? — Linda perguntou.

Era meio que o motivo, mas eu não queria que ela soubesse, então fiz que não com a cabeça. Quando percebeu que eu não ia parar de chorar, ela deu outro passo para perto da escada.

— Eu vou para casa agora — Linda falou. — Vou contar para a mamãe o que você fez.

— Espera.

Levantei a saia do vestido para enxugar o rosto, depois enfiei a mão no bolso, peguei a bolinha de gude do papai e empurrei para ela. A luz do sol fez a bolinha brilhar enquanto rolava pelo chão. Todas as cores do mundo.

— Você está dando para mim? — ela perguntou, pegando do chão.

— Sim.

— Mas é a sua bolinha. Foi o seu pai que deu. É a melhor coisa que você tem.

— Eu quero que fique com você.

— Por quê?

Eu quero que você lembre de mim. Quero que você lembre de ser a minha melhor amiga. Quero que você lembre que tem que gostar de mim, que é sua obrigação gostar de mim, porque você é a única pessoa no mundo inteiro que consegue fazer isso.

— Porque sim.

— Ok — ela falou e colocou a bolinha no bolso.

Ela foi para o canto do quarto, o mais longe possível de mim, com os olhos colados em mim. Quando chegou na beira da escada, parou e se balançou um pouco, sem sair do lugar. Depois estendeu a mão e mexeu os dedos para fazer um aceno, e eu acenei de volta. Então ela desceu a escada e sumiu da minha vista. Ouvi os sapatos dela esmagando o vidro e a sujeira lá de baixo, e o *tap-tap-tap* quando ela saiu correndo para a rua. Quando ela estava sentada no canto do quarto, percebi que um dos cadarços estava desamarrado. Ela não ia saber amarrar sozinha. Fiquei torcendo para ela não cair.

O quarto de cima estava em silêncio, sem Linda e com Ruthie morta. Todos os tipos de coisas diferentes que eu sentia na barriga tinham sumido: o do pozinho doce que estourava e o da lava e o da colher nas minhas tripas. Tudo tinha ido embora. Em vez disso, parecia que eu estava cheia de cacos de vidro por dentro. Pensei que podia ser por isso que, sempre que a mamãe encostava em mim, parecia que ela estava sendo arranhada por alguma coisa afiada. Porque ela via o que o papai e a Linda não conseguiam enxergar: que eu era uma menina feita de cacos de vidro. Eu machucava as pessoas só sendo quem era. Senti um gosto azedo e nojento na boca, e passei a língua nos dentes para tentar me livrar daquilo. Quando cheguei no dente podre, empurrei com força. Ele saiu da gengiva com um rangido e uma pontada de dor. Eu cuspi o dente na palma da mão. Era marrom e quebradiço, e a minha boca parecia vazia sem ele. Fiquei pensando se era no dente podre que ficava toda a minha maldade, se era por isso que eu sempre tinha sido malcriada, se agora que ele não estava lá eu podia ser alguém melhor. Eu estava torcendo por isso. Me comportar tão mal estava me deixando muito sozinha. Limpei o dente no vestido, abri a mão da Ruthie e coloquei ele lá. Os dedos dela já estavam ficando gelados.

 A luz que entrava no quarto ainda era forte demais, um azul brilhante que fazia os meus olhos arderem. E refletia no casco dos insetos na madeira podre, parecendo faíscas espalhadas pelo chão. O sol estava passando pelo meio do buraco e batendo em cima da Ruthie. Olhei para ela, parada feito uma boneca no meio de um círculo de raios de sol. Minhas mãos estavam cansadas. Meus olhos estavam cansados. Meu coração estava cansado. Ruthie nunca mais ia voltar. Eu me arrastei pelo chão e deitei do lado dela, bem paradinha e quieta. Queria a mamãe. Queria encostar a cabeça no peito dela como tinha feito no hospital, colocar a mão dela no meu rosto e sentir as linhas da palma na minha pele. Não sabia por quê. Só queria. Pensei que podia ser porque eu estava meio assustada. Era um horror sentir medo. Coloquei os dedos ao redor dos dedos da Ruthie e a língua no buraco onde não tinha mais o dente podre. Esperei os gritos das sirenes. Esperei a polícia chegar e me colocar na prisão pelo resto da vida. Eu e Ruthie ficamos esperando juntas, deitadas embaixo do buraco no céu.

JULIA

Não tinha luzes giratórias azuis, nem sirenes na estação de trem, nem viaturas estacionadas do lado de fora. Só um velho sentado em uma mesa no Choo-Choo's, lendo um jornal e bebendo uma xícara de chá.

Saímos para a rua e eu olhei ao redor. Não tinha ninguém esperando para me pegar. Eu sabia que devia ficar feliz com isso — pegar Molly no colo, girar ela no ar —, mas só sentia um calafrio de medo. Na minha cabeça, a polícia ia me colocar em um carro e Molly no outro, me levar para a prisão e ela para os novos pais. Eu ia ficar vazia e destruída e aliviada, porque não ia ser responsável por mais nada. Adultos de verdade iam cuidar da Molly e a prisão ia cuidar de mim, e abrir mão do peso de cuidar de duas pessoas era como tirar um traje de chumbo de cima do corpo.

— Vem — Molly falou.

Ela estava me puxando na direção da rua principal. O mar brilhava a distância, cinzento atrás das cores do parque de diversões.

— Você quer ir lá? — perguntei.

— No parque? — ela falou.

— É.

Ela bateu palmas e começou a saltitar.

— Quero! Eu quero ir no tobogã!

O homem que estava cuidando do parque pareceu surpreso por ter aparecido alguém e olhou para Molly como se ela fosse uma miragem, até que ela pulou com tanta força na pista dos carrinhos de bate-bate que a estrutura inteira tremeu. Ela foi correndo na direção do tobogã e me chamou com a mão para ir até lá pagar. Quando entreguei a moeda de cinquenta centavos, o homem que cuidava do tobogã sacudiu a cabeça.

— Ela é pequena demais para descer sozinha. Você vai ter que ir junto. É uma libra para duas pessoas. Vocês podem descer três vezes.

Molly pôs as duas mãos em mim e me deu uns tapinhas de leve.

— Vem comigo, vem comigo. Você vai gostar. É muito divertido.

Dei outra moeda para o homem, e ele me entregou um tapete. Molly já estava desaparecendo acima de mim, subindo as escadas em espiral. Eram feitas de metal, e olhar para cima me deu tontura. Quando cheguei lá no alto, a trama do tapete tinha arranhado o meu tornozelo no lugar onde ficou batendo. Molly estava me esperando, saltitando e se contorcendo como se estivesse quase fazendo xixi nas calças. Deixei que ela me mostrasse como estender o tapete com a parte certa virada para cima, onde sentar e onde colocar os pés.

— Agora você tem que *esperar* — ela falou, bem séria. — Você *não pode* dar impulso ainda, porque eu ainda não sentei. Então não desce ainda, certo?

Ela se colocou no meio das minhas pernas e se apoiou no meu peito. Estava bem quente, uma coisa viva feita de sangue e pele e nervos. Não combinava com o que eu tinha visto no raio X: aquele espaço preto em volta dos ossos.

— Só mais um pouquinho. Agora você precisa empurrar o bumbum para a frente. Aí a gente desce — ela explicou. Estava tão empolgada que precisava parar para respirar entre as palavras enquanto falava. — A gente vai pegar bastante velocidade. Mas não precisa ter medo. Eu sei fazer isso. Vou cuidar de você.

Ela colocou as mãos perto das minhas nas alças de corda e gritou "*Vai!*", e então começamos a descer pelo tobogã em espiral rumo ao chão, com os corpos colados e a maresia batendo no rosto, e não tinha espaço para pensar nem gritar nem chorar.

Descemos no tobogã nove vezes, e aí o homem que controlava o brinquedo falou que podíamos descer mais três vezes de graça, "já que ela gosta tanto". Precisei segurar Molly pelo casaco para ela não ir lá dar um beijo nele. Eu queria era dar um tapa no sujeito. O parque cheirava a cebola e gasolina, e eu já estava verde de enjoo.

Depois de doze descidas no tobogã, Molly se deu por satisfeita, e a minha última moeda ela gastou na barraca de brincadeiras com prêmios e um algodão-doce cor-de-rosa. Levamos o prêmio dela (um bicho de pelúcia azul sem espécie definida) e o algodão-doce para a praia, onde sentamos na areia molhada e encharcamos o traseiro. A umidade no chão e o barulho do mar me deram a impressão de que tudo no mundo era líquido.

— Vou levar esse brinquedo no mostre-e-conte — Molly falou, com uma mancha grudenta de algodão-doce em volta da boca.

— Ah, vai?

— Vou. Eu não queria nada daquele outro lugar. Queria uma coisa daqui. Eu gosto mais daqui.

— Ok — respondi.

O bicho de pelúcia era horrível, mas gostei da ideia de que ia ficar no travesseiro dela na casa nova. Era mais um jeito de ganhar tempo antes que ela me esquecesse.

— A gente vai para casa agora? — ela perguntou.

— Não.

— Para onde a gente vai?

— Precisamos ir falar com a Sasha.

Ela soltou um suspiro e limpou a boca com a manga, fazendo as fibras do casaco grudarem nos lábios também, e eu pensei que provavelmente não existia uma criança tão grudenta como Molly no mundo naquele momento, nem outra pessoa com quem eu me sentia tão grudada de um jeito tão forte.

Levantei e estiquei a mão, e ela ficou me olhando um tempão.

— Vem — falei, abrindo mais os dedos. — Vamos lá.

A recepcionista do prédio do conselho tutelar tinha cabelo castanho e olhos castanhos e estava usando uma blusa marrom com uma gola que ia até o queixo. Estava parecendo uma torta de chocolate. Quando chegamos ela pegou o telefone e virou de costas na cadeira giratória, e eu ouvi quando ela falou: "Sim, sim, acabou de entrar". Quando virou de novo para nós, estava com o rosto vermelho e os óculos embaçados na parte de baixo. Aquilo devia ser o acontecimento mais empolgante da vida dela desde que encontrou uma blusa da mesma cor dos olhos e do cabelo.

— Viemos ver a Sasha — falei.

Tentei manter a voz firme. A torta de chocolate murmurou alguma coisa sobre sentar um pouco. Na recepção toda iluminada, o nível de sujeira da Molly ficou intolerável, e eu fui com ela até o banheiro para lavar as mãos e o rosto.

— Estou com fome — ela falou enquanto eu limpava.

— Você acabou de comer algodão-doce — respondi.

— Mas isso não é comida. É só doce.

— Bom, eu não tenho nada para você comer agora. Você vai ter que esperar.

— Isso não é muito legal — ela falou.

— Eu sei. Desculpa.

— Tudo bem. Eu perdoo você.

Quando sentamos de novo na recepção, Sasha apareceu na porta, com o crachá batendo nos botões do cardigã. O cabelo dela estava meio estranho, metade preso em um rabo de cavalo e metade solto.

— Julia — ela disse. — Que bom que você veio.

Ela pôs a mão no meu braço e se inclinou para bem perto de mim, para poder falar comigo sem Molly ouvir. Só que Molly veio ficar bem na minha frente, então ia ouvir de qualquer jeito. Sasha pareceu ter ficado com vontade de bater nela.

— Julia, acho melhor a Molly ficar em uma das salas de convivência. Assim nós podemos conversar melhor. Tudo bem? Eu pedi para uma colega ir ficar lá com ela.

Fiz que sim com a cabeça. Não queria chorar, mas as lágrimas estavam lá, entaladas na garganta. Sasha se endireitou e pôs a mão no braço da Molly.

— Vamos, Molly. A Edie está lá esperando você. Já conhece a Edie? Acho que ela está montando um quebra-cabeça e precisa de ajuda. E pode ser que tenha biscoitos lá também.

Fui andando atrás delas, sentindo que estava sobrando ali. Sasha parou na frente de uma porta, bateu e depois abriu.

— Pode entrar, Molly — ela falou. — Eu só vou conversar um pouco com a sua mãe lá na outra sala. A Edie pode ir chamar a gente se você precisar de alguma coisa.

— Espera — falei.

As duas olharam para mim, e eu entendi a situação da Sasha: ela precisava falar coisas que Molly não podia ouvir, e Molly estava lá bem atenta e louca para ouvir tudo.

— Eu vou poder ver ela de novo? — perguntei.

— Ela quem? — Molly perguntou.

— Ninguém — respondi.

Sasha colocou a mão no meu braço. Fiquei me perguntando quanto tempo por dia ela devia passar com a mão no braço das pessoas.

— Claro que vai. Você não... Nós só... Vamos deixar a Molly aqui com a Edie, ok? E vamos conversar. Claro que vocês vão se ver de novo.

Concordei com a cabeça. Eu sabia que não ia conseguir segurar o choro por muito tempo, mas não queria que Molly visse.

— Pode entrar, Molly — Sasha falou. — Olha lá, acho que são biscoitos de chocolate. Nós voltamos para buscar você daqui a pouquinho.

Ela fechou a porta e seguiu pelo corredor, subiu a escada e entrou em uma sala grande com uma mesa e cadeiras no meio. Sentei em uma cadeira e Sasha sentou na minha frente, mas depois mudou de ideia e foi para a ponta da mesa, e os nossos joelhos quase encostaram um no outro. Ela resmungou alguma coisa sobre o frio, levantou e passou um tempo agachada na frente de um aquecedor portátil. O aparelho estalou e rangeu e começou a soprar ar quente nas minhas pernas. A sala não estava tão fria. Ela estava enrolando.

— Certo — ela disse quando sentou de novo. — Ok. Certo. A polícia sabe que você está aqui. Sua agente da condicional. Ela vai vir conversar com você. E acho que vem com mais alguém.

— Ok.

— Nós tivemos que avisar a polícia que você levou a Molly. Por causa da medida protetiva. Nós somos obrigados a fazer a notificação quando isso acontece.

— Ok.

Nenhuma das duas falou nada por um tempo, e então Sasha se jogou para trás na cadeira e gesticulou com as mãos.

— *Puta que pariu*, Julia. *Por que isso?*

Eu nunca tinha ouvido uma assistente social falar palavrão. Pensei que fosse proibido. O lenço de papel na minha mão estava úmido de catarro, e eu puxei ele até rasgar no meio.

— Vocês vão levar ela — falei.

— O quê?

— Vocês vão levar ela embora. Aquela conversa. Vocês vão levar ela.

— Você está falando da conversa que eu marquei para ontem?

— É.

— Você achou que a conversa fosse para avisar que a Molly ia ser tirada de você?

— Sim.

— Mas por quê? Por que alguém faria isso?

— O pulso dela. É óbvio.

Dava para ver que Sasha queria falar outro palavrão, mas pôs a mão na boca, depois nos cabelos, e começou a passar os dedos nos fios. Achei que ela devia estar fazendo isso o dia todo, e que provavelmente foi por isso que uma parte tão grande soltou do rabo de cavalo.

— Ok. Entendi — ela disse, respirando fundo. — Sim, eu queria ter uma palavrinha com você sobre o acidente. Nós precisamos acompanhar esse tipo de coisa. É para isso que serve a medida protetiva. Mas eu só queria saber se você não tinha ficado abalada demais por causa disso. Porque todo mundo aqui sabe que foi exatamente isso. Um acidente.

— Ah.

— Para deixar bem claro, nós nem cogitamos a ideia de tirar a guarda da Molly de você. Em momento nenhum. Desde que conhecemos você. Se uma criança tem acompanhamento do conselho tutelar, todas as passagens pelo hospital são comunicadas a nós. É um procedimento padrão. Mas, se tirássemos da família a guarda de todas as crianças que quebram alguma coisa, não sobrariam muitas famílias inteiras por aí.

— As outras famílias não são eu — falei.

— O que você quer dizer é que as outras famílias não têm o seu histórico?

— Isso.

Ela se debruçou na mesa. Com a cabeça baixa, vi as raízes escuras do cabelo dela. Não sabia quantos anos ela tinha. Sempre pensei que Sasha fosse uma adulta de verdade, alguém que estava em outro nível, mas ouvir aquele palavrão e imaginar ela tingindo o cabelo com a cabeça enfiada na banheira me fez pensar que ela podia não ser assim tão mais velha. Eu era adulta também — tinha visto isso nas janelas francesas da Linda. Sasha e eu podíamos ter a mesma idade. Talvez ela estivesse cansada de tanta responsabilidade também.

— Para onde você foi? — ela perguntou, apoiando a cabeça na mão para me olhar. — Por onde você andou?

— Nós só saímos um pouco da cidade. Fomos visitar uma amiga. A Molly ficou bem. Não correu nenhum perigo.

— Ok. Certo. Que bom. — Ela se recostou de novo na cadeira. — Quer saber o que eu ia dizer na conversa de ontem? Depois de verificar se o gesso no pulso da Molly estava bem cuidado? Ia dizer que estou muito impressionada com a sua conduta ultimamente. Quando visito você, a Molly sempre parece feliz, sempre parece ter tudo que precisa. Está na cara quanto você se esforça para ser uma boa mãe, e acho que está valendo a pena. Eu ia dizer que estou pensando em me distanciar e dar mais espaço para você muito em breve. Porque acho que você consegue dar conta de tudo sozinha.

O choro veio. Não em gemidos escandalosos — em um fluxo silencioso e molhado. Eu me senti como um livro com a lombada rachada. Desde que Molly tinha nascido, eu vinha imaginando uma história em que assistentes sociais tramavam nas sombras, só esperando para tirar ela das minhas mãos inúteis. Sasha deu a entender que tinha uma outra história, com mocinhos além de vilões, uma em que você podia virar a mocinha depois de ter sido a pior das vilãs. Eu não sabia que essa história existia. Estava perdida no terror de ter uma pessoinha precisando de mim para tudo na vidinha dela, e precisando segurar ela com as mesmas mãos que tinham acabado com duas outras vidinhas. Eu tinha esquecido que a minha liberdade era uma bênção, não uma condenação, e tinha usado todas as minhas energias para construir uma nova prisão para nós duas.

Quando perguntei, a mamãe disse que queria ser jovem, com uma vida nova pela frente. A mamãe não falou o que isso significava de verdade: que ela queria ser eu. Era eu que tinha ganhado uma vida nova. Eu não sabia se isso era certo ou errado. Não fui eu que decidi o que ia acontecer comigo, então não era o meu papel dizer se era certo ou errado. Mas mesmo se fosse errado — um absurdo, uma abominação, a pior decisão de todos os tempos —, desperdiçar a minha nova vida não ia adiantar nada. Não ia adiantar nada para Steven e Ruthie. Não ia adiantar nada para Molly e para mim.

Apoiei a cabeça nos braços. Sasha estava bem ao meu lado, aquecendo a lateral do meu corpo do mesmo jeito que o aquecedor fazia com as minhas pernas. Lembrei da minha certeza de que ela tinha ligado para os repórteres para me entregar. Aquilo parecia improvável, distante, como um delírio de febre. Fechei os olhos com força para não ter que encarar o rosto gentil dela.

— Eu não falei isso para deixar você chateada — ela disse baixinho. — Achei que você fosse ficar feliz de ouvir como eu gosto do que estou vendo.

— Eu vou para a prisão? — perguntei.

— Não. Sua agente da condicional está vindo, mas só para ver se você está bem. E talvez lhe dar uma bronca para nunca mais deixar todo mundo preocupado desse jeito. Essas coisas que eu ia dizer ontem... elas ainda valem. Você não deveria ter fugido, mas já sabe disso. Isso não muda tudo. De jeito nenhum. Para mim, você ainda é a mesma mãe de três dias atrás.

— Eu sou boa?

— Boa?

— Você acha que eu sou uma boa mãe?

— Sim. Eu acho. Tenho certeza.

Eu me endireitei e sacudi a cabeça de um lado para o outro. Meu pescoço estava duro. Dava para sentir os estalos.

— E agora, o que acontece? — perguntei.

— Bom, acho que a polícia chega daqui a pouco. Você pode esperar aqui ou na sala de convivência com a Molly. Enquanto isso, eu vou conversar com meu supervisor.

— Sobre o que vai acontecer com a gente?
— É.
— Ok. Eu quero esperar com a Molly. Nós podemos descer?
— Claro. Tem alguma coisa que você queira me perguntar antes de ir? Ou me contar?

Juntei os meus lenços de papel em uma bola grudenta. Estava moída de cansaço, mas o desespero de me livrar da responsabilidade por duas pessoas tinha passado. Eu não sabia como. Talvez tivesse escorregado de tobogã para fora de mim. Eu era de novo a mulher que tinha acordado em casa na manhã do dia anterior e ido cochilar do lado da Molly, ouvindo os estalos e rangidos dos canos nas paredes. Eu tinha aberto os olhos e olhado para o aquecedor embaixo da janela. As cortinas levantavam por causa do ar que subia de lá. Estava tão quentinho no quarto, com um cheiro bem leve de carpete e água fervendo, e no fundo da minha garganta tinha um borbulhar de uma sensação parecida com orgulho.

Nós temos energia para as luzes e para a TV, pensei nessa hora. *Temos cereais no armário e leite na geladeira. Temos roupas que não precisaram ser lavadas e passadas e doadas para nós duas. Eu fiz muita coisa errada na vida. Mas fiz tudo certo como mãe dessa menininha.* Eu queria muito ficar ali para sempre, deitada do lado da minha filha, vendo o aquecedor soltar ar quente ao nosso redor.

Se eu conseguisse fazer as palavras saírem, ia falar para Sasha que amava Molly. "Eu amo a Molly porque ela cresceu dentro de mim, porque me fez companhia e salvou a minha vida, e porque quando saiu gostou de mim logo de cara", era isso o que eu ia falar. "Ela me fez parar de ser Chrissie ou Lucy ou Julia e me fez virar a mamãe em vez disso. Ela é minha amiga e minha menina e minha companheira engraçada e teimosa e constante. Eu amo até o espaço escuro em volta dos ossos dela, e quero continuar com ela, quero ela comigo, quero sentir o cheiro dela nas minhas roupas. Quero prender enfeites no cabelo dela no Natal e fazer uma nova marca de altura no batente da porta no aniversário de seis anos dela e ficar do lado da cama dela antes de dormir à noite. Quero continuar sendo o mundo dela."

Eu não consegui falar isso. Ia me sentir muito exposta.

— Na verdade, não — falei. — Acho que... eu só quero continuar sendo a mãe dela, sabe.

— Sei — Sasha falou. — Eu sei, sim.

MOLLY

Quando a mamãe terminou de falar com a polícia, ela me levou para o jardim. Edie saiu com a gente, mas só ficou sentada no banco perto da porta, então era como se só tivesse eu e a mamãe lá fora. Perguntei para a mamãe o que a polícia queria e ela falou que só queriam saber se a gente estava bem. Eu não acreditei nela, mas não disse isso. O rosto dela estava vermelho, meio que como se ela tivesse chorado antes, mas ela nunca chorava, então achei que podia ter alguma outra coisa errada, tipo talvez ela ter tomado uma picada de abelha.

O brinquedão no jardim na verdade era para criancinhas, mas eu subi mesmo assim. Desci três vezes no escorregador e a mamãe me empurrou no balanço.

— Isso é para criancinhas pequenas, né? — ela falou quando eu já tinha ido no escorregador e no balanço e percebi que não tinha mais nada para fazer.

— É, um pouco — respondi. — A gente pode ir no parquinho maior amanhã?

— Humm — ela falou. "Humm" era o que a mamãe falava quando queria que eu parasse de tocar em um assunto.

Tinha margaridas crescendo na grama ao redor do brinquedão, que nem as margaridas da igreja que a mamãe falou que não era a nossa. Ela ajoelhou no chão e começou a pegar as flores, então eu fiz isso também. A mamãe era boa em amarrar todas juntas em um cordão comprido. Eu não sabia fazer isso sem abrir o caule até o alto e estragar, então ela me mandou colher enquanto ela fazia a amarração. A gente formava um bom time. Ela me fez um colar e uma coroa e duas pulseiras. Eu queria que ela ficasse com alguma coisa também, uma coroa ou um colar, mas a mamãe não quis nada.

O meu dente ainda estava esquisito. Estava assim fazia um tempão, semanas e mais semanas. Eu tinha parado de contar para a mamãe, porque sempre que eu dizia isso ela falava: "Humm". Eu empurrei ele para trás e para a frente com a ponta da língua, e de repente ele não estava mais na gengiva, só na minha boca mesmo. Cuspi na palma da mão.

— O que é isso? — a mamãe perguntou.

— O meu dente.

— O que aconteceu?

— Ele caiu.

Ela segurou o meu queixo e olhou para o espaço onde antes ficava o dente, na parte da frente embaixo. Eu não conseguia ver o espaço vazio, mas dava para sentir. Frio e meio barulhento. A mamãe tirou um lenço de papel do bolso e passou dentro da minha boca, e quando tirou tinha uma manchinha de sangue.

— Está doendo? — ela perguntou.

— Não — falei, porque não estava mesmo. — Caiu sozinho. Olha.

Eu coloquei ele na mão dela. Era branco e tinha a forma de um pé de pato em miniatura.

— Por que caiu? — perguntei.

— Acho que chegou a hora — ela falou. — Estava prontinho para cair.

— Vão cair todos?

— Vão. Com o tempo.

— Então eu vou ficar sem nenhum?

— Você vai ganhar novos. Maiores.

— Quando?

— Logo mais. Me deixa ver.

Ela segurou o meu queixo de novo e olhou para o buraco do dente que faltava.

— O novo já está aparecendo. Dá para ver. Tem uma pontinha branca lá no fundo.

— Posso ver?

— Quando você for no banheiro de novo, pode ver no espelho.

— A gente pode ir no banheiro daqui?

— Agora não.

Eu queria muito ver, mas não queria incomodar a mamãe com isso. Ela estava olhando para o meu dente com muita atenção, virando ele de um lado para o outro e apertando a ponta com o dedo.

— Posso ficar com ele? — perguntei.

— Pode. Desculpa. — Ela colocou ele de volta na minha mão, fechou os meus dedos e pôs a mão dela por cima. — O dente ainda está bom. Muito bem.

Estava frio lá fora e a mamãe viu os arrepios fazerem umas bolinhas nos meus braços e me deu o cardigã dela. As mangas eram mais compridas que os meus braços, mas a gente dobrou. Achei que Edie fosse mandar a gente entrar, mas ela estava com a cabeça virada para cima e os olhos fechados, então achei que ela não ia mandar a gente fazer nada, porque estava dormindo.

— Quando a gente vai pra casa? — perguntei para a mamãe.

— Ainda não sei.

— O que vai ter de janta?

— Ainda não sei.

Ela estava parecendo meio chorosa, então não perguntei mais nada. Apertei a mão até a ponta do dente me espetar.

— Molly? — a mamãe falou.

— Quê?

— Sabe quando você está na cama?

— Sei.
— Eu continuo pensando em você, sabe. Quando você está dormindo e eu estou acordada. Se você tivesse pai, eu ia falar com ele sobre você. Sou só eu mesmo, mas continuo pensando em você. Em como deixar tudo bem para você.
— Ok.
Achei engraçado ela falar aquilo.
— Isso não vai mudar.
— O que não vai mudar?
— Eu pensando em você.
— Não vai mudar quando?
— Simplesmente não vai mudar. Nunca. Não importa o que acontecer.
— Vai acontecer alguma coisa?
— Pode acontecer o que for. Você é a minha Molly. Sempre vai ser.
Eu gostava de ouvir essas coisas da mamãe, mas não era o tipo de coisa que ela falava normalmente, então fiquei sem saber o que responder. Ela parecia estar querendo muito uma resposta. No fim eu só falei:
— Você é a minha mãe.
Ela me puxou para o meio das pernas dela e me abraçou por trás. Eu estendi os braços para trás e abracei o pescoço dela, e doeu, porque os braços não foram feitos para ficar dobrados desse jeito, mas não liguei. A mamãe apoiou o queixo no meu ombro. Ela tinha cheiro de sabão e de chuva. Ficamos assim um tempão. Tive que recolher os braços depois de um tempo porque ficaram doloridos, mas coloquei eles em cima dos braços da mamãe, então era como se as duas estivessem me abraçando. Ela continuou com o queixo no meu ombro e cochichou algumas coisas bem baixinho. Eu não consegui ouvir direito, porque a cabeça dela estava colada em uma das minhas orelhas, então eu mesma precisei decidir o que ela estava falando. E eu decidi que foi basicamente: "Eu amo você, Molly".

Quando olhei para dentro do prédio, tinha um rosto na janela em cima do banco.

— Mamãe — falei. — A Sasha.

A mamãe levantou a cabeça. Senti o corpo dela ficar todo duro atrás de mim. Sasha saiu do prédio e pôs a mão no ombro da Edie para ela acordar. Edie entrou e Sasha veio até nós com as mangas da blusa por cima das mãos e os braços cruzados em cima do peito.

— Meio geladinho, né? — ela falou.

— Eu dei a minha blusa para ela — a mamãe falou.

Eu bocejei. Sasha agachou e deu um tapinha na minha perna.

— Foi um dia bem longo para você, não? Desculpa ter feito você ficar tanto tempo aqui. Agora já terminamos.

Ouvi o som de alguma coisa raspando acima da minha cabeça. A mamãe estava rangendo os dentes.

— Você tem como dar uma passadinha aqui de novo amanhã? — Sasha perguntou para ela. — Quando a Molly estiver na escola?

— Por quê? — ela perguntou.

— Para conversar sobre umas coisinhas. Nós pensamos em algumas outras formas de ajudar você. Mas é melhor falar sobre isso quando estiver todo mundo mais descansado. Será que o sr. Gupta pode dispensar você do trabalho por uma horinha?

— Vocês vão...

Ela não terminou a frase.

— Vão o quê? — perguntei.

— Nada — ela respondeu.

— Não — Sasha falou. — Não vamos. Então, Molly. Está na hora da sua mãe levar você para casa, né?

Eu ainda queria saber o que a mamãe ia dizer depois de "Vocês vão", mas estava cansada demais para tentar descobrir. Eu e Sasha levantamos, mas a mamãe continuou sentada no chão. Ela não se mexeu nem um pouco, ainda estava do mesmo jeito de quando eu estava no meio das pernas dela, e parecia vazia sem eu ali. Estendi a mão, porque ela podia estar precisando de ajuda para levantar. Ela não pegou. Ficou olhando para Sasha.

— Nós podemos ir? — ela falou. — Nós duas?
— Sim — Sasha respondeu.
— Mesmo?
— Sim — Sasha respondeu.

A mamãe levantou devagar, sem segurar a minha mão. Ela cambaleou como se fosse cair de novo, e Sasha segurou os cotovelos dela. As duas conversaram um pouco com os olhos, depois Sasha entrou. Eu ainda conseguia ver ela parada na porta que dava para a recepção, esperando a gente. A mamãe pegou a minha mão e apertou bem forte.

— Vem, Molly. Vamos para casa.

AGRADECIMENTOS

Eu sempre digo que a minha parte favorita de escrever livros é poder trabalhar com tantas pessoas talentosas e interessantes. É um prazer e um privilégio ter essa experiência de novo.

Eu estaria perdida (em termos práticos, emocionais e profissionais) sem a minha agente maravilhosa, Hattie Grünewald. Obrigada por lidar com surtos/problemas de relacionamento/primeiros esboços horríveis com tanta habilidade e tato; por manter minha sanidade durante o período mais empolgante da minha carreira na escrita; por ser a melhor metade do Dream Team. Agradeço também ao restante da equipe da agência Blair Partnership: Georgie Mellor, Mirette El Rafie, Jessica Maslen e Luke Barnard, por cuidarem da venda dos direitos internacionais; Ompreet Cheema, por manter tudo funcionando como um reloginho; e Rory Scarfe, por estar sempre disponível para compartilhar sua experiência e sabedoria. Nos Estados Unidos, agradeço a Catherine Drayton por ter me acolhido e ao meu trabalho com tanto entusiasmo e fechado um contrato em tempo recorde.

No processo de transformar meu manuscrito em livro, tive o privilégio de trabalhar com três editoras inspiradoras: Sarah McGrath, Jocasta Hamilton e Selina Walker. Passei semanas me descabelando para encontrar uma forma de agradecer a vocês como merecem por tudo o que fizeram por mim — tanto como escritora quanto como mulher. Acho que dá para resumir assim: obrigada por cuidarem de mim e da Chrissie.

Agradeço também às outras editoras que leram e fizeram comentários sobre o livro ao longo do caminho: Anna Argenio, Delia Taylor e Alison Fairbrother. Sou muita grata pelo tempo que vocês dedicaram para me oferecer observações tão valiosas.

É preciso uma aldeia para publicar um livro, e tive a sorte de trabalhar com uma equipe de mulheres maravilhosas. Meu muito obrigada a Rebecca Ikin, Claire Simmonds e Najma Finlay, na Hutchinson; e a Melissa Solis, Caitlin Noonan, Denise Boyd, Amanda Dewey e Anna Jardine, na Riverhead.

Além dessas pessoas que me ajudaram a transformar uma história na minha cabeça em algo que eu posso segurar nas mãos, existe todo um contingente de pessoas que me apoiaram nos bastidores.

Agradeço a Arminda, Charlotte, Ellie e ao restante da equipe da Vincent Square por tolerarem as minhas mudanças bruscas de humor, minha compulsão por ficar mandando mensagens no celular e minha mania de cantar no trabalho.

A Allie, Becci, Cary, Kate, Nimarta, Miranda e Ros, meu fiel e generoso grupo de amigas, por compartilhar da minha alegria quando as coisas iam bem e por ajudar a me levantar e sacudir a poeira quando dava tudo errado.

A Sarah, pelos infinitos conselhos/opiniões inteligentes/fotos fofas que me manda pelo WhatsApp.

A minha mãe, meu pai, Mattie, vovó, vovô e ao restante da minha família, por me ajudarem, me abraçarem e manterem os meus pés no chão durante toda essa experiência vertiginosa.

Ao Phil, por tornar a minha vida melhor e mais alegre do que eu jamais imaginei que pudesse ser; por me amar quando na prática isso era impossível; por ser o meu lar.

Impresso no Brasil pelo Sistema Cameron da Divisão Gráfica da
DISTRIBUIDORA RECORD DE SERVIÇOS DE IMPRENSA S.A.